"행복하세~~ ^^"

장편소설

사랑일까?

Is This Love

사랑일까?

초판 1쇄 | 2014년 8월 14일

원작자 | 남지은 · 김인호
지은이 | 안재경
펴낸이 | 서인석
펴낸곳 | 제우미디어
출판등록 | 제 3-429호
등록일자 | 1992년 8월 17일
주소 | 서울특별시 마포구 독막로 76-1(상수동) 한주빌딩 5층
전화 | 02-3142-6845
팩스 | 02-3142-0075
홈페이지 | www.jeumedia.com

ISBN | 978-89-5952-320-7
• 파본은 본사나 구입하신 서점에서 교환해드립니다.

제우미디어 소설 공식 카페 | cafe.naver.com/jeunovels
제우미디어 페이스북 | www.facebook.com/jeumedia
제우미디어 블로그 | blog.naver.com/jeumediablog

만든 사람들

출판사업부 총괄 | 손대현 **책임 편집** | 김용진 **기획** | 전태준, 홍지영, 김혜리, 신한길
제작 | 김금남 **영업** | 김응현, 김영욱, 박임혜
디자인 | 디자인수 **커버 일러스트** | 김인호
도움주신 분 | (주)가을엔터테인먼트, 추상욱, 홍승희

장편소설

사랑일까?

Is This Love

안재경 지음

남지은·김인호 원작

제우미디어

Contents

제1장

첫 만남은 악연 중의 악연

Is This Love?

1. 지웅

"아악, 뜨거!"

손등에 뜨거운 물이 닿은 것 같은 통증이었다. 지웅은 미친 듯이 왼손을 털며 팔짝팔짝 뛰었다. 그 와중에도 뜨거운 물이 손등에 퍼부어지는 느낌은 계속되고 있었다.

허석 형이 운영하는 '소박한 만화 가게' 안, 지웅의 비명소리에 그곳에 있던 사람들-허석 형, 채두경, 그리고 낯선 남자 손님-의 눈길이 지웅에게 쏠렸다. 손등에서 느껴지는 극심한 통증 때문에 지웅은 그 사람들의 시선을 신경 쓸 수도, 왜 자신에게 이런 아픔이 느껴지는지도 생각할 수 없었다.

얼핏 채두경의 모습이 눈에 들어왔다. 컵라면을 들고 정수기 앞에서 있는 채두경, 그리고 라면 용기에서 넘쳐흘러 채두경의 손등을 적시고 있는 물…….

"괜, 괜찮아요?"

남자 손님이 두경의 손등에서 흘러내리는 물을 보며 기겁을 하자, 그제야 두경은 온수 버튼에서 손을 떼고 정수기에서 물러났다. 정확히 그 순간이었다. 지웅의 손등에서 느껴지던 뜨거운 느낌이 사라진 것은.

지웅은 손등을 감싸 쥔 채 비틀거렸다. 뜨거운 느낌은 사라졌지만 데인 듯 화끈거리는 통증 때문에 왼손이 벌벌 떨렸다. 지웅은 물수건을 가지고 허겁지겁 달려가는 남자와 어리둥절한 표정으로 서 있는 두경을 쳐다보았다. 그 남자가 두경의 왼손에 물수건을 갖다 댔다.

"화끈거리죠? 많이 데였는데."

"아, 괜찮……."

"어휴, 이렇게 데이도록 왜 가만히 있었던 거예요? 정말 괜찮아요?"

"네, 정말 괜찮은데……."

두경은 놀란 것 같았지만 아픈 것처럼 보이지는 않았다. 지웅은 휘청거리며 두 사람을 향해 다가갔다. 그리고 아무 상처 없이 말끔한 자신의 왼손과 발갛게 데인 두경의 왼손을 번갈아보았다.

'어째서……?'

지웅의 머릿속에 커다란 물음표가 떠올랐다. 비명을 질러야 하는 사람도, 손등을 감싸 쥐며 바닥에 주저앉아야 하는 사람도, 채두경 저 여자가 아닌가? 어째서 채두경이 느껴야 할 고통을 내가 느끼고 있는 거지? 지웅의 머릿속에 지난 며칠 동안의 일들이 스쳐 지나갔다. 모두 통증과 연관된 일들이었다. 무엇이 시작이었던가. 일주일 전, 그 복통이었던가?

　일주일 전, 지웅은 샤워를 하고 나오다가 아랫배에서 묵직하고 뻐근한 통증을 느꼈다. 낮에 뭘 잘못 먹은 걸까, 생각했지만 배탈이 났을 때와는 확연히 다른 느낌이었다. 두경에게 약속한 이메일을 보내기 위해 컴퓨터 쪽으로 걸어가다가 아랫배가 뒤틀리는 느낌에 그대로 고꾸라지고 말았다.

　지웅은 머리가 아득해졌다. 금방이라도 기절할 것 같았다. 상체를 펼 수도, 다리에 힘을 줄 수도 없었다. 폴더처럼 몸을 접은 채 무릎걸음으로 기다시피 걸어가 겨우 전화기를 잡고 익숙한 전화번호를 눌렀다.

　"어, 지웅아."

　수화기 너머에서 허석 형의 목소리가 들렸다.

　"혀…… 엉……."

　신음처럼 허석 형을 부르고 나자 아랫배를 찌르는 듯한 날카로운 통증이 느껴졌다. 지웅은 전화기를 놓치고 바닥에 쓰러졌다. 헛구역질이 나면서 온몸이 오들오들 떨렸다. 허석 형이 진통제를 사들고 집으로 뛰어올 때까지 지웅은 복통과 오한에 시달리며 그렇게 엎드려 있었다.

당장 응급실로 가보자는 허석 형을 억지로 돌려보낸 뒤, 지웅은 밤을 꼬박 새다시피 했다. 진통제를 먹자 조금 나아지기는 했지만 복통이 완전히 가신 것은 아니었다. 큰 병이 아니고서는 이렇게 극심한 통증이 갑작스레 찾아올 리가 없다. 하필이면 지금처럼 중요한 시기에.

다음날 아침, 지웅은 병원을 찾아갔지만 의사는 아무 이상도 없다는 말뿐이었다. 하지만 진단과 달리 복통은 며칠 동안 계속되었다. 복통만이 아니었다. 시시때때로, 예기치 못한 부위에, 돌발적인 통증이 엄습했다. 이유가 불분명한 두통, 발목을 접질렀을 때 느껴지는 통증, 손가락을 문에 찧었을 때 생길 법한 아픔……. 신경외과를 찾아가봤지만 의사의 소견은 마찬가지였다. 이상 없음.

'마지막으로 느낀 통증이 어떤 것이었더라?'

지웅은 재빨리 기억을 더듬었다. 오른쪽 팔뚝을 세게 부딪치는 듯한 아픔. 그게 바로 오늘 낮이었다. 지웅은 두경의 오른팔을 잡고 티셔츠 소매를 확 걷어 올렸다. 역시 그랬다. 두경의 오른쪽 팔뚝은 시퍼렇게 멍들어 있었다. 지웅은 두경의 팔을 꽉 붙잡은 채 더듬거리며 말했다.

"이, 이거 오늘 그랬죠? 오늘 낮에!"

"무슨 짓이에요?"

지웅은 자기도 모르게 두경의 팔을 더욱 세게 잡았다. 그리고 누군가의 강한 악력에 팔을 잡혔을 때나 생기는 아픔이 자신의 오른팔에 고스란히 느껴진다는 것을 깨달았다. 지웅은 충격으로 비틀거리며 두경의 팔을 놓았다. 그리고는…….

철썩!

지웅은 온 힘을 다해 두경의 뺨을 때렸다. 지웅의 커다란 손바닥이 날아간 순간 두경의 얼굴이 홱 돌아갔다.

"아아아아악!"

역시 비명은 지웅의 입에서 터져 나왔다. 지웅은 불에 덴 듯 화끈거리는 왼뺨을 부여잡고 뒤로 넘어졌다. 온 세상이 슬로우 모션으로 보였다. '아, 말도 안 돼…….'

"얘가 왜 이래? 야, 인마, 지웅아, 괜찮아?"

허석 형의 목소리가 들렸다.

"당신 미쳤어?"

채두경의 목소리도 들렸다.

남들이 그러거나 말거나 지웅은 바닥에 드러누운 채 허공을 보며 중얼거렸다. '말도 안 돼, 말도 안 돼…….'

"코, 코피!"

남자 손님이 두경의 얼굴을 가리켰다. 두경은 황급히 손바닥으로 얼굴을 가리고 후다닥 가게 밖으로 뛰쳐나갔다. 하지만 지웅은 알고 있었다. 코피가 터져도 두경은 전혀 아프지 않다는 것을.

이제 모든 것이 분명해졌다. 두경이 느껴야 할 신체적 고통을 지웅이 대신 느끼고 있는 것이다. 두경이 아파야 할 때 지웅이 아픈 것이다. 두경이 넘어지거나, 문에 손을 찧거나, 어딘가에 부딪치거나……두경에게 닥친 그 모든 불운의 결과는 온전히 지웅의 몫인 것이다. 내가 저 여자 대신 아프다. 어떻게 이런 일이?

2. 두경

두경은 양 콧구멍에 휴지를 끼운 채 집에 들어섰다.

"이모, 얼굴이 왜 그래?"

거실에서 텔레비전을 보던 조카의 말에, 부엌에서 저녁 준비를 하던 언니가 몸을 돌려 두경을 보았다.

"얼굴이 또 왜?"

"아냐, 아냐, 그냥 어디 좀 부딪쳐서……."

"하여튼 너는, 아가씨가 조심성 없이."

두경은 얼굴을 가린 채 얼른 방으로 들어갔다. 덤벙대는 성격 때문에 툭하면 넘어지고 부딪쳐 온몸에 멍과 상처가 가실 날 없는 두경이었다. 하지만 이런 경우는 처음이다. 딱 한 번 만났을 뿐인 남자에게

귀싸대기를 맞아서 쌍코피가 터지다니, 그것도 은근히 호감을 가지고 있던 윗집 남자 앞에서.

예지웅이 왕재수 매제(매너제로)인 건, 첫 만남이었던 인터뷰 때부터 알아봤다. 그날도 조금 늦었다고 얼마나 무안을 줬던가. '나도 한 대 때려줄걸. 아오, 분해!'

그 인터뷰는 원래 회사 선배인 양명심 기자와 함께 가기로 되어 있었다. 심한 배탈로 결근을 한 양 기자는 두경을 혼자 보내는 게 못 미더운지 수화기 너머에서 다 죽어가는 목소리로 신신당부했다.

"절대 늦으면 안 돼. 정말 중요한 인터뷰야. 게다가 예지웅, 엄청 까칠한 사람이라고."

양 기자의 불안과 달리 두경은 쾌재를 불렀다. '아싸, 이렇게 찬스가 오다니!'

3개월의 인턴 기간이 끝나가고 있었다. 수습기자로 일하는 동안 이렇다 할 성과를 보여주지 못해 초조했던 데다, 하루가 멀다 하고 지각까지 했던 두경에게 예지웅 건은 기회였다. 멋진 기사를 써서 그 모든 걸 만회하고 당당하게 정직원으로 채용될 절호의 기회.

'예지웅. 스물아홉 살, 키 188센티미터, 몸무게 70킬로그램. 열아홉 살 때 길거리 캐스팅으로 모델계에 입문. 여러 디자이너들에게 러브콜을 받아 각종 쇼 무대에 서며 톱모델로 승승장구. 얼마 전 친구와 함께 인터넷 쇼핑몰을 창업하여 대박을 터뜨림. 현재는 영화 데뷔

를 앞두고 있음.'

두경이 검토한 프로필 속 예지웅은 쭉 뻗은 고속도로처럼 탄탄한 인생을 살아온 것 같았다. 절망도, 시련도 없었을 것 같은 남자. 한편 지금은 예지웅의 인생에서 무척 중요한 시기일 것이다. 수명이 짧은 모델 생활을 접고 영화배우로서의 새 삶을 시작하려는 시점이니까.

두경은 인터뷰를 위해 모델에서 영화배우로 전업해 성공한 사례와 실패한 사례를 찾아보았다. 인터뷰 시간과 장소도 다시 한 번 체크했다. 하지만 두경의 산만한 두뇌는 10시 인터뷰를 10시 반으로 잘못 저장했으니, 그것이 이 악연의 시작이었다.

지웅의 오피스텔 앞에 도착했을 때는 10시 35분이었다. 두경은 전철역에서부터 쉬지 않고 달려오느라 숨이 턱까지 차 있었고, 생일날 스키장에 놀러 갔다가 오지게 넘어져 눈가에 든 멍 때문에 춥고 흐린 날씨와 어울리지 않게 선글라스를 끼고 있었다. 딩동, 벨을 누르자 문이 열리고 키가 큰 남자가 나왔다. 예지웅이었다.

새내기 기자지만 두경도 인턴 생활을 하는 동안 연예인을 몇 번 본 적이 있었다. 하지만 모델들은 좀 남다른 것일까. 키가 커서인지 상대를 압도하는 포스가 느껴졌고, 짧지도 길지도 않은 은발머리는 사람들 속에 섞여 있어도 눈에 띌 것 같았다. 은발머리 때문인지 무표정한 얼굴 때문인지 지웅의 첫인상은 무척 차가웠다. 두경은 활짝 웃으며 명함을 건넸다.

"헤헤, 안녕하세요. 채두경입니다. 제가 '조금' 늦었죠?"

지웅은 인사도 없이 몸을 휙 돌리더니 소파에 앉아 책을 읽기 시작했다. 자기소개도, 커피 한 잔 하겠느냐는 말도 없었다. '5분 늦었다고 뭘 저렇게까지 쌀쌀맞게…….' 두경은 마음속으로 중얼거리며 인테리어 잡지 속에서 튀어나온 듯한 오피스텔을 둘러보았다. 그동안에도 지웅은 미동도 없이 책만 들여다보고 있었다.

"와, 오피스텔 진짜 멋지네요. 이 건물도 예지웅 씨 거라면서요? 쇼핑몰, 대박이긴 대박인가 봐요. 모델만 하실 때는 이렇게 고소득자가 아니었을 거잖아요."

두경이 미리 알아온 정보를 떠올리며 살갑게 말했지만, 지웅은 대답은커녕 여전히 책에서 눈조차 떼지 않고 있었다. 두경이 다시 말을 붙이려는데 지웅이 차가운 목소리로 말했다.

"계속 끼고 있을 거예요?"

두경은 슬그머니 선글라스를 벗었다. 지웅은 두경을 힐끔 쳐다보았을 뿐 멍 자국에 대해선 아무 말도 하지 않았다. 두경이 커피 한 잔만 달라고 말하려는 찰나에 지웅이 다시 입을 열었다.

"20분 남았네요."

"네?"

"인터뷰요. 11시까지만 한다고 했거든요."

분명히 양 기자는 인터뷰가 1시간이라고 했었다. 하지만 여전히 두경은 자신이 약속시간을 착각했다는 걸 깨닫지 못했다. 허겁지겁 질문지와 녹음기를 꺼내던 두경은 테이블 위에 놓았던 볼펜이 떨어지는 것을 보고 얼른 머리를 숙여 볼펜을 집었다.

따악!

두경이 볼펜을 집고 몸을 일으키려는 순간, 두경의 머리와 지웅의 얼굴이 부딪치며 바위 깨지는 소리가 났다. 그 사이 다시 굴러간 볼펜이 소파 밑으로 쏙 들어가 버리고 말았다.

"아이 씨, 이 돌머리가 진짜!"

지웅의 짜증 섞인 목소리에 두경은 얼른 고개를 들었다. 지웅이 잔뜩 화가 난 표정으로 두경을 내려다보고 있었다.

"그만합시다."

"네?"

"시간도 얼마 안 남았는데 뭘 하겠어요? 그냥 서면으로 하죠. 오늘 중으로 이메일 보낼게요. 됐죠?"

지웅은 두경의 외투와 가방을 떠안기더니 두경의 등을 밀다시피 현관으로 데려갔다. '쾅.' 등 뒤에서 문이 닫혔다. 들어올 때와 마찬가지로 잘 가라는 인사조차 없었다. 그것이 악연 중의 악연, 왕재수 매제 예지웅과의 첫 만남이었다.

사람을 무시해도 유분수지, 5분 늦었다고 초면에 똥 씹은 표정을 짓질 않나, 인터뷰를 자기 마음대로 끊질 않나, 커피 한 잔 주지 않고 내쫓질 않나. 얼굴만 잘생겼으면 뭐해, 마음에 드는 구석이 하나도 없는 남자인데.

결국 예지웅은 이메일을 보내지 않았다. 문자를 보냈지만 대꾸도 없었다. 아으, 재수 없는 놈. 두경이 수습 기간이 끝나자마자 잘린 데에는 분명 예지웅 기사를 펑크 낸 탓도 있을 것이다. 수습 기간이란 형식적인 것일 뿐 웬만하면 다 채용이 된다고 했는데, 두경은 그 '웬만한 사례'조차 끼지 못하고 다시 백수가 된 것이다.

그런데 단골 만홧가게에서 그 놈을 다시 만날 줄이야. 성격 파탄자인 줄은 처음부터 알아봤지만 가만히 있다 뺨 맞을 줄이야. 씩씩거리며 조금 전 지웅에게 맞은 뺨을 문지르던 두경은 문득 이상한 사실을 깨달았다.

안 아파…….

분명히 뺨을 만지면 손바닥의 촉감이 느껴졌다. 그런데 고개가 확돌아갈 만큼 세게 맞은 뺨은 전혀 아프지가 않았다. 두경은 자신의 뺨을 세게 꼬집어보았다. 역시 아프지 않았다. 얼굴 신경에 이상이 생겼나? 두경은 온몸을 마구 꼬집었다. 팔, 배, 허벅지…… 역시 마찬가지였다. 전혀 아프지가 않았다.

그리고 보니 최근 통증을 느껴야 할 상황에서 전혀 느끼지 못한 게 이뿐만이 아니었다. 오늘 낮에 길에서 다른 사람과 부딪쳤을 때도, 심지어 조금 전 만홧가게에서 뜨거운 물이 손등에 쏟아졌을 때도 아무 느낌이 없었다. 세게 부딪치지 않았나 보다, 물이 별로 뜨겁지 않은가 보다, 무심하게 지나쳤던 일들이 하나하나 되살아났다. 곰곰이 돌이켜보니 이상한 건 그뿐만이 아니었다.

"언니, 나 생리통 없어졌나 봐."

언니에게 그렇게 말한 게 지난주였다. 초경 이후 기절할 만큼 심한 생리통에 시달려왔었는데 이번엔 전혀 아프지 않았던 것이다.

모든 통증이 사라졌다……?

하지만 어떻게 그런 일이? 두경은 다시 자기 몸을 꼬집다가 이번엔 책상 옆에 놓여 있던 조카의 야구방망이로 허벅지를 마구 때려보았다. 역시 아무렇지 않았다. 강도를 더 높여야 하나 생각하는데, 휴대폰이 울렸다.

"당신, 지금 여기저기 자기 몸을 막 꼬집고 때리고 있죠?"

뜻밖에도 수화기 너머에서 들리는 목소리는 지웅이었다. 두경은 재빨리 커튼을 치고 책상 밑으로 몸을 웅크렸다.

"뭐야, 당신 어디야? 지금 나 훔쳐보고 있는 거야? 내 번호는 어떻게 알았어?"

"됐고, 내일 좀 만납시다. 할 얘기가 있어요."

"아, 할 얘기! 아주 많죠. 안 그래도 찾아가려고 했는데 잘 됐네. 내일 봐요."

"10시에 저번에 보았던 만홧가게 앞 카페로 찾아갈 테니 늦지나 마쇼. 참, 자기 몸 꼬집고 때리는 짓 하지 말고 일찍 자고!"

"흥, 남이사 뭘 하든 말든, 댁이나 늦지 말아요!"

전화를 끊은 두경은 다시 자기 몸을 마구 때리기 시작했다. '아프지 않는 병이라니, 이게 무슨 희귀병이람. 제발 좀 아파라, 아파!'

3. 지웅

지웅은 10시 정각에 카페에 들어섰다. 실내를 둘러보았지만, 이른 시간이라 그런지 손님은 없었다. 두경의 모습도 보이지 않았다. 이럴 줄 알았다. 첫 만남 때도 35분이나 늦어놓고 '조금' 늦었다고 말하는 시간 감각이라니.

지웅은 커피를 시킨 뒤 두경에게 전화를 걸었다. 점심 때 기획사 미팅이 잡혀 있기 때문에 언제까지고 기다려줄 수 없었다. 두경이 늦으면 자신마저 중요한 미팅에 늦게 된다.

두경은 자다 깬 목소리로 전화를 받았다. 이럴 줄 알았다. 일찍 자라고 그렇게 말했는데도 밤새 두경은 자기 몸을 꼬집고 때린 게 틀림없었다. 지웅도 불시로 느껴지는 통증 때문에 한숨도 못 잔 터였다.

잠시 후 카페에 들어선 두경은 트레이닝 바지에 슬리퍼를 대충 꿰신은 차림이었다. 꼬질꼬질한 얼굴하며 모자를 푹 눌러쓴 모양새가 씻지도 않고 나온 듯했다. 아무리 집 앞이라도 그렇지, 나처럼 잘생긴 남자를 만나러 나오면서 꼬락서니하고는.

"요즘 별 일 있죠? 어디가 아프다든가, 안 아프다든가……."

주문한 커피가 나오자마자 지웅은 곧장 본론으로 들어갔다.

"질문은 제가 해야 하는 거 아닌가요? 왜 그랬어요? 알고나 맞으면 억울하지나 않지. 그리고 맞은 사람은 난데 그쪽이 왜 드러누워요? 쇼 한 건가요?"

"채두경 씨, 요즘 몸이 좀 이상하죠? 뭔가 정상이 아니죠? 나 만난 다음부터 그런 것 같지 않아요? 그러니까 내 말은……."

"무슨 소리예요? 그러니까 내가 비정상이라서 그쪽한테 맞았다는 거예요?"

지웅은 머리가 지끈거렸다. 무슨 리포터라는 사람이 남의 말은 끝까지 듣지도 않고 자기 하고 싶은 말만 하는지. 이런 식으로는 아무리 이야기해도 결론이 안 날 것 같았다. 참, 이제는 리포터가 아닌가. 양 기자로부터 지웅의 인터뷰 이후 두경이 잡지사에서 잘렸다는 이야기를 들은 기억이 났다.

"아팠어요?"

지웅이 정색했다.

"어제 나한테 맞고 아팠냐고요?"

두경은 대답 대신 음흉하게 웃음을 지었다. '이 여자가 갑자기 왜 웃어? 무섭게…….' 의아해하던 지웅은 두경이 주머니에서 꺼내는 물건을 보고 헉하고 숨을 멈췄다. 두경이 꺼낸 것은 전기충격기였다.

"왜, 왜 그래요? 그거 불법 소지 아녜요? 나 경찰에 신고할 거야!"

하지만 무기를 쥔 두경은 의기양양, 득의만만한 얼굴이었다.

"연약한 여성이 남자에게 뺨 맞아서 쌍코피 터지는 무서운 세상이라 이런 거 하나쯤은 소지해야 안심이 되거든요. 제가 이미 신고한 거니까 그쪽은 신고 안 하셔도 돼요."

"저, 저기, 뭔가 오해가 있나 본데, 그러니까 내 말은…… 두경 씨는 맞아도 안 아프잖아요, 맞죠? 일단, 우리 같이 병원에 가봅시다. 네?"

"내가 그쪽이랑 병원을 왜 가요? 그쪽이 내 보호자라도 돼요? 그리고 내가 안 아픈 건 또 어떻게 알았을까?"

두경은 수상쩍다는 얼굴로 전기충격기를 지웅 쪽으로 쓰윽 내밀었다. 짧은 순간, 지웅의 머릿속이 복잡해졌다. 사실대로 말해야 하나, 말아야 하나…….

사실대로 말해도 두경이 믿어줄지 알 수 없었다. 이 믿기지 않는 사실을 지웅이 믿을 수밖에 없는 이유는 자신의 몸에 나타나는 생생한 고통이 있었기 때문이다. 하지만 두경은 어떤가. 두경은 지웅의 몸에 나타나는 통증을 느낄 수 없다. 지웅이 헛소리를 하는 걸로 치부하거나, 미친 사람 취급할 게 뻔했다.

하지만 만약 두경이 지웅의 말을 믿어준다면? 그래도 문제가 복잡하기는 마찬가지였다. 만약 두경이 자신이 느껴야 할 통증을 지웅이 대신 느낀다는 것을 안다면, 오히려 약점을 잡히는 꼴이 될지도 모를 일이었다. 자해를 해서라도 지웅을 괴롭힐지 모른다. 뺨 한 대 맞았다고 전기충격기로 위협하는 여자가 무슨 짓을 못하겠는가.

"빨리 말해요. 내가 안 아픈 건 어떻게 알았어요? 어제 내 방에서 여기저기 꼬집고 때리는 건 또 어떻게 알았고? 진짜 나 스토킹해요?"

탁, 소리가 났다. 두경이 전원 스위치를 켠 것이었다. 지웅은 자리에서 일어나 슬금슬금 뒤로 물러났다.

"그, 그만해요. 장난이 너무 심하잖아요. 이러다 큰일 나겠어요."

하지만 두경은 그만두기는커녕 지웅의 겁먹은 모습이 흡족한 모양이었다. 전원이 켜진 전기충격기를 지웅의 얼굴에 바짝 들이밀며 호호호, 웃기까지 했으니 말이다.

"큰일? 무슨 큰일? 내가 이걸로 예지웅 씨 지지기라도 할까봐, 무서워요? 응? 그런 거예요?"

"아, 진짜! 저리 안 치워요?"

지웅이 두경의 손을 탁 쳐낸 그 순간이었다. 지지직, 눈앞에서 파란 불꽃이 일더니 머릿속이 하얘졌다. '안 돼…….' 지웅은 입 속에 담긴 비명을 내지르지도 못한 채 그대로 쓰러지고 말았다.

처음에 그것은 희미한 형체였다. 실루엣이 손에 잡힐 듯 가까워졌을 때 지웅은 비로소 그 사람이 누구인지 알아보았다.

별…….

눈앞에서 별의 모습이 어룽거리고 있었다. 짧은 쇼트커트가 유난히 잘 어울리던 별. 시시한 농담에도 큰소리로 박장대소하던 웃음소리. 웃을 때면 시원스럽게 벌어지던 입매와 초승달처럼 가늘어지던 눈…….

지웅에게 다가온 별이 지웅의 팔을 베고 가만히 누웠다. 별의 짧은 머리카락이 지웅의 팔을 간질이는 느낌에 지웅은 자기도 모르게 배시시 웃었다. 별아……. 지웅은 나지막한 목소리로 연인의 이름을 부르며 그녀의 얼굴 쪽으로 조심스럽게 팔을 뻗었다. 그리고 별의 얼굴을 어루만지려는 순간…….

'헉, 이 여잔 누구야?'

지웅의 팔을 베고 누운 사람은 별이 아니라 두경이었다. 전기충격기가 작동할 때 함께 감전된 모양이었다. 지웅은 후다닥 팔을 빼고 몸을 일으켰다. 시계 바늘은 11시를 가리키고 있었다. 늦었다! 지웅은 여전히 정신을 차리지 못하는 두경을 내버려둔 채 밖으로 뛰어나갔다.

그날 저녁, 지웅은 집으로 돌아오자마자 욕조 가득 물을 채우고 머리를 깊숙이 담갔다. 물속은 고요했다. 출렁이는 파도와 얼굴을 훑고 지나가는 물고기 떼가 느껴졌다. 그대로 눈을 뜨자 물결을 따라 일렁이는 해초가 보였다.

심란할 때면 지웅은 욕조 속에 머리를 넣고 그곳을 바다라고 상상했다. 유난히 바다를 좋아했던 별 때문일까, 별과 함께 간 첫 여행지가 바다였기 때문일까. 자신의 몸이 깊은 바다 속에 가라앉아 있다고 생각하면 별과 함께 있을 때처럼 마음이 편안해졌다.

지웅은 눈을 감으면 언제든 별의 얼굴을 볼 수 있었다. 망막에 새겨진 듯 별의 얼굴이 시시때때로 눈앞에 어른거렸다. 한순간이긴 했지만, 왜 채두경을 별로 착각한 걸까. 별을 보고 싶은 마음이 너무 절박한 나머지 착각한 걸까. 하지만 효정을 제외하면 다른 여자를 별과 착각한 적은 한 번도 없었다. 게다가 채두경은 별과 닮은 구석이라곤 전혀 없는데.

지웅은 결국 채두경 때문에 미팅에 늦고 말았다. 자기가 늦는 걸로도 모자라 다른 사람까지 늦게 만드는 여자였다. 신작 영화에 지웅을 출연시키려는 구 감독과, 소속사 계약을 맺게 될 오 대표가 함께 하는 중요한 미팅이었다.

지웅이 사무실에 들어섰을 때 오 대표는 불만스러운 표정을 숨기지 않았다. 신인 주제에 건방지게, 라는 표정이 역력했다. 반면 구 감독은 늘 그렇듯 온화한 얼굴이었다. 일흔을 바라보는 나이지만 구 감독은 여전히 메가폰을 놓지 않은 현역이자, 후배 영화인들의 존경과 동경을 한 몸에 받는 영화감독이었다. 그런 그가 모델 출신에 연기 경험도 없는 지웅을 캐스팅하려는 것이었다.

지웅은 구 감독에게 공손히 머리를 숙이며 몇 번씩 죄송하다고 말

했다. 왜 늦었느냐는 추궁 대신 그는 지웅에게 어서 앉으라고 손짓을
했다.

"이번에 지웅 씨가 연기할 인물이 주인공은 아니지만 무척 중요한
역할이에요. 그래서 노파심에 묻는 건데, 혹시 건강상에 문제가 있나
요? 누가 지웅 씨 병원에서 나오는 걸 봤다던데……."

지웅은 금방 대답을 못하고 머뭇거렸다. 최근에 병원을 갔던 적이
라면, 두경의 통증을 대신 겪게 된 일 때문이었다. 오 대표는 난감해
하는 지웅을 힐끗거리며 음흉한 미소를 지었다. 그는 지웅을 영화에
서 밀어내고 그 자리에 신인배우인 자신의 조카, 홍은기를 심을 계획
이었다. 얼마 전부터 그는 홍은기를 시켜 지웅의 일거수일투족을 관
찰하게 했다. 지웅이 병원에 간 것도 홍은기가 알아낸 사실일 것이다.

"아, 저 그건…… 아아아아악!"

지웅은 비명을 지르며 무릎을 감싸 안았다. 이 칠칠치 못한 여자가
어디서 또 자빠져서 무릎이라도 깬 게 틀림없었다. 지웅은 구 감독과
오 대표가 자신을 멀뚱히 쳐다보고 있는 것을 깨닫고 얼른 자세를 바
로 했다.

"지금 당장은 아무 문제가 없다고 말씀 드리긴 힘들지만, 곧 제가
해결할 수 있습니다. 염려 마십시오."

지웅이 애써 자신감 있는 목소리로 말하자, 구 감독은 일단 믿어보
겠다는 듯 고개를 끄덕였다. 지웅은 의혹에 찬 오 대표의 눈빛을 애
써 외면하며 사무실을 나왔다.

지웅은 여전히 욕조 속에 머리를 담그고 있었다. 더 이상 숨을 참을 수 없을 지경이 되었을 때 지웅은 얼굴을 번쩍 들고 크게 한숨을 쉬었다. 왜 하필 지금 같은 때에 '채두경'이라는 장애물이 나타난 걸까.

별로 인한 혼자만의 상처도 극복하지 못한 지웅이었다. 마음의 고통도 추스르지 못한 지웅이 왜 다른 사람의 신체적 고통까지 떠맡아야 하나. 게다가 잘 알지도 못하는, 머리부터 발끝까지 마음에 드는 구석이라곤 하나도 없는 그런 여자의 고통을 말이다.

문제를 해결하려면 원인을 먼저 알아야 했다. 두경을 만나고 난 뒤 감각이 뒤바뀐 건 분명했다. 두경을 만나기 전까지 이렇게 돌발적이고 이유가 불분명한 통증이 나타난 적은 한 번도 없었으니까. 첫 만남, 혹은 그 이후에 뭔가 꼬인 게 분명했다.

인터뷰를 하던 날 두경과 함께 있었던 시간은 불과 20분이었다. 두경은 정확히 10시 35분에 들어와 10시 55분에 내쫓기듯 나갔다. 그 20분 동안 무슨 일이 있었더라. 첫 인사…… 두경은 늦게 온 주제에 실실 웃으며 인사를 하고 명함을 건넸다. 뻔뻔스럽긴 했지만 딱히 이상한 건 없었다.

두경이 들어오고 나선 거의 말도 섞지 않았고 눈도 마주치지 않았다. 소파에 마주앉은 뒤 두경이 허둥대다 볼펜을 떨어뜨렸고 볼펜을 주우려다 서로 머리를 박았다. 그리고 짜증이 난 지웅이 두경을 떠밀어 문 밖으로 내보냈다. 그뿐이었다.

첫 만남에서 특이한 점이라고 해봐야 머리를 박은 것 정도인데 그게 문제였을까? 하지만 그게 왜? 첫 통증이 온 것은 그날 자정 무렵. 그렇다면 두경과 헤어지고 그 13시간 사이에 무슨 일이 생겼던 걸까. 아아, 모르겠다.

지웅은 다시 욕조에 머리를 담갔다. 비현실적인 일은 이미 벌어졌다. 비현실적인 일을 현실적으로 따져보는 게 더 이상한 태도인지도 모른다. 그 일이 언제, 어떻게, 왜 벌어졌든 간에 지웅은 대책을 세워야 했다. 감각을 정상적으로 돌려놓지는 못하더라도 이 상황에서 일어날 수 있는 최악의 사태만은 막아야 했다. 이 중요한 시기를 다른 사람의 아픔을 대신 당하느라 날려버릴 수는 없었다. 곰곰이 생각한 끝에 결론을 내렸다.

방법은 하나였다. 채두경에게서 벗어날 수 없다면 채두경과 함께하는 것. 이젠 적이 아니라 동지가 되는 수밖에 없었다.

4. 두경

두경은 터덜터덜 집을 나섰다. 신경외과에 가는 길이었다. 밤새 인터넷 서핑을 하느라 한숨도 못 잔 두경은 불안했다. 밤을 샜으면 머리가 아프거나 눈이 뻑뻑해야 정상이었다. 컴퓨터를 그만큼 했으면 뒷목이 뻐근하고 어깨가 결려야 당연했다. 하지만 두경의 컨디션은 어느 때보다 좋았다. 어느 곳 하나, 조금도 아프지 않았다.

밤새 두경은 여러 가지 검색어를 입력해보았다. 때려도 안 아픈 병, 통증을 못 느끼는 질환, 무통증상, 아픔을 못 느껴요, 잘하는 신경외과……. 하지만 두경과 같은 증상을 겪는 사람은 세상 어디에도 없는 듯했다. 세계 최초인가. 두경은 희귀한 난치병에 걸린 게 틀림없다고 믿었다.

"얘기 좀 합시다."

땅만 보고 걸어가던 두경은 머리 위에서 들리는 목소리에 고개를 들었다. 야구 모자를 눌러 쓴 지웅이 점퍼 주머니에 손을 찔러 넣은 채 두경을 내려다보고 있었다. 한눈에도 지웅은 몹시 피곤해 보였다. 어쩐 일인지 몰라도 지웅도 두경처럼 한숨도 못 잔 듯했다.

"2시간이나 기다렸어요. 잠깐 얘기 좀……."

지웅의 말이 끝나기도 전에 두경은 후다닥 달리기 시작했다. 두경을 부르는 목소리가 들렸지만, 뒤도 돌아보지 않고 아파트 단지를 빠져나가 길가에 서 있는 택시에 올라탔다.

"기사님, 빨리 출발해주세요. 빨리요!"

택시는 쏜살같이 출발했지만 두경이 탄 차가 사거리 신호등 앞에 서자마자 옆 차선에서 자동차 경적 소리가 들렸다. 지웅의 차였다. 지웅은 창문을 내리고 두경에게 소리쳤다.

"차 세워요. 잠깐이면 되니까 얘기 좀 하자고요."

"기사님, 저 차 좀 따돌려주세요. 저 사람 스토커예요, 스토커."

스토커라는 말에 택시기사의 정의심이 발동한 모양이었다. 기사는 선글라스를 척 고쳐 쓰더니 액셀러레이터를 세게 밟았다. 택시는 차선을 요리조리 바꾸며 앞서나갔다. 액션영화의 추격 신을 방불케 하는 운전 실력이었다. 신호등이 막 빨간불로 바뀌려는 찰나, 앞 차를 물고 아슬아슬하게 교차로를 통과한 기사는 선글라스를 머리 위로 올리며 자랑스러운 목소리로 말했다.

"이제 안 따라오죠?"

지웅의 차는 보이지 않았다. 미처 교차로를 건너지 못한 듯했다. 어제 그만큼 당했으면 됐지, 무슨 할 말이 있어서 찾아왔는지 모를 일이었다. 설령 할 말이 있다 해도 두경은 듣고 싶지 않았다. 더 이상 저 왕재수 매제와 엮이는 건 사절이니까.

진료를 받고 나오는 두경의 발걸음은 무거웠다. 병원에 오면 원인을 찾든 해결책이 생기든 뭔가 명쾌해질 줄 알았는데 전혀 아니었다. 의사도 이런 경우를 본 적 없다니, 아무래도 전날 밤 두경의 절망적인 상상이 현실이 되는 게 틀림없었다. 세계 최초의 희귀병. 아직 이 병에 대한 연구도 안 이루어졌겠지? 그럼 백신도 개발이 안 되었을 거고.

"채두경 씨."

두경은 낯익은 목소리에 화들짝 놀랐다. 왜 예지웅이 여기 있는 거지? 진짜 스토커인가? 분명 따돌렸는데 내가 병원에 올 건 어찌 알았고?

"잠깐이면 돼요. 얘기 좀 합시다."

두경은 몸을 홱 돌려 지웅의 반대쪽으로 뛰어갔지만 등 뒤에서 들리는 지웅의 고함 소리에 자기도 모르게 멈춰 서고 말았다.

"내가 당신 때문에 아프다고!"

어느새 성큼성큼 다가온 지웅이 두경의 팔을 확 낚아챘다. 꽤 세게 잡힌 게 분명한데 두경의 팔에서는 여전히 아무 통증도 느껴지지 않왔다. 두경은 지웅의 얼굴을 빤히 올려다보았다. '나 때문에 이 남자가 아프다니?' 하지만 지웅의 얼굴은 어느 때보다 진지했다. 농담을 하는 것 같지도, 거짓말을 하는 것 같지도 않았다.

"좋아요, 얘기해요. 하지만 그 전에 내가 여기 온 건 어떻게 알았어요? 당신 진짜 스토커예요?"

"신경외과는 여기가 제일 유명하니까, 찍어본 거예요."

"내가 신경외과에 올 거는 어떻게 알았는데요?"

"만홧가게에서 화상 입었을 때 아무 반응이 없었잖아요. 나한테 뺨 맞고도 아픈 소리 한 번 안 냈고. 화상을 입거나 누군가한테 맞아도 느낌이 없는 거 아니에요? 감각에 이상이 생기면 나 같아도 신경외과부터 찾을 테니까."

틀린 말이 없었다. 두경은 어쩐지 무안해져서 괜히 큰소리를 쳤다.

"좋아요, 뭐 그렇다 쳐요. 어쨌든 아까도 말했지만, 난 예지웅 씨랑 다시는 안 마주쳤으면 좋겠어요. 우리 진짜 악연 중에 악연 아녜요? 어제만 해도 그래요. 나 그걸로 장난 친 적은 몇 번 있어도 진짜 감전된 적은 한 번도 없었다고요."

감전되던 순간의 찌릿한 기분이 떠올라 두경은 몸서리를 쳤다. 지웅도 눈을 질끈 감고 어깨를 부르르 떠는 것으로 보아, 어제의 그 느낌이 되살아난 게 틀림없었다. 지웅은 마음을 안정시키려는 듯 잠깐 고개를 숙이더니 차분한 목소리로 입을 열었다.

"내가 2시간 넘게 기다렸다고 했죠? 나, 사과하러 온 거예요. 미안해요. 내가 오해를 잘 받는 타입이라, 이런 말도 진심으로 들릴지는 모르겠지만요. 말투가 이런 것도 기분 나쁘다면 미안하고요. 지난번 일은 내가 정말 잘못했어요. 나도 모르게 실수한 거예요. 두경 씨가 용서해주면 안 될까요?"

지웅은 고개를 숙인 채 바닥에 시선을 둔 자세로 서 있었다. 어깨는 살짝 움츠려져 있었고, 두 손은 깍지를 껴 가지런히 모으고 있었다. 지웅의 태도로 보아 미안하다는 말은 진심인 듯했다. 지웅을 처음 만나기 전 양 기자가 했던 말도 생각났다. 좀 까칠하고 쌀쌀맞기는 해도 나쁜 사람은 아니라고.

"눈치 되게 빠르시네요. 맞아요, 안 아팠어요. 그냥 놀랐던 거지. 그나저나 나 쌍코피 난 건 처음이에요. 얼마나 놀란 줄 알아요?"

마음이 풀리자 저절로 우는 소리가 나왔다. 지웅은 한숨을 내쉬며 자책하는 표정을 지었다.

"하아, 정말 미안해요. 입이 열 개라도 할 말이 없어요. 정말, 정말 미안해요."

지웅은 '정말'이라는 말에 힘을 주었다. 그렇게까지 사과하는데 두경도 더 이상 뻣뻣하게 굴 수만은 없었다. 다혈질인 대신 뒤끝 없고 털털한 게 두경의 천성이었다.

"뭐, 나도 잘한 건 없어요. 미안해요. 괘씸한 마음에 겁을 주려고 했던 건 사실이지만, 진짜 감전까지 시켰으니."

감전이라는 말에 두 사람은 다시 한 번 몸을 부르르 떨었다. 다시는 떠올리고 싶지 않은 기억이었다.

"그럼 우리 화해한 거죠?"

갑자기 지웅의 목소리가 밝아졌다. 두경이 고개를 끄덕이자 지웅
이 환하게 웃었다.

"좋아요, 그럼 어제까지 있었던 일은 싹 잊고 오늘 처음 만난 것처
럼, 어때요?"

두경도 피식 웃었다.

"그래요, 저야말로 싹 잊고 싶으니까, 오늘 처음 만난 것처럼."

두 사람은 진짜 처음 만난 사람들처럼 악수를 나누었다. 속없이 헤
헤 웃던 두경은 문득 조금 전 지웅이 했던 말을 떠올렸다.

"그런데 아까 그 말, 뭐예요? 나 때문에 예지웅 씨가 아프다는 거?"

"아아, 그거요? 제가 마음이 여려서…… 누구랑 싸우면 마음이 아
파서 견디지를 못하거든요."

지웅은 진짜 마음이 아프다는 듯 가슴에 손을 얹으며 괴로워하는
표정을 지었다. 그 표정에 두경은 웃음을 터뜨렸다. 농담인지 진담
인지 몰라도 너무 웃겼다. 한바탕 웃고 나자 지웅에 대한 앙금도 가
시는 것 같았다.

"근데……."

지웅의 표정이 갑자기 진지해졌다.

"리포터 그만뒀어요?"

"아, 그렇게 됐어요. 사실 예지웅 씨 책임도 조금 있고요."

사실 통증을 못 느끼는 몸도 걱정이었지만 다시 일자리를 구해야한다는 절박함도 그 못지않았다. 서른한 살이 되도록 아르바이트 수준의 일을 벗어나지 못한 두경이었다. '번듯한 일자리가 생길 때까지만'이라는 전제로 편의점, 주유소, 식당 설거지, 학습지 보육교사 등 온갖 일을 전전해왔다. 그러다 겨우 인턴으로 채용된 곳이 잡지사였다.

　잡지사에서 잘리던 날, 두경의 머릿속에 가장 먼저 떠오른 사람은 언니였다. 십대 시절 부모님이 돌아가신 뒤 엄마처럼 두경을 키워온 언니. 결혼을 하고 아이가 있는 지금도 두경을 친자식처럼 챙겨주고 있었다. 언니는 어젯밤에도 뿌듯한 얼굴로 두경에게 말했다.

　"네가 잡지사 기자가 다 되고…… 취재한다고 여기저기 쏘다니고, 원고 정리한다고 밤샘하고…… 기특하다, 내 동생. 고마워. 정말 고마워."

　언니는 그렇게 말하며 두경의 머리를 쓰다듬었다. 회사에서 잘렸다는 말이 도저히 입 밖에 나오지 않았다. 언니의 얼굴을 똑바로 쳐다볼 수조차 없었다. 오늘도 출근하는 척, 집을 나온 두경이었다.

　"내 책임도 있다니…… 잘 됐네요."

　지웅의 말에 두경은 어리둥절했다. 지웅의 눈빛에 담긴 심각하고 결연한 표정의 의미를 이해할 수 없었다.

　지웅은 밤새 고민했었다. 지웅에게 치명적인 약점이 될 수도 있는 두경의 존재. 게다가 모든 걸 털어놓고 자기편으로 끌어안기에는 믿음이 가지 않는 여자인 두경. 지웅의 결론은 하나였다. 일단 화해를 하고 동지가 되는 것이었다.

　물론, 그것으로 모든 게 해결되지는 않을 것이다. 하지만 지금 상황에서 가장 먼저 해야 하는 일인 건 틀림없었다. 일단은 두경을 가까이 두고 이 상황의 원인을 파악한 뒤 해결책을 찾아 깔끔하게 이 관계를 정리해야만 한다. 그것이 순서였다.

　지웅이 말했다.

　"새로운 일 한 번 해볼래요?"

5. 허석

'웃는 얼굴이 예쁜 그녀'를 처음 본 것은 만홧가게에서였다. 허석이 출근 후 막 청소를 끝냈을 때, 웬 여자가 후다닥 가게 안으로 뛰어들어왔다. 여자는 허석을 쳐다보지도 않고 출입구 옆에 몸을 숨긴 채 창밖을 힐끔거렸다. 허석도 여자의 시선을 쫓아 바깥을 내다보았다. 만홧가게 단골손님인 서형우가 지나가고 있었다.

"누굴 훔쳐보는 거예요?"

허석의 물음에 여자는 무안을 감추려는 듯 새침한 표정을 짓더니 만화책 한 권 집어 들고 소파에 앉았다. 하지만 허석은 그녀가 만화책을 보러 온 게 아니라는 걸 알아챘다. 여자의 신경은 온통 창밖의 단골손님에게 쏠려 있었다.

허석은 카운터에 앉아 여자의 뒷모습을 빤히 쳐다보았다. 붉은 기가 도는 갈색머리가 어깨 위에서 찰랑이고 있었다. 자기도 모르게 흐뭇한 웃음이 흘러나왔다. '예쁘다…….' 그것이 그녀와의 첫 만남이었다.

그 여자는 아침저녁으로 만홧가게 앞에 나타났다. 어떤 날은 가로수 뒤에 서 있었고, 어떤 날은 주차된 자동차 뒤에 웅크리고 있었다. 그녀는 언제나 그 단골손님 서형우를 기다리고 있었고, 그에게 들키지 않기 위해 몸을 숨겼다.

서형우가 편의점 앞 파라솔 의자에 앉아 컵라면을 먹거나, 허석의 가게에서 만화책을 읽거나, 그 여자의 시선은 언제나 서형우를 향해 있었다. 여자는 알까, 허석의 시선이 언제나 다른 곳을 보는 자신을 향해 있다는 걸.

서형우가 보이지 않는 날이면 여자는 어깨를 축 늘어뜨린 채 자신의 집으로 돌아가기 위해 버스정류장으로 걸어갔다. 그럴 때면 여자의 뒷모습이 너무 슬퍼 보여 허석의 어깨도 처지곤 했다.

가끔 여자가 먼저 허석을 보고 말을 걸어오는 때도 있었다. 그녀는 서형우에 관한 개인정보를 알려달라고 조르기도 했고, 서형우가 만홧가게에 오는 시간을 묻기도 했다.

여자의 이야기를 종합해보면 두 사람은 같은 캐릭터 회사에서 디자이너로 근무하는 선후배 사이였다. 그러다 서형우가 재택근무만

하게 되자 그녀가 서형우를 보기 위해 매일 이 동네에 나타나는 것이었다.

서형우에 관해 이야기할 때 여자는 무척 들떠 보였다. 그의 얼굴을 떠올리기만 해도 기분이 좋다는 듯 자꾸 배시시 웃곤 했다. 그 여자의 웃는 모습을 보면 허석의 얼굴에도 미소가 번졌다. 그녀를 웃게 하는 이유가 다른 남자라 해도, 지금 그녀의 웃음을 보고 있는 사람은 허석이었다.

어느 주말, 가게 앞에서 빨래를 털던 허석은 형우와 나란히 걸어오는 그녀를 보았다.

"이야, 드디어?"

허석이 뭐라고 말을 건네려 하자 여자의 얼굴이 일그러졌다. 하지만 다음 순간, 그녀는 반색을 하며 허석을 향해 손을 흔들었다.

"삼촌!"

'엥? 웬 삼촌?' 허석이 멀뚱히 여자를 바라보자 그녀는 얼른 허석의 팔짱을 끼며 애교 섞인 콧소리를 냈다.

"삼촌 가게가 여기였구나. 조카가 너무 무심했죠? 이제야 여길 와 보고, 호호."

"하하하, 그래, 조카!"

허석은 얼른 맞장구를 치며 어색하게 웃었다. 이것은 기회일까, 위기일까? 여자는 오늘 서형우에게 자신의 존재를 숨기는 데 실패한 게 틀림없었다. 그나마 안면이 있던 허석을 만나자 친척인 척 연기를 하는 것이리라.

형우가 일이 있다며 가버린 뒤, 허석은 음료수나 마시고 가라며 여자를 가게 안으로 불렀다. 어지간히 긴장했던지 여자는 평소처럼 뾰로통하게 굴지 않고 허석을 따라 순순히 가게로 들어왔다. 콜라를 한 캔 내밀자 그녀는 순식간에 원샷을 했다.

"이름이 뭐야?"

"좀 도와줬다고 반말하는 거예요?"

"그럼 삼촌이 조카한테 반말하지 존댓말하나? 그리고 삼촌 조카 사이에 이름 정도는 알아야 할 거 아냐?"

처음으로 서형우에 관한 이야기 대신 두 사람에 관해 대화한 날이었다. 웃는 얼굴이 예쁜 그녀의 이름은, 백희진이었다.

6. 희진

불판 위에서 삼겹살이 지글지글 익고 있었다. 희진은 집게를 들고 서툰 솜씨로 열심히 고기를 구웠다. 형우의 잔이 빌 때마다 얼른 술도 채워주었다. 형우와 마주앉아 있다는 게 믿기지 않았다. 어제까지만 해도 아침저녁으로 몰래 훔쳐보는 것 말고는 아무것도 할 수 없었는데…….

희진의 옆에서는 허석이 삼겹살을 우물거리고 있었다. 어쩔 수 없이 불만스러운 생각이 들었다. 형우 선배와 단둘이었으면 얼마나 좋았을까.

"선배님 혼자 지내시는 거예요? 그 넓은 아파트에서?"

허석과 이야기할 때와는 달리 희진의 목소리는 나긋나긋했다. 형우는 희진의 손에 들려 있는 집게를 자연스럽게 빼앗아 들고는 희진에게 어서 먹으라며 눈짓을 했다.

"형이랑 형수가 유학 가면서 맡기고 간 건데 당분간은 그럴 거야. 그런데 막내 몇 살이랬지? 편하게 오빠라고 불러."

"어머, 그래도 돼요? 전 스물다섯 살이요. 오, 오빠."

"오, 나랑 열 살 차이밖에 안 나네?"

상추쌈을 싸던 허석이 불쑥 끼어들었다. 이 아저씨가 지금 삼촌 조카 연기 중인 걸 잊었나? 조카의 나이를 이제 알았다는 듯이 말하다니. 희진이 레이저를 뿜을 듯 쏘아보자 허석은 머리를 긁적이며 능쳤다.

"아, 내가 열다섯 살이니까. 하하하."

"와, 전 열 살인데 앞으론 사장님 대신 형님이라고 부르겠습니다."

"엥, 초딩이 어딜 감히!"

형우와 허석이 주거니 받거니 농담을 던지며 웃음을 터뜨렸다. 희진도 화기애애한 분위기에 휩쓸려 자꾸 웃게 되었다. 따지고 보면 형우와 이렇게 마주앉아 있는 것도 허석이 도와준 덕분이긴 했다.

지난 주말 스토커처럼 우편물을 뒤지다가 형우와 마주쳤을 때는 정말 난감했다. 친척집이 근처라고 둘러댄 뒤 어떻게 수습해야 할지 몰라 쩔쩔맬 때 구세주처럼 나타난 사람이 허석이었다.

처음 만난 날 희진은 허석에게 형우에 관한 정보를 알려 달라고 졸라댔다. 그때는 들은 척도 하지 않던 허석이 지난번에 통성명을 하고

난 뒤, 웬일인지 서형우의 고객정보를 유출하겠다고 희진에게 먼저 제안했다. 그 제안이 아니었다면 오늘 희진이 만홧가게를 찾아오는 일은 없었을 것이다. 희진이 만홧가게에 왔을 때 형우가 우연히 그 앞을 지나가지 않았다면, 또 허석 형우에게 다 같이 식사나 하자고 제안하지 않았다면, 그랬다면 지금 희진이 이렇게 형우와 마주앉아 있는 일도 없었을 것이다. 모든 게 만홧가게 아저씨 덕분이었다.

"우리 희진이 웃는 얼굴이 참 예쁘죠?"
허석의 말에 형우도 맞장구를 쳤다.
"그럼요, 예쁘죠. 회사에서도 막내가 제일 예뻤는걸요?"
희진의 얼굴이 발그레해졌다. 불판의 열기 때문만은 아니었다. 정말이냐고, 내가 그랬듯 선배도 나를 바라본 적 있느냐고 묻고 싶었다. 하지만 희진은 차마 그 말을 하지 못했다. 지난 몇 달 간 그랬듯이 형우의 얼굴을 곁눈질로 훔쳐볼 뿐이었다.

다음날 희진이 느지막이 일어나 집에서 뒹굴뒹굴하고 있을 때였다. 침대 옆에 놓아둔 휴대폰에서 메시지 알림음이 들렸다. 발신자는 만홧가게 아저씨였다.
— 조카, 어제 잘 들어갔지? 토요일인데 뭐해?
어쩐지 전날 형우 앞에서 전화번호를 묻더라니. 이미 알지 않느냐고 피해보려 했지만, 허석은 뭘 잘못 눌렀더니 다 날아가 버렸다며 넉살 좋게 휴대폰을 내밀었다. 조카가 삼촌한테 연락처를 안 가르쳐 주는 것도 이상할 것 같아 어쩔 수 없이 번호를 찍어줬는데 이런 꿍 꿍이가 있었던 것이다.

— 왜 자꾸 반말이에요?

— 삼촌이라며? 반말 정도는 허용해줘야지. 그리고 삼촌 덕에 누 구랑 밥 먹은 사실을 잊었나?

— 그건 고마웠어요.

잠깐 답장이 없었다. 조금만 더 누워 있을까, 샤워를 할까, 망설이 고 있는데 다시 메시지 알림음이 울렸다.

— 그럼 나랑 데이트합시다.

이 아저씨가 정말. 희진은 휴대폰을 던져놓고 욕실로 들어갔다. 샤 워를 하는데 문자메시지에 적혀 있던 문장이 자꾸 신경에 거슬렸다. 데이트라니. 형우를 오빠라고 부를 수 있게 된 것도, 함께 식사를 하 고 조금이나마 더 가까워진 것도, 만홧가게 아저씨 덕분이긴 했다. 하 지만 그것을 빌미로 치근덕거리는 건 질색이었다. 나이도 많은 아저 씨가 어따 대고. 욕실에서 나오자마자 희진은 답장을 보냈다.

— 오늘은 그냥 집에서 쉬고 싶네요.

기초화장을 하며 휴대폰을 힐끔거렸지만 허석에게는 연락이 없었 다. 포기했나? 하지만 잠시 후 알림음과 함께 문자메시지 몇 개가 연 달아 들어왔다.

메시지에는 내용 대신 형우의 사진이 첨부되어 있었다. 허석의 만횟가게에 앉아 만화책을 보고 있는 형우. 어떤 사진에서는 재미있는 장면인지 껄껄 웃고 있었고, 다른 사진에서는 심각한 장면인지 진지한 표정을 하고 있었다.

으, 저절로 안구정화가 되는 이 얼굴! 희진이 넋을 놓고 형우의 사진을 보고 있을 때 또 한 통의 문자가 들어왔다.

— 아침부터 계속 만화책을 보고 있는 우리 가게 단골손님의 모습. 알바생 그만둔 삼촌 가게에 일 도와주러 왔다고 하면 자연스러울 텐데.

아침저녁, 출퇴근 전후로 형우를 스치듯 보는 것으로도 행복했던 희진이었다. 하루 종일 같은 공간에서 형우를 지켜볼 수 있다면 얼마나 좋을까. 이미 희진은 머릿속에서 옷을 고르고, 구두와 핸드백을 맞춰보고 있었다. 부랴부랴 화장대 앞에 앉으며 희진은 빠른 손놀림으로 답장을 보냈다.

— 금방 갈게요!

7. 형우

만화책의 마지막 장을 덮은 형우는 기지개를 켰다. 만홧가게가 문을 열자마자 들어와 쉬지도 않고 여러 권을 연달아 읽었더니 어깨와 뒷목이 뻐근했다. 형우가 책을 반납하고 점퍼를 입자 허석이 화들짝 놀랐다.

"아니, 왜, 벌써 가게? 조금만 더 있다 가요. 네?"

"아네요, 다 봤어요."

오늘따라 만홧가게 형님이 좀 이상했다. 평소의 후줄근한 차림 대신 정장을 빼입고 머리를 말끔하게 넘기고 있는 것부터가 그랬다. 토요일이라 결혼식이라도 가나, 아니면 데이트라도 있나. 하지만 알바생도 그만둔 마당에 가게를 비울 수도 없을 텐데.

조금 전에는 만화책을 보는 형우에게 쭈뼛쭈뼛 다가오더니 자기 조카와 셋이 가까운 공원이라도 가자고 했다. 웃으면서 거절했지만 오전 내내 안절부절 못하는 허석의 모습은 확실히 여느 때와 달라보였다.

형우는 만홧가게를 나와 아파트 단지로 이어지는 길을 걸었다. 저만치 낯익은 여자의 뒷모습이 보였다. 형우는 걸음을 빨리해 그녀 옆으로 다가가 나란히 걸었다.

"어디 갔다 오나 봐요?"

형우가 아는 체를 하자 여자도 반가운 얼굴로 인사를 건넸다.

"어, 안녕하세요?"

"손은 괜찮아요? 그때 데인 거?"

"네, 괜찮아요."

여자는 형우의 윗집에 사는 이웃이자 형우처럼 '소박한 만화 가게'의 단골이었다. 정식으로 통성명을 한 적이 없다보니 얼마 전까지만 해도 간단히 목례만 주고받는 사이였다. 하지만 아파트 엘리베이터에서, 만홧가게에서, 길거리에서 수시로 마주치면서 언젠가부터 간단한 대화 정도는 나눌 만한 사이가 되었다. 형우는 그녀의 이름을 몰랐지만 자기 혼자만의 호칭으로 그녀를 '천사'라 불렀다. 그녀가 1004호에 살기 때문이다.

"그때 추천해준 만화책 다 봤어요. 정말 재미있던데요? 특히 반전이 인상적이었어요."

형우의 말에 여자의 얼굴이 밝아졌다. 형우와 마찬가지로, 그녀 또한 만화에 관해 이야기할 때 가장 즐거워보였다.

"제가 제일 좋아하는 작가예요. 음, 반전 좋아하시면…… 『나의 아방가르드한 그이』 보셨어요? 그거 진짜 재미있어요. 꼭 보세요. 만화 중반부터 반전에 반전을 거듭하는데요. 오래된 만화지만 전혀 촌스럽지 않고 캐릭터들도 신선하고……."

두 사람의 화제는 늘 그렇듯 만화였다. 함께 엘리베이터를 타고 있을 때, 나란히 집을 향해 걸어갈 때, 그런 짧은 시간 동안의 대화는 언제나 그랬다.

그녀는 만화에 관해 형우보다 한 수 위였다. 오래된 만화부터 최신작까지, 신인 작가부터 유명 작가까지 모조리 섭렵했고, 좋아하는 작가나 취향도 뚜렷했다. 형우가 읽고 싶은 만화책이 대여중일 때 만홧가게 주인에게 빌려간 사람을 물어보면 십중팔구는 1004호였다. 그녀가 추천해주는 만화는 언제나 형우의 마음에 쏙 들었고, 감상평은 정확하고 사려 깊었다. 형우는 문득 어떤 생각이 떠올랐다.

"저, 혹시…… 지금 시간 좀 돼요?"

미술을 전공한 형우는 얼마 전까지 캐릭터 회사에 다니고 있었다. 대학을 졸업하자마자 입사한 회사, 크지는 않지만 탄탄한 벤처 회사의 수석 디자이너 자리였다.

고심을 거듭해 캐릭터를 만들어내고 그렇게 태어난 캐릭터에 나

름대로의 히스토리를 부여하는 게 형우의 일이었다. 남들에게는 디자인 상품에 불과할지 몰라도 형우에게는 아니었다. 캐릭터 하나하나에 애정을 가지고 생명을 불어넣기 위해 애쓰다 보면, 녀석들이 자식 같다는 생각마저 들었다.

형우가 만든 캐릭터들이 하나둘 늘어나는 것도, 시류와 유행에 맞아떨어진 몇몇 아이들이 히트를 치는 것도, 기쁘고 보람 있는 일이었다. 하지만 아무리 많은 아이들이 태어나도, 또 그 아이들이 인기를 얻어도, 형우는 어릴 때부터 품어온 꿈을 잊지 못했다.

형우는 자신이 창조한 아이들에게 이야기를 만들어주고 싶었다. 종이라는 평면을 벗어나 사람들의 마음속에 살아 숨 쉬게 하고 싶었다. 그래서 형우는, 만화작가가 되고 싶었다.

형우는 회사를 그만두고 본격적으로 만화를 그리고 싶었지만 회사 대표는 수많은 히트상품을 만들어낸 형우를 놓치고 싶어 하지 않았다. 그렇게 나온 절충안이 재택근무를 하는 것이었다. 재택근무를 시작하면서 형우는 만화의 스토리, 주인공이 될 인물의 성격을 만들어내는 데 몰두할 수 있었다. 시놉시스는 잡혔고 콘티도 거의 완성 단계였다. '소박한 만화 가게'에 드나들며 윗집 여자와 이야기를 나누게 된 것도 그즈음이었다.

윗집 여자는 시놉시스를 봐달라는 형우의 부탁을 흔쾌히 받아들였다. 그녀는 벤치에 앉아 형우의 휴대폰에 입력된 시놉시스를 꼼꼼

하고 진지하게 읽어 내려갔다. 형우는 유명 평론가의 비평을 기다리는 무명작가처럼 긴장하고 있었다.

"어때요? 이거랑 비슷한 스토리 본 적 있어요? 결말이 좀 모호한가요?"

윗집 여자는 웃으며 고개를 저었다.

"스토리가 독특한데요? 뒷부분도 여운이 남아서 좋아요. 그림으로 그리면 화려하고 멋있을 것 같아요."

형우는 그제야 마음이 놓였다. 그녀가 그렇게 말한다면 정말일 것이다. 이미 만화작가로 데뷔해 활발하게 활동하고 있는 김 선배를 제외하면 누군가에게 시놉시스를 보여주는 건 처음이었다.

"아는 만화가 형한테 보여줬더니 결말을 수정하는 게 좋겠다고 해서 어떻게 할까 고민하던 참이었어요."

"혹시 그분 질투해서 그러시는 건 아닐까요?"

"하하, 그럴까요?"

지난 며칠 동안 책상 앞에서 머리를 싸매고 고민했던 불면의 밤들이, 그녀의 말 한마디에 날아가 버리는 기분이었다. 함께 있으면 기분 좋은 그녀, 형우를 웃게 하는 그녀.

언젠가부터 형우는 엘리베이터를 기다릴 때마다 마음이 두근거렸다. 저 안에 그녀가 타고 있을까, 안 타고 있을까. 만홧가게에 갈 때도 마찬가지였다. 오늘 그녀는 내가 있는 동안 만홧가게에 올까, 안 올까.

마주침의 순간은 언제나 신기했다. 만남을 약속하지 않은 두 사람이 같은 시간대에 집을 나서거나 만홧가게에 오거나 편의점에 들른다는 것. 그렇게 두 사람의 시간과 공간이 정확히 일치하는 순간. 평행선을 달리던 두 시차가 어느 한 지점에서 만나는 찰나.

같은 아파트에 살아도, 같은 가게의 단골이라도, 마주침의 순간은 철저한 우연이었다. 그리고 누군가에 대한 호감은 그 우연을 쉽게 필연으로 둔갑시켰다.

"만화가로 대박 나실 것 같은데 미리 사인이라도 받아둘까요?"

"그럼 미리 한 장 해드릴까요?"

형우는 농담이었지만 여자는 진심인 듯했다. 그녀는 가방에서 노트와 펜을 꺼내더니 당장 해달라고 졸랐다. 더없이 낯설고 어색한 상황이었지만, 형우는 기분 좋았다. 정식으로 데뷔하기도 전에 사인이라니. 펜을 잡은 형우의 손이 약간 떨렸다.

"이름이?"

"두경이요, 채두경."

형우는 정성스럽게 두경의 이름을 썼다. 첫 사인, 그리고 우연을 넘은 진짜 관계가 시작되는 순간이었다.

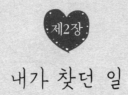

제2장

내가 찾던 일

Is This Love?

1. 지웅

아침 9시 5분 전, 두경의 집 앞에 도착한 지웅은 차 안에 앉아 아파트 입구를 바라보고 있었다. 두경이 지웅의 매니저로 첫 출근하는 날이었다.

매니저 일을 해보면 어떻겠느냐는 지웅의 제안에 두경은 경험도 없는 자기가 어떻게 그런 일을 하겠느냐며 손사래를 쳤다. 지웅이 어려울 건 하나도 없고 운전만 할 줄 알면 된다고 말하자 두경은 잠깐 머뭇거리더니 월급부터 물었다.

"두경 씨는 얼마나 받고 싶은데요?"

포커페이스를 유지하며 그렇게 물으면서도 지웅은 은근히 초조했다. 월 삼백? 아니면 사백? 설마 그 이상을 바라는 건 아니겠지? 두경을 옆에 두어야 하는 상황만 아니면 경험도 없고 마음에도 안 드는 그녀를 매니저로 고용하는 건 생각하지도 않았을 것이다. 그러나 지금은 두경이 주제도 모르고 배짱을 부린다 해도 지웅으로서는 두경을 고용하지 않을 수 없는 입장이었다.

"글쎄요. 한…… 이백? 뭐, 그 정도까지 준다고 하면 열심히 해보고요."

두경은 자기가 생각해도 너무 많다 싶은지 자신 없는 얼굴로 지웅의 눈치를 살폈다.

"좋아요. 그 정돈 줄 수 있어요."

지웅이 흔쾌히 대답하자 두경의 얼굴이 확 밝아졌다. 하지만 두경은 그때까지 자신이 누구의 매니저를 해야 하는지 모르고 있었다.

"근데 누구 매니저예요?"

지웅은 손가락으로 자기를 가리켰다. 두경의 표정이 굳어지더니 대꾸도 없이 휙 돌아섰다.

"저, 두경 씨 좋아해요!"

지웅 스스로도 생각지 못했던 말이 불쑥 튀어나왔다. 의외의 말에 두경이 멈칫거리는 사이 지웅은 얼른 두경의 팔을 잡고 속사포처럼 말을 쏟아냈다.

"제가 원래 두경 씨처럼 당차고 씩씩한 사람을 좋아하거든요. 제가 신인이라 말 못하는 상황이 생겨도 두경 씨가 대신 당당하게 말해줄 거 같고, 에, 또…… 아, 여성이니까 나한테 없는 뭔가 특별한 부분도 있을 거고…… 그러니까 내 말은 여자로서 유리한 부분들 말이에요."

그래도 두경은 떨떠름한 표정으로 지웅을 쳐다볼 뿐이었다. 에라이, 모르겠다. 지웅은 손가락 세 개를 앞으로 쑥 내밀었다.

"월 삼백!"

그 말 한 마디에 두 사람의 예측할 수 없는 일상이 시작되었다.

9시 정각이 되자 아파트 입구를 나서는 두경의 모습이 보였다. 한순간 지웅은 두경을 못 알아볼 뻔했다. 몸에 딱 맞는 올 블랙의 세미 정장을 입고, 늘 질끈 묶고 있던 머리카락을 길게 늘어뜨린 두경은 평소와 사뭇 달라보였다. 어쩐지 아까부터 배가 쪼이더라니……

한눈에 봐도 새 옷이라는 티가 났다. 전직 모델의 매니저가 되었다고 신경 좀 쓴 모양이었다. 지웅이 총총걸음으로 자신의 차 옆을 지나가는 두경을 부르자 두경은 약간 놀란 얼굴로 지웅을 돌아보았다.

"뭘 데리러 오고 그래요? 또 지각할까 봐요?"

웃으며 고개를 끄덕였지만 지웅의 속내는 그런 게 아니었다. 이 칠칠치 못한 여자가 어디서 넘어지고 자빠지고 코가 깨질지 모르는 일. 지하철도, 버스도, 길거리도, 사람이 붐비는 곳은 모두 위험했다. 지웅은 오늘부터 잠자는 시간 말곤 두경의 옆에 딱 붙어 있을 작정이었다.

두 사람은 지웅의 사무실 1층에 있는 카페로 들어갔다. 지웅은 준비해온 계약서를 내밀었다. 전날 밤 지웅이 만든 계약서는 일반적인 계약서와는 전혀 달랐다. 계약 조건은 단 하나였다. 건강할 것.

자기 몸을 소중히 한다, 위험한 행동을 하지 않는다, 절대 다치지 않는다, 항상 최상의 컨디션을 유지하기 위해 애쓴다, 일찍 잠자리에 든다…….

"무슨 조건이 이래요?"

"이게 얼마나 중요한데요. 예를 들어 밤늦게까지 인터넷을 하거나 텔레비전을 본다, 그럼 다음날 눈이 아플 거 아니에요? 눈이 아프면 당연히 일도 제대로 못하고요. 눈을 비롯해서 몸 전체 컨디션을 최상으로 유지해달라는 게 내 조건이에요. 두경 씨는 이제 내 최측근인데 일단 몸이 건강해야 뭐든 믿고 맡기죠. 안 그래요?"

일리가 있다 싶었는지 두경은 고개를 끄덕였다. 지웅은 두경이 계약서에 사인을 하고 집 주소와 전화번호, 그리고 주민등록번호를 쓰는 것을 지켜보다 흠칫했다. 840229…….

"생일이 2월 29일이에요?"

"네. 왜요?"

"나돈데."

지웅의 주민등록번호는 880229로 시작되었다. 두 사람은 4년의 시간차를 두고 같은 날 태어난 것이다. 윤년의 2월 29일에 태어난 사람은 드물다. 지웅은 생일이 같은 사람을 만나는 게 처음이었다. 두경도 신기한 듯 눈을 동그랗게 떴다.

"와, 신기하네요. 이번 생일에 뭐했어요? 난 스키장 갔다가 완전 죽을 뻔했는데. 그때 봤죠? 저 눈에 시커멓게 멍든 거……."

2월 29일? 스키장?

"호, 혹시 하이스키장?"

"네, 맞아요. 어떻게 아셨어요?"

그날 지웅도 하이스키장에 있었다. 두경이 친구들에게 시끌벅적하게 서른한 번째 생일을 축하받던 그 시간, 지웅은 옆방에서 혼자 스물일곱 번째 생일을 맞이하고 있었다. 작년 지웅의 생일에 별과 함께 왔던 바로 그 방이었다.

별은 직접 만들어 온 케이크에 촛불을 켠 뒤 말했다.

"자, 이제 소원을 빌어."

하지만 그 소원은 이루어지지 않았다. 언제까지 별의 옆에서 그녀의 기쁨과 행복, 아픔과 절망을 함께 하게 해달라던 소원이었다.

올해 생일에 지웅은 직접 산 케이크를 테이블에 올려놓고 초에 불을 붙였다. 그리고 소원을 빌었다. 어차피 이루어지지 않을 걸 알면서도, 올해의 소원은 꼭 이루어지기를 바라며.

지웅은 머릿속으로 재빨리 생각을 정리해보았다. 두경은 지웅과 같은 날짜에 태어났다. 하지만 4년의 시간차가 있으니 같은 날이라고 할 수는 없다. 윤날이 생일인 사람이 같은 생일을 가진 사람을 만나게 될 확률은 몇 퍼센트일까?

두경은 올해 생일 2012년 2월 29일에 지웅과 같은 장소에 있었다. 윤년이 생일인 두 사람이, 어느 윤년의 생일에 같은 장소에 있게 될 확률은 또 몇 퍼센트일까? 그리고 지금 지웅이 두경의 통증을 대신 느끼게 된 상황이 생일, 또는 생일에 같은 장소에 있었다는 것과 연관이 있는 걸까?

아직은 모든 것이 물음표다. 하지만 이렇게 생긴 단서들을 조합하고 추적해가다 보면 분명히 어떤 실마리가 잡힐 거라는 희망에 지웅은 흥분했다.

2. 두경

매니저로서의 첫날이었지만 두경이 한 일은 거의 없었다. 지웅은 영화 촬영을 시작하기 전까진 이렇게 한가할 거라고 했다. 그래도 아예 스케줄이 없는 건 아니었다. 저녁에는 지웅이 이사로 있는 쇼핑몰의 회식 자리가 있었다.

두경은 지웅과 함께 예약해 둔 레스토랑에 들어섰다. 빌딩의 꼭대기 층에 자리한 프렌치 레스토랑에 들어서자 먼저 와 있던 남자가 자리에서 벌떡 일어나며 두경을 맞았다.

"안녕하세요, 정은수라고 합니다. 지웅이 동창이에요."

정은수는 두경에게 악수를 청하며 사람 좋게 웃었다. 땅딸막한 키에 동갑내기인 지웅보다 열 살은 많아 보였지만 인상은 서글서글했고 표정도 밝았다. 지웅을 인터뷰하기 위해 자료 조사를 할 때 정은 수에 관한 기사를 봤던 기억이 났다.

그는 지웅의 고교 동창이자 쇼핑몰의 공동 대표로 사업수완이 좋은 남자였다. 지웅이 영화 데뷔를 앞두고 경영에서 한발 물러난 뒤, 실질적으로 쇼핑몰을 이끌어가는 사람이기도 했다.

두경은 은수를 비롯해 직원들과 차례로 인사를 나눈 뒤 의자에 앉았다. 곧 식탁에는 코스 메뉴가 차례대로 가득 채워졌다. 지웅은 두경이 뭔가를 먹을 때마다 주의, 또 주의시켰다.

"아, 제발, 두경 씨, 천천히 먹어요. 아악! 방금 혀 깨물었잖아요. 누가 안 쫓아오니까 천천히, 꼭꼭, 응? 아악~ 또, 또!"

자기 사람 어지간히도 챙긴다고 은수가 놀려댔지만 지웅은 두경이 한 입 먹을 때마다 노심초사, 안절부절못했다. 다른 쇼핑몰 직원들도 있는데 유독 두경에게만 티나게 챙기는 모습이었다.

두경이 하루 동안 지웅과 지내면서 느낀 것은, 지웅의 첫인상과 속마음이 무척 다르다는 것이었다. 차갑고 쌀쌀맞고 이기적인 사람인 줄로만 알았다. 아니, 그 정도가 아니었다. 약속 시간에 5분만 늦어도 무안을 주며 내쫓아버리고, 누군가의 뺨을 불시에 때리는 성격파탄자인 줄 알았다.

하지만 오늘 지웅은 하루 종일 두경을 걱정해주었다. 오랜만에 하이힐을 신은 두경이 넘어질까 봐 걱정, 정장을 입은 두경이 불편할까 봐 걱정…… 매사에 섬세하게 두경을 염려하는 모습에 살짝 감동을 받은 것도 사실이었다. 겉으론 차갑고 냉정해 보이지만 속은 따뜻하고 배려가 깊은 사람. 타인에게 무관심하지만 막상 내 사람이 되면 살갑게 챙기는 사람. 두경은 지웅이 그런 타입이라고 생각했다.

"아, 효정 씨, 이쪽!"

갑자기 은수가 벌떡 일어나며 누군가에게 손짓을 했다. 쇼트커트를 한, 키가 크고 늘씬한 여자가 식탁으로 다가오고 있었다.

"두경 씨, 인사해요. 이쪽은 우리 회사를 먹여 살리는 디자이너, 김효정 실장이에요."

두경과 효정의 눈이 마주친, 바로 그 순간이었다. 두경은 효정의 인사를 받으면서 아무 대꾸도 할 수 없었다. 처음 만난 사람…… 그런데 왜 이렇게 낯이 익은 걸까. 얼마 전까지 만나온 사람 같은, 아니면 전생에서 만났던 것 같은 느낌.

그뿐만이 아니었다. 효정을 보는 순간 마음이 갈가리 찢어지는 것 같았다. 허술하게 쌓여 있던 무언가가 일순간 와르르 무너지는 느낌. 힘겹게 부여잡고 있던 어떤 의지가 단번에 끊어지는 느낌, 그렇게 온 마음이 파괴되고 폐허가 되어버리는 느낌. 너무나도 생소한 감정에 두경은 어쩔 줄 몰랐다.

'너무 아파……. 너무 슬퍼…….'

두경은 도저히 효정의 얼굴을 마주볼 수 없었다. 조금만 더 효정과 함께 있으면 이 마음의 고통을 어쩌지 못해 몸도 마음처럼 무너져 내릴 것만 같았다. 여기서 그런 모습을 보일 수는 없었다. 울음을 터뜨릴 수도 없었다.

"미안합니다. 잠깐 실례하겠……."

두경은 말을 채 끝맺지 못하고 도망치듯 자리를 피했다. 돌아서자마자 하이힐을 신은 발이 휘청거리고 눈물이 왈칵 쏟아졌다. 비상계단으로 달려간 두경은 문을 닫자마자 스르륵 주저앉았다. 한 번 터진 울음은 멈출 것 같지 않았고, 먹먹하고 쓰린 마음도 쉽게 진정될 것 같지 않았다.

"두경 씨……."

두경은 뒤에 자신을 쫓아온 지웅이 서 있는 것을 알았지만 고개를 들 수 없었다. 분위기를 망친 게 미안했고, 눈물로 범벅된 얼굴이 부끄러웠다. 두경은 양손에 얼굴을 묻은 채 움직이지 않았다. 가만히 다가온 지웅이 두경의 곁에 앉았다.

"두경 씨, 무슨 일 있어요?"

"미안해요. 나도 모르겠어요. 그냥 갑자기 마음이 아파서…… 너무 아파서…… 자꾸 눈물이 나요……."

지웅은 천천히 손을 들어 두경의 어깨에 올렸다. 그리고 몇 번이고 토닥토닥 두드려주었다. 들릴 듯 말 듯한 지웅의 목소리. 그것은 두경에게 하는 말 같기도 했고, 지웅이 스스로에게 하는 혼잣말 같기도 했다.

"괜찮아요……. 마음껏 울어요……. 울고 나면 다 나아지니까……. 나도…… 그랬으니까……."

3. 지웅, 두경

다음날 지웅의 첫 스케줄은 병원이었다. 통증을 느끼지 못하는 증세로 고민하는 두경의 검사 날짜에 맞춰 지웅도 건강검진을 예약한 것이었다. 두경은 모르고, 지웅은 아는 사실. 검사 결과는 며칠 후에나 나오지만, 지웅은 두경에게 아무 이상도 없다는 걸 이미 알고 있었다.

"지웅 씨라면 어떨 것 같아요?"

병원을 나와 오 대표의 사무실로 가는 차 안이었다. 검사를 받은 뒤 내내 말이 없던 두경이 지웅에게 불쑥 물었다. 평소와 다르게 목소리에 힘이 많이 빠져 있었다.

"뭐가요?"

"지웅 씨가 지금 내 상황이라면 어떨 것 같냐고요. 아무리 생각해도 건강상의 문제는 아닌 것 같아요. 다른 감각은 다 정상이고 컨디션도 좋거든요."

"그럼 왜 이렇게 된 거 같아요?"

지웅은 자기 목소리가 절박해지는 것을 느꼈다. 두경의 통증을 지웅이 대신하게 되었다는 사실을, 두경은 모르고 지웅은 안다. 하지만 그 이유에 대해, 지웅은 모르고 두경은 짐작할 수 있는 무언가가 있을지도 모른다.

두경은 힘없이 고개를 가로저었다. 지웅도 힘이 쑥 빠지는 기분이었다.

오 대표는 자신의 사무실에 앉아 언짢은 얼굴로 지웅을 훑어보았다. 지웅만 아니면 오 대표의 조카가 구 감독의 영화에 조연급으로 출연할 수도 있었다. 게다가 신인답지 않게 뻣뻣한 지웅의 태도도 거슬렸다. 오 대표는 자신에게 굽실거리는 사람들, 자신의 비위를 맞추기 위해 애쓰는 사람들에게 익숙했다. 못마땅한 얼굴로 지웅을 바라보던 오 대표는 뒤따라 들어오는 낯선 여자를 보고 인상을 찌푸렸다. 얘는 또 뭐야?

"안녕하세요, 채두경입니다. 예지웅 씨 매니저입니다."

하, 매니저? 아직 활동도 안 하는 주제에? 오 대표는 어처구니 없다는 표정으로 두경에게 차갑게 말했다.

"나가 있어."

오 대표의 까칠한 말투에 두경은 뻘쭘한 얼굴로 재빨리 사무실을 나왔다.

잠시 후 사무실을 나오는 지웅은 여느 때처럼 자신만만한 얼굴이 었다. 한편 오 대표는 못마땅한 기색을 숨기려고 애를 쓰는 것처럼 보였다. 지난번에 오 대표가 제시한 조건이 지웅의 마음에 차지 않아 계약이 어그러졌다고 들었는데, 오늘은 지웅이 새로 제시한 조건대로 성사된 모양이었다. 두 사람 사이에 무슨 이야기가 오갔는지는 두경도 짐작할 수 없었다.

오랜만에 날씨가 좋아 두경과 지웅은 커피를 사들고 근처의 공원을 걸었다. 지웅과 붙어 다닌 지 며칠이 지났는데도 두경은 그와 나란히 걷는 것이 좀처럼 익숙해지지 않았다. 두경의 보조를 맞추기 위해서인지, 아니면 원래 걸음걸이가 그런지, 지웅은 항상 느긋하게 걸었지만 두경은 언제나 한 발짝쯤 떨어져 지웅의 뒤에서 걸었다.

지웅과 나란히 걷고 있으면 사람들의 무수한 시선이 느껴졌다. 사람들은 감탄하듯 지웅을 쳐다본 다음 의아한 눈빛으로 옆에 있는 두경을 힐끔거리곤 했다. 누구도 대놓고 말하지 않았지만, 두경은 그 시선이 어떤 의미인지 금방 알아챌 수 있었다. 왜 저런 남자가 저런 여자랑 같이 다니지?

지난주만 해도 꽃샘추위가 기승을 부리면서 한겨울 같더니, 오늘은 날이 많이 풀려 있었다. 뺨에 닿는 바람은 쌀쌀했지만 따뜻한 햇살 덕분에 양지로 걸으면 추운 줄 몰랐다. 두경은 커피를 홀짝이며 앞서 걷는 지웅의 뒷모습을 보았다. 지웅의 은빛 머리 위에서 햇볕이 반사되고 있었다. 어디에 있어도 지웅은 빛의 한가운데 서 있는 것처럼 반짝거리는 사람이었다.

"검색해 보니까, 이노 엔터테인먼트는 꽤 괜찮은 회사던데, 처음에 왜 거절했어요?"

두경은 조금 전 오 대표의 사무실 밖에서 스마트폰으로 검색해본 웹문서들을 훑어보았다. 이제는 어엿한 매니저이기에 지웅과 관련된 것들은 바로바로 체크하는 버릇이 생겼다.

"조건이 너무 신인 같아서요."

"신인 맞잖아요."

"아까 봤잖아요, 한 번 튕기니까 어떻게 나오는지."

지웅의 말이 맞을지 몰랐다. 알아서 고개를 숙이고 머리를 조아리는 사람에게, 세상은 친절하지 않았다. 하지만 두경에게는 그것이 오히려 익숙한 태도였다. 무조건 열심히 하겠다고, 급여는 많지 않아도 된다고, 시켜만 달라고, 면접을 볼 때면 두경은 항상 그런 태도를 취했다.

"근데…… 원래 매니저는 소속사에서 정해주는 거 아니에요? 아까 제가 매니저라고 하니까 대표님 표정이……."

사무실을 나와서부터 두경은 내내 그것이 마음에 걸렸다. 사무실에서 내쫓기듯 나오던 순간의 무안함은 둘째치고라도 자신이 지웅에게 짐이 되는 존재라는 생각을 지울 수 없었다.

지웅은 금방 대답하지 않았다. 역시 내 생각대로인가. 매니저로서 경력도 능력도 없다는 생각에 두경은 자꾸 움츠러들었다. 지웅은 얼마 남지 않은 커피를 마저 비운 뒤 두경을 돌아보았다.

"맞아요. 이노 엔터테인먼트에는 이미 훌륭한 매니저들이 있어요. 하지만 난 두경 씨랑 같이 들어가겠다고 분명히 말했어요."

"왜…… 전 아는 것도 없고 하는 일도 없는데……."

"두경 씨가 왜 하는 일이 없어요? 출근해서 매일 나 쫓아다니느라 바쁘잖아요. 아까 스케줄 얘기해줬죠? 앞으로 진짜 바빠질 거예요. 컨디션 유지 잘해야 돼요. 알았죠?"

지웅의 자신감이 전해지자 움츠려 있던 두경의 어깨도 조금 펴지는 것 같았다. 그래, 당당해지자. 아직은 서툴고 모르는 게 더 많지만 하나씩 배워나가면 될 것이다.

4. 희진

희진이 '소박한 만화 가게'의 문을 열자 출입구에 달린 종이 딸랑, 소리를 냈다.

"어서 오세요."

혼자 자장면을 먹고 있던 허석이 습관적으로 인사를 건네며 고개를 들었다. 희진을 발견한 허석의 얼굴이 환해졌지만, 희진은 눈도 마주치지 않은 채 작은 쇼핑백을 내밀었다.

"이것 좀 맡길게요. 형우 오빠가 며칠 안으로 찾아갈 거예요."

쇼핑백 안에는 희진의 첫 제품이 들어 있었다. 고릴라 캐릭터가 달린 휴대폰 줄이었다. 희진은 자신의 첫 제품을 형우에게 가장 먼저 선물하고 싶었다. 하지만 내일 집으로 찾아가겠다는 희진의 문자에 형우는 스키장에 가는 길이니 삼촌 가게에 맡겨달라고 답장을 보내왔었다. 또 만홧가게라니.

지난번에는 제대로 김이 샜다. 형우가 있다는 말에 달려갔는데 그는 이미 가버린 뒤였다. 기왕 온 김에 식사나 하고 가라고 허석이 붙잡았지만, 희진은 들은 척도 하지 않았다.

언제까지 삼촌과 조카 연기를 할 수도 없고, 언제까지 셋이 만날 수도 없었다. 형우의 말을 거절할 수 없어서 외근을 나온 김에 내키지 않는 걸음으로 만홧가게를 찾아오긴 했지만, 오늘이 정말 마지막이라고 생각했다.

쇼핑백을 맡긴 희진은 곧장 가게를 나가려다 무심코 만홧가게 안을 둘러보았다. 손님이 하나도 없었다. 잘 가라며 손을 흔드는 허석의 얼굴도 어쩐지 쓸쓸해보였다.

"이 휴대폰 줄…… 쓰실래요?"

자기도 모르게 그런 말이 흘러나왔다. 희진의 손은 이미 가방 속에 있던 여분의 휴대폰 줄을 꺼내고 있었다.

"혹시 직접 디자인한 거? 우와, 역시 디자이너라 다르네. 그냥 고릴라 한 마리 가지고 어떻게 이렇게 깜찍하고 귀여운 제품이 탄생할 수 있지? 천잰가? 헤헤, 잘 쓸게요. 마침 휴대폰 줄이 없었는데, 진짜 잘됐다. 오오, 예뻐, 예뻐!"

호들갑스럽게 감탄하며 당장 휴대폰 줄을 끼우는 허석을 보니, 풋소리와 함께 웃음이 터져 나왔다. 첫 제품이 출시되었을 때의 복잡한 기분. 기쁘고 설레고 행복하고 뿌듯하고 기대되고, 그러면서도 떨리고 두렵고 긴장되는…….

형우가 누구보다 그 심정을 잘 알아줄 거라고 생각했다. 형우에게 축하 받고 칭찬 듣고 싶었다. 하지만 허석이 보내는 열렬한 찬사에 희진은 형우를 만나지 못한 아쉬움이 조금 누그러지는 것 같았다.

저녁 무렵 회사로 돌아온 희진은 쇼핑몰 홈페이지에 접속했다. 하루 만에 고릴라 휴대폰 줄은 '주문 폭주' 상태였다. 어떻게 된 일이지? 빠르게 스크롤바를 내리자 '한 줄 상품평'에 남겨진 후기 하나가 보였다.

'만홧가게 삼촌: 참 깜찍하네요. 아주 마음에 들어요. 지인들에게 선물하려고 합니다. 대박 나세요!'

휴대폰 줄을 끼우던 허석의 모습이 떠올랐다. 웃으며 손을 흔들던 얼굴과 텅 빈 만홧가게도 생각났다. 대체 이 아저씨는 휴대폰 줄을 몇 개나 주문한 거야, 장사도 잘 안 되는 것 같았는데. 오늘 낮에만 해도 다시는 만홧가게에 가지 않을 작정이었다. 하지만…….

형우가 스키장에 갔으니 오늘은 그 동네에 가도 그를 만날 수 없을 것이다. 혼자 텅 빈 만홧가게에서 자장면을 먹던 허석의 얼굴이 자꾸 떠올랐다. 아마 저녁도 그렇게 혼자 먹겠지. 희진은 퇴근 후 만홧가게에 들러야겠다고 생각했다. 떡볶이라도 사가야지.

5. 형우, 두경

토요일 오후, 형우는 들뜬 마음으로 아파트 입구에 서 있었다. 자꾸 실없는 웃음이 나왔다. 두경을 기다리며 그날 일정을 머릿속으로 정리해보았다. 두경과 연극을 보고 저녁을 먹을 것이다. 메뉴는 어떤 게 좋을까. 이탈리아 레스토랑이나 패밀리 레스토랑에 갈까. 어쩌면 소탈한 두경은 삼겹살에 소주 한잔 곁들이는 것을 더 좋아할지도 모른다.

두경에게는 이벤트 티켓에 당첨되었다고 말했지만, 사실 티켓은 형우가 어렵게 예매한 것이었다. 두경이 좋아하는 만화 『우연일까?』를 원작으로 한 연극이었다. 어쩐지 그 연극이 두경과 형우의 이야기인 것만 같았다. 우연으로 시작된 관계. 우연히 마주치고 우연히 이야기를 나누고…… 그러고 보니 두경의 연락처를 알게 된 것도 우연이었다.

스키장에 가던 날 형우는 쓰레기를 버리러 나온 두경과 아파트 입구에서 마주쳤다. 인사를 하고 짧은 이야기를 나눈 뒤 곧 헤어졌는데, 수거장 옆 난간에 휴대폰이 놓여 있었다. 두경이 분리수거를 하면서 휴대폰을 올려놓았다가 잊어버리고 간 모양이었다.

휴대폰을 가지고 두경의 집으로 올라가면서 형우는 두경의 휴대폰으로 자기 휴대폰에 전화를 걸었다. 형우의 휴대폰에 두경의 전화번호가 떴다. 휴대폰도 찾아줬으니 연락처를 저장해두는 것 정도는 괜찮을 것 같았다.

스키장에 있는 내내 형우는 두경과 문자를 주고받았다. 스키장에서 넘어진 뒤 한동안 눈에 멍이 들어 있었던 두경의 얼굴이 떠올라, 똑같은 자리에 멍든 분장을 하고 사진을 찍어 보내주기도 했다. 두경은 그 사진을 보고 웃었을까? 그랬으면 좋겠다. 요즘 형우가 두경을 떠올리면 자꾸 웃게 되듯이, 두경도 형우의 사진을 보고 웃었으면 좋겠다.

엘리베이터 문이 열리고 두경이 걸어 나왔다. 형우는 활짝 웃으며 손을 들었다. 두경도 웃으며 손을 번쩍 들더니 빠른 걸음으로 형우에게 다가왔다.

"형우 씨는 운이 좋네요. 저는 그 이벤트 안 뽑혔는데."

"두경 씨도 운이 좋네요. 이벤트 안 뽑혔는데도 공연 보게 됐으니."

정말 운이 좋았다. 두경과 같은 아파트에 사는 것도, 두경과 같은 만
홧가게 단골인 것도, 두경의 휴대폰을 주운 것도, 두경과 지금 이렇게
걷고 있는 것도. 형우에게는 이 모든 우연이 행운인 것만 같았다.

연극은 무척 재미있었다. 특별할 것 없는, 하지만 내 이야기 같고
아는 사람 이야기 같은 사랑 이야기. 설레고 두근거리고 행복하고 엇
갈리고 오해하고 미워하고, 하지만 종국에는 먼 길을 돌고 돌아 재회
하는 해피엔딩. 연극이 끝날 때쯤 두경은 저런 사랑을 다시 한 번 시
작하고 싶다는 마음이 들었다.

연극이 끝난 뒤, 두 사람은 가까운 주점에 들어갔다. 술을 마시며
연극과 만화에 대해, 그리고 끝났거나 시작할 사랑에 대해 이야기하
다, 두경은 형우에게 최근 자신의 몸에 일어난 심상치 않은 변화에
대해 털어놓았다. 어쩐지 형우에게는 이야기해도 될 것 같았다.

"진짜예요?"

두경의 이야기를 듣고도 형우는 믿기지 않는 표정이었다. 당연했
다. 그 일을 겪고 있는 두경 스스로도 납득할 수 없는 일이니까.

"여기 꼬집어봐요. 세게."

두경이 뺨을 내밀자 형우는 잠깐 망설이다가 두경의 뺨을 살짝 꼬
집었다.

"더 세게요. 진짜 아무렇지 않으니까."

두경의 강요에 할 수 없이 형우는 두경의 뺨을 세게 꼬집어 당겼

다. 두경의 하얀 뺨에 순식간에 빨갛게 꼬집힌 자국이 생겼다. 하지만 표정은 아무런 변화가 없었다.

"저 그때 만홧가게에서 뜨거운 물에 손도 데이고 뺨도 맞았잖아요. 기억나죠? 사실 저 그때도 전혀 안 아팠어요. 완전 슈퍼우먼이죠? 누가 형우 씨 괴롭히면 나한테 말해요. 내가 혼내줄 테니까."

"웃을 일이 아닌 것 같은데요. 병원에 가봐야 하는 거 아녜요?"

"왜 안 가봤겠어요. 근데 의사도 모르겠다고 하고. 건강검진을 받았는데 결과는 다음 주에 나오지만 아무 이상 없을 거예요. 자기 몸은 자기가 제일 잘 안다고 하잖아요. 저도 제가 괜찮다는 게 느껴져요."

두경은 아무렇지 않게 말했지만, 형우의 표정은 어두웠다. 형우는 한 병원에서 원인을 모른다면, 다른 병원, 또 다른 병원을 찾아가서라도 원인과 치료방법을 알아내야 하지 않을까 생각했다. 정말 두경의 몸에 이상이 없다면 이렇게 이상한 증상이 나타날 리 없었다. 생각 같아서는 납득할 만한 결과가 나올 때까지 두경을 데리고 다른 병원을 찾아다니기라도 하고 싶었다. 하지만 이제 첫 데이트를 한 마당에, 두경이 너무 부담스러워 할지도 모를 것이라 생각했다.

두경은 형우가 걱정해주는 게 고맙기도, 미안하기도 했다. 몇 번이나 괜찮다고 말했지만, 사실 두경도 그리 편하지는 않았다. 두경이아니라도, 자기 몸에 이해할 수 없는 변화가 일어나는 것을 담담히 받아들일 수 있는 사람은 없을 것이다. 하지만 몇 날 며칠 고민한 뒤두경은 결론을 내렸다. 모든 걸 받아들이고 살아가자.

어쩔 수 없다는 생각에서 비롯된 결론이지만 그것은 체념과는 달랐다. 받아들이든 받아들이지 못하든 믿을 수 없는 일은 벌써 일어났다. 병원에서도 원인을 모르고, 인터넷을 아무리 뒤져봐도 비슷한 사례조차 찾을 수 없다.

바꿀 수도, 되돌릴 수도 없는 상황에서 두경이 선택할 수 있는 카드는 둘뿐이었다. 그럴 수도 있다고 생각하거나, 왜 내게 이런 일이 일어나느냐고 대답 없는 질문을 되풀이하거나. 그것은 이미 일어난 일을 받아들이느냐 받아들이지 않느냐의 문제이기도 했다. 두경은 두 개의 카드 중 기꺼이 받아들이는 쪽을 선택했다. 그러므로 어쩔 수 없다는 결론은 포기가 아니라 용기에 가까웠다.

가끔 텔레비전이나 인터넷에서는 믿기 어려운 이야기를 전해주곤 했다. 몸에 가시가 돋아나는 사람, 온몸에 털이 수북이 자라나는 사람, 성장기도 되기 전에 발육이 멈춰버린 사람……. 희귀한 질병을 앓고 있는 사람도, 원인을 알 수 없는 희한한 일을 겪고 있는 사람도, 그러나 결국에는 자신의 운명을 받아들인다. 그들이 용기를 내어 스스로를 끌어안는 이유는 그래야만 살 수 있기 때문이다. 자신이 가진 다름과 차이를 인정한 그들을, 두경은 인생의 승자라고 생각했다. 그리고 두경도 그런 사람이고 싶었다.

"참, 작품 준비는 잘 되어 가죠? 형우 씨는 언제부터 만화가가 되고 싶었어요?"

두경은 분위기를 바꾸기 위해 화제를 돌렸다.

"아주 어렸을 때부터요. 어릴 때부터 책 읽는 것도, 그림 그리는 것도 다 좋았거든요. 그런데…… 부모님께 만화가가 되고 싶다고 말씀 드리니까 걱정이 이만저만 아니었어요. 그래서 디자인과로 진학하게 됐고…… 지금에야 다시 도전하게 된 거죠."

"멋있네요. 전 한 분야를 열심히 파서 성공한 사람들이 부럽거든요."

"두경 씨처럼 여기저기 도전해보는 사람도 멋진 거예요."

형우의 격려에 두경은 웃음으로 대답했다. 생각해보면 두경은 어릴 때부터 특별히 잘하는 게 없었다. 어딜 가도, 무얼 배워도 늘 중간 정도, 고만고만한 수준이었다. 성적에 맞춰서 대학을 갔고 시류에 맞춰서 전공을 선택했지만, 두경에게는 잘 맞지 않았다. 이십 대 내내 적성을 찾겠다며 안 해본 일이 없었지만, 결국 이도저도 안 되었다.

그리고 이제 서른한 살. 어디라도, 무슨 일이라도, 시켜만 주면 좋겠다고 생각한 두경이었다. 하지만 요즘 두경은 새로운 일에 빠져 있는 스스로를 발견했다.

"근데 요즘은 왜 만홧가게에 안 와요?"

형우의 말에 두경은 가방에 들어 있던 패션잡지를 꺼냈다.

"새로운 재미에 빠졌거든요. 바로 이거예요."

"패션? 멋진데요!"

지웅의 매니저 일을 하면서 두경은 매일 패션잡지를 탐독하고 지웅에게 어울릴 만한 옷을 스크랩했다. 지웅이 시킨 일도 아닌데 두경은 하루도 거르지 않고 그 일을 했다. 자신이 고른 옷을 지웅이 입는 상상만으로도 뿌듯하고 즐거웠다. 어쩌면 이게 바로 두경이 찾던 일인지도 몰랐다.

"건배!"

두 사람의 잔이 힘차게 부딪쳤다. 앞으로 시작될 꿈을 위한, 또 언젠가는 시작될 사랑을 위한 건배였다.

6. 허석

토요일 아침, 허석은 영업 준비를 위해 가게를 쓸고 닦으며 마냥 즐거웠다. 가지고 있는 옷 중 가장 좋은 셔츠를 입었고 부스스한 머리도 깔끔하게 빗어 넘겼다. 오늘부터 희진은 허석의 가게에서 주말 아르바이트를 하기로 한 것이다.

희진에게 휴대폰 줄을 받은 날 저녁, 웬일인지 희진이 다시 만홧가게를 찾아왔다. 희진은 손에 떡볶이와 김밥이 든 봉지를 들고 있었다. 출출하던 차에 잘 됐다고 허석이 반가워하자, 희진은 테이블에 음식을 주섬주섬 펼쳐놓으며 톡 쏘아붙였다.

"도대체 휴대폰 줄을 몇 개나 주문한 거예요? 그걸 다 어따 써요?"

"우리 가게 손님들한테 선물하려고요. 마음을 얻는 데는 선물만 한 게 없잖아요."

무리하기는 했다. 휴대폰 줄 하나는 비싸지 않았지만, 워낙 많은 양을 주문했기 때문이다. 하지만 그렇게 해서라도 첫 제품을 세상에 내놓은 희진에게 힘이 되어주고 싶었던 허석이었다.

"무례하게 굴어 죄송했어요."

희진이 고개를 숙인 채 조그만 목소리로 말했다. 허석은 싱글벙글 웃으며 연신 떡볶이만 입에 집어넣었다. 매운 음식은 잘 못 먹지만 희진이 사온 음식이라면 뭐든 맛있게 먹을 수 있었다.

"희진 양은 주말에 보통 뭐하시나?"

허석은 떡볶이를 다 먹은 뒤 진한 믹스커피를 마시며 희진에게 물었다.

"친구들 만나거나 아니면 집에서 텔레비전 보면서 쉬거나 그래요."

"혹시 주말 알바 해볼 생각 없어? 우리 가게에서. 희진 양도 손해 볼 거 없어. 형우 씨가 주말엔 여기에서 몇 시간씩 있다 가거든. 희진 양이 도와주면 나도 주말에 자유롭게 보낼 수도 있어 좋고, 서로 상부상조하는 차원으로다가. 어때?"

사실 주말 알바는 필요 없었다. 사람들은 이제 전자책으로 만화를 보았고, 허석의 만홧가게를 찾는 손님들은 단골 몇 명을 제외하면 거의 없다시피 했다. 마지막 아르바이트생이 그만둔 뒤 한동안 가게 앞에 구인광고를 붙여놓기도 했지만, 인건비라도 줄이자 싶어 그 공고마저 떼어버린 상황이었다.

커피 잔을 물끄러미 내려다보는 희진의 얼굴에는 망설임이 가득했다. 같은 공간에서 형우를 볼 수 있다는 건 희진에게 엄청난 유혹임이 틀림없었다. 한편으로는 허석이 또 무슨 꿍꿍이를 가지고 이러는지, 아르바이트를 핑계 삼아 집적거리지나 않을지, 내키지는 않았을 것이다.

"마음에 안 들면 한 달 해보고 그만둬도 돼. 진짜 딴 마음이 있어서가 아니라 아르바이트생이 필요해서 그런 거야. 결정은 희진 양 마음대로."

허석은 살짝 긴장한 채 희진의 표정을 살폈다. 그때였다.

"그러죠 뭐."

희진이 그렇게 말한 순간, 허석은 만세라도 부르고 싶은 심정이었다.

만홧가게로 출근한 뒤 희진은 카운터에 앉아 연신 하품만 해댔다. 주말인데도 만홧가게에는 하루 종일 손님은커녕 파리 한 마리 없었다.

"형우 오빠는 언제 와요?"

"으응, 대중없어. 오전에 오기도 하고 오후에 오기도 하고. 그래도 보통 이 시간 전엔 출석을 하는데 아마 곧……."

문 앞에 서서 밖을 보던 허석은 말끝을 흐리며 침을 꿀꺽 삼켰다. 가게 앞으로 형우가 지나가고 있었다. 그것도 1004호 고객과 함께.

두 사람은 함께 걸어가며 도란도란 이야기를 나누기도 하고 깔깔 웃음을 터뜨리기도 했다. 904호와 1004호가 저렇게 친한 사이였나?

"아이 참, 향수 냄새도 다 날아가고……."

실망스러운 표정으로 툴툴거리는 희진을 허석이 돌아보았다. 희진은 평소보다 더 예쁘게 차려입었고 머리도 정성껏 손질한 티가 났다. 원래 형우는 주말마다 하루도 거르지 않고 출석했었다. 하지만 오늘은 오지 않을 것이다.

"에잇, 그래. 이 시간까지 손님도 없고 희진 양도 첫 출근이니까 오늘은 일찍 닫고 회식이나 하자!"

허석이 선심을 쓰듯 말했지만, 희진은 잔뜩 짜증이 난 표정이었다.

"누가 아저씨랑 밥 먹으러 간대요? 손님도 없으니까 오늘은 그만 갈게요."

희진은 핸드백을 챙기더니 만홧가게 밖으로 휙 나가 버렸다. 허석은 그저 씁쓸한 미소를 지으며, 희진의 뒷모습을 바라볼 뿐이었다.

7. 지웅

패션쇼가 끝난 뒤 지웅은 효정과 함께 건물 밖으로 나왔다. 원래는 두경과 함께 오려고 했지만, 두경이 선약이 생기는 바람에 혼자 왔고 패션쇼장에서 마주친 효정과 함께 나오게 된 것이다.

일교차가 큰 계절이었지만, 오늘은 저녁에도 포근했다. 두 사람은 패션쇼장에서 멀지 않은 지웅의 오피스텔까지 함께 걸어가기로 했다. 쇼핑몰 건물의 꼭대기 층은 지웅이 사는 주거용 오피스텔이었고, 효정의 차는 그 건물 지하에 주차되어 있었다.

걸어가는 동안 지웅은 이 모든 게 신기하다고 생각했다. 얼마 전까지는 상상도 할 수 없는 일이었다. 패션쇼를 보는 것도, 효정과 같이 걷는 것도.

텔레비전 채널을 돌리다가 패션쇼 장면이 나오기만 해도 채널을 돌려버렸던 지웅이었다. 패션쇼를 보면 무대를 활보하던 별의 모습이, 패션쇼 무대에서 별과 함께 워킹 하던 순간이 떠올랐기 때문이다.

그리고 효정……. 지웅은 효정이 처음으로 쇼핑몰에 면접을 보러 왔던 날을 잊을 수 없었다. 별과 얼마나 닮았는지 심장이 멈추는 것처럼 놀랐던 기억. 큰 키와 마른 몸, 화장법과 옷 입는 스타일, 거기다 별의 트레이드마크와 같은 쇼트커트까지, 효정은 별과 쏙 닮아 있었다.

유능한 디자이너인 효정은 은수를 도와 쇼핑몰을 성공적으로 키워냈다. 지웅이 쇼핑몰 운영에서 손을 떼다시피 한 것도 그즈음이었다. 효정을 바라보기만 해도 마음속에 폭풍우가 치는 것처럼 동요됐다. 효정과 짧은 인사만 나누어도 별에 대한 기억으로 마음이 갈가리 찢기는 것 같았다. 한 공간에서 눈을 마주치고 이야기를 나눈다는 건 가능하지 않은 일이었다.

그런데…… 이상했다. 얼마 전부터 효정을 봐도 아무렇지 않았다. 눈을 마주쳐도, 이야기를 나누어도, 지웅의 마음은 파도가 잦아든 바다처럼 고요하기만 했다. 괜찮은 건 효정을 볼 때만이 아니었다. 이젠 별을 떠올려도 예전처럼 아프지 않았다.

이것은 보상일까. 누군가의 신체적 고통을 짊어짐으로써 마음의 고통을 털어내게 되는…… 하지만 그것은 있을 수 없는 일이었다. 그저 별을 떠올려도 아프지 않을 만큼 충분한 시간이 지난 것뿐이리라.

"날씨 좋네요."

지웅은 맑은 밤하늘에 총총히 떠 있는 별을 올려다보며 그렇게 말했다. 예전엔 하늘의 별을 보기만 해도 마음이 먹먹했는데……. 다음 순간 지웅은 우뚝 멈춰 섰다. 효정의 손이 팔에 닿는 감촉 때문이었다. 효정은 지웅의 팔짱을 낀 채 그를 가만히 올려다보았다.

"사석에서 만나도…… 이사님이라고 불러야 하나요?"

지웅도 효정을 물끄러미 바라보았다. 길고 시원한 눈매가 역시 별을 닮았다. 하지만 별이 밝고 따뜻한 분위기라면 효정은 차갑고 냉정한 느낌……. 지금까지 한 번도 효정과 오랫동안 눈을 마주친 적이 없었기 때문일까, 지웅은 별과 효정의 분위기가 많이 다르다는 것을 그제야 깨달았다.

효정은 지웅의 팔짱을 낀 채 다시 걷기 시작했다. 효정은 지웅의 변화를 알아차리고 있었다. 지웅은 한 번도 효정을 따뜻하게 쳐다본 적이 없었다. 지금까지는 효정과 눈이 마주치면 냉랭한 표정으로 시선을 돌려버린 지웅이었다.

지웅은 효정에게 먼저 말을 걸었던 적도 없었다. 효정이 회사 일을 보고하기 위해 지웅의 오피스텔에 올라갈 때에도 굳게 닫힌 문 너머에서, 앞에 놓고 가라고 차가운 목소리로 말했을 뿐이다. 효정은 항상 인터폰이나 문자메시지로만 지웅과 대화해야 했고, 찬바람이 부는 지웅의 뒷모습만 바라봐야 했다. 그런데 요즘에는 지웅이 달라졌다.

"와아, 이것 좀 보세요."

효정은 지웅의 팔짱을 풀더니 제과점 진열장 앞으로 다가갔다. 크림빛이 도는 앙증맞은 케이크에 초콜릿으로 만든 발레리나가 서 있었다.

"축하해 주실래요? 오늘 제 생일인데……."

지웅은 제과점 안으로 들어가 케이크를 사왔다. 진작 알았으면 작은 선물이라도 준비했을지도 모른다. 이젠 그럴 수 있을 것 같았다. 생일을 축하한다며 지웅이 케이크를 건네자 효정은 한손에는 케이크를 들고, 다른 한손으로는 다시 지웅의 팔짱을 낀 채 걷기 시작했다.

"그거 아세요? 요즘 많이 달라지셨다는 거?"

효정은 묻고 싶었다. 요즘은 지웅이 왜 효정에게 문을 열어주는지, 마주앉아 회사 일에 대해 이야기하고, 얼굴을 보며 미소 지어주고, 눈을 마주치며 먼저 인사를 건네주는지……. 무엇이 당신을 이토록 변하게 한 건지…….

"달라졌다고요? 음, 이를테면 어떤 것이?"

"원래 패션쇼도 안 오셨잖아요?"

"그러게요. 정말 오랜만에 봤네요."

"웬일로 나오신 거예요?"

"그냥…… 이젠 와도 괜찮겠다 싶어서……."

효정은 이 길이 끝나지 않았으면 좋겠다고 생각했다. 무슨 이야기를 하든, 혹은 아무 이야기도 하지 않든, 이렇게 계속 지웅과 걸을 수 있으면 좋겠다고. 하지만 어느새 쇼핑몰 앞이었다.

"잘 가요, 지웅 씨."

효정은 그제야 살그머니 팔짱을 풀었다.

지웅은 효정과 헤어진 후 오피스텔로 들어와 샤워를 하며 곰곰이 생각했다. 집으로 오면서 효정이 했던 질문들에 대해…….

'나는 별에 대한 마음을 이제 정리한 걸까?'

제3장

당신과 나, 왜 이리 엮인 걸까?

Is This Love?

1. 두경

와플 가게에서 만난 두경의 베스트 프렌드 세령은 지웅을 보자마자 잘생겼다고 호들갑을 떨었다. 오늘 아침까지만 해도 두경은 세령과의 약속에 지웅이 함께 오게 될 거라곤 생각도 하지 못했다.

일요일이라 모처럼 조깅도 하고 형우와 수다도 떨다가 점심 무렵 집으로 돌아왔더니, 지웅이 두경의 집 부엌에 앉아 언니가 차려준 밥을 먹고 있었다.

"저희 집엔 웬일로?"

"다음 주 스케줄 상의도 하고 의논도 할 겸……."

지웅은 어색한 표정으로 헛기침을 했다.

"상의나 의논이나 같은 말 아니에요?"

막 초등학교에 입학한 두경의 조카가 툭 끼어들자, 지웅은 당황한 표정으로 황급히 수저질을 했다. 언니가 조카에게 눈치를 줬지만, 조카는 아랑곳하지 않았다.

"오늘은 일요일인데, 노는 날 아닌가? 왜 집에서 상의를 해요?"

"에헴…… 내, 내일부터 바빠서 이모랑 미리 얘기해야 할 거 같아서."

"애, 얘가 왜 이래……. 헤헤, 편하게들 얘기해요."

지웅이 어려워하는 듯하자 언니가 조카를 데리고 방으로 들어갔다. 두경도 갑작스러운 상황인지라 지웅을 한참 바라보다가 말문을 열었다.

"미리 말을 하죠. 나 오늘 약속 있는데."

두경이 말하자 지웅은 계약 조건 잊었냐는 둥 컨디션 유지를 해야지 쉬는 날 무슨 약속을 잡느냐는 둥 한참 잔소리를 늘어놓더니 같이 가자며 두경을 따라나섰다.

세령이 옆에서 떠들거나 말거나 지웅은 두경에게 신경을 쓰느라 안절부절 못했다. 혀 깨물지 말고 천천히 먹어라, 방금 밥을 두 공기나 먹었는데 또 이렇게 먹다가 체하면 어떡하냐는 둥. 세령은 그런 지웅을 흥미진진한 얼굴로 바라보다가 지웅이 화장실을 다녀오겠다며 자리를 뜨자마자 두경에게 바짝 붙어 앉았다.

"네가 웬일이냐? 약속 시간을 정확히 다 지키고?"

"응, 나 요즘 지각 안 해."

"의상도 확 바뀌고 수상한데?"

"전직 모델 매니저인데, 이 정돈 신경 써야지."

세령은 콧방귀를 뀌며 고개를 가로저었다.

"채두경, 너 저 인간 좋아하지?"

뜬금없는 세령의 말에 목구멍으로 넘어가던 와플이 턱 걸리는 느낌이었다. 두경은 도리질을 치며 양손을 마구 저었다.

"웃긴다, 야. 아니거든. 절대 아니야. 와플이나 드셔."

어렵사리 넘어간 와플이 가슴께에서 탁 막힌 것 같았다. 두경은 가슴을 탕탕 치며 얼른 커피를 입 안에 털어 넣었다. 자기가 왜 이렇게 당황하는지 모를 일이었다. 그냥 아니라고 하면 그만인 것을 왜 그렇게까지 강하게 부정하는지 스스로도 이상했다.

지웅과 함께 있지 않을 때에도 두경은 지웅을 자주 떠올렸다. 하지만 대부분은 일과 연관된 생각들이었다. 패션잡지를 보면서 지웅이 그 옷을 입은 모습을 상상했다. 쇼윈도 앞을 지나면서 지웅이 저 옷을 입으면 멋질 텐데, 라고 중얼거리기도 했었다. 집에서 영화를 보면서 지웅이 곧 영화에 출연할 모습을 생각하기도 했고, 인터넷을 하다가 지웅의 이름을 검색해보기도 했었다. 하지만 그게 사랑일까. 매니저로서 당연한 것 아닐까.

"그리고 하나 더 있어."

세령이 검지를 치켜세우며 심각한 얼굴을 했다.

"예지웅 말이야, 너 사랑한다!"

이번엔 두경의 목구멍으로 넘어가던 커피가 턱 걸리면서 사레에 들리고 말았다. 두경은 정신없이 캑캑거리면서 손을 내저었다.

"무, 무슨 소리야? 말도 안 되는……. 너 혹시라도 지웅 씨 앞에서 괜한 소리 하지 마. 진짜야, 너……."

"야, 그게 아니면 왜……."

두경은 황급히 접시에 남아 있던 와플을 세령의 입속으로 몽땅 집어넣었다. 지웅이 자리로 돌아오고 있었기 때문이다.

"아하하하, 왔어요? 우리 와플 다 먹었는데, 하하하."

두경은 과장되게 웃으며 지웅에게 말을 건넸다.

"괜찮아요. 난 커피면 돼요. 근데 세령 씨는 왜 그걸 다 한 입에?"

복어처럼 뺨이 불룩해진 세령이 두경을 흘겨보았지만 두경은 모르는 척 커피를 들이켰다. 하지만 세령의 다음 말이 궁금하기는 두경도 마찬가지였다.

두경이 지웅을 좋아한다고 오해하는 건 어쩌면 당연한 일인지도 몰랐다. 지웅은 누가 봐도 한눈에 반할만한 남자니까. 그리고 두경을 오랫동안 보아온 세령으로서는 최근에 두경에게 생긴 사소한 변화, 시간 약속을 잘 지키게 된 것이나 달라진 옷차림과 헤어스타일이 의아했을 것이다. 하지만 지웅이 두경을 사랑한다니? 왜 세령이 그런 말도 안 되는 생각을 하는지 두경은 이해할 수 없었다.

저녁 무렵 지웅은 만홧가게에 들렀다 가겠다며 두경을 집 앞까지 바래다주었다. 두경은 집으로 돌아오자마자 옷도 갈아입지 않고 세령에게 전화를 걸었다.

"너 아까 그게 무슨 소리야? 지웅 씨가 날 사랑한다니?"

"아아, 그거? 왜, 지웅 씨 얘기라 궁금하냐?"

세령의 목소리에서 어쩐지 장난기가 느껴졌다. 두경의 이런 질문조차 두경이 지웅을 좋아한다는 증거로 여기는 게 분명했다.

"아니, 말을 하다 말았으니까 궁금하지."

"너도 생각해봐. 왜 너처럼 매니저의 '매'자도 모르는 애를 월 삼백이나 주고 데리고 있냐? 그리고 일주일 내내 붙어 있는데, 쉬는 날에도 너희 집엔 왜 찾아와? 네가 친구 만난다는데 거긴 또 왜 따라오고? 아까도 봐라, 무지하게 챙기더라. '천천히 먹어요, 뜨거워요, 그러다 체해요, 데여요, 어쩌고저쩌고…….' 딱 보니까 너한테 완전히 빠졌어. 원래 사랑하면 가까이 두고 싶은 법이거든."

두경은 빠르게 쏟아내는 세령의 말을 멍하니 듣고 있었다. 지웅 씨가 나를 사랑한다니? 남부러울 것 없는 그 남자가 평범하기만 한 나를 사랑한다니? 말도 안 되는 소리라고 생각하면서도 세령의 말을 반박할 수 없었다.

한 번도 이상하게 생각하지 않았던 모든 것들이 이상하게 느껴졌다. '지웅은 왜 나를 매니저로 고용한 걸까? 왜 매일 데리러오고 데려다주는 걸까? 왜 내가 다칠까봐, 아플까봐, 피곤할까봐 걱정하고 배려하는 걸까? 지웅은 그저 친절한 사람인 걸까?

이제까지는 그렇다고 생각했다. 그 모든 게 이상하지 않아서가 아니었다. 지웅의 행동을 이상하다고 여기면 지웅이 왜 그런 행동을 하는지에 대한 답은 하나뿐이었다. 세령의 말처럼, 지웅이 두경을 사랑한다는 것.

하지만 지웅이 두경을 사랑할 리가 있을까? 지웅처럼 화려한 스포트라이트를 받는 남자가, 그리고 지웅만큼이나 화려하게 빛나는 여자들에게 둘러싸인 남자가?

"하아, 채두경 복도 많아. 네가 전생에 나라를 백 번쯤 구했나 보다. 그렇지 않고서야……."

"야, 시끄러! 시답잖은 소리하지 말고 끊어."

두경은 괜히 목소리를 높이며 전화를 끊었다. 혼란스러운 머리로 세령의 말을 곱씹다 보니 문득 매니저 일을 제안하던 날 지웅이 했던 말이 떠올랐다.

"저, 두경 씨 좋아해요!"

그때는 그 말을 세령이 말하는 그런 뜻으로 받아들이지 않았다. 지웅이 다음에 덧붙인 말들처럼 당차고 씩씩해 보여서, 매니저로 제격이라고 생각했다고 믿었다. 하지만 그게 전부일까? 두경은 얼른 고개를 저었다. '말도 안 돼. 내가 지금 무슨 생각을 하는 거야?'

전화벨이 울렸다. 세령이 다시 전화한 거라 생각했지만 발신자는 지웅이었다. 두경은 얼른 전화기를 던져 버리고 이불 속으로 들어가

벨소리를 듣지 않으려고 귀를 막았다. 어쩐지 지금 전화를 받으면 지웅이 두경에게 좋아한다고 말할 것만 같았다. 세령이 계집애! 괜한 소리를 해가지고, 사람 신경 쓰이게…….

2. 허석, 희진

딸랑.

출입문에서 종소리가 났다.

"오빠!"

희진은 만홧가게로 들어오는 형우를 보고 자기도 모르게 벌떡 일
어났다. 어제 허탕을 쳤던 터라 오늘만큼은 꼭 형우를 볼 수 있기를,
기도하는 마음으로 만홧가게에 출근한 희진이었다. 그런데도 하루
종일 형우가 오지 않아 실망이 이만저만이 아니었다. 오늘도 아무 성
과 없이 돌아가야 한다고 생각하자, 솔깃한 말로 아르바이트를 제안
한 허석과 그 제안을 덥석 받아들인 스스로에게 슬슬 화가 치밀어 오
르던 참이었다.

"어, 막내?"

형우는 카운터에 있는 희진을 보고 잠깐 놀란 표정이었지만 곧 희진이 삼촌 일을 도와주러 왔다고 생각했는지, 허석에게 눈인사를 건네고 늘 앉던 자리로 갔다. 한쪽 구석에 앉아 저녁을 먹던 허석만이 뭔가 불만스러운 표정이었다.

희진은 하릴없이 들뜨는 마음을 가라앉히고 책을 읽는 형우를 바라보았다. 이렇게 형우를 마음껏 볼 수 있는 게 얼마만인지 몰랐다. 형우가 회사에 다닐 때도 희진은 늘 그렇게 형우를 바라보곤 했다. 형우가 재택근무만 하게 되었을 때 얼마나 실망했는지. 그때는 다시 형우와 같은 공간에서 이렇게 하염없이 바라보는 일은 없을 줄로만 알았다.

하지만 지금 만홧가게에서 형우를 볼 수 있다 해도 불안하기는 마찬가지였다. 언제 형우가 만홧가게에 발길을 끊을지, 언제 형우에게 여자친구가 생길지, 희진으로서는 아무것도 알 수 없었다.

만약 그런 날이 오면, 희진은 다시 형우의 동네 어느 모퉁이에 몸을 숨기고 몰래 훔쳐보는 수밖에 없을 것이다. 그러면서 고백하지 못한 오늘 이 순간을 후회하겠지. 오늘은, 오늘만큼은, 용기를 내자. 희진은 메모지에 정성껏 글씨를 써내려갔다.

'사랑은 홍역과 같대요. 우리 모두 한 번은 앓고 지나가야 하는. 나는 지금 당신을 앓는 중입니다. 이 열병에서 나를 구해주세요.'

한참을 고심한 문장이지만 어쩐지 유치해 보였다. 하지만 그 유치함이 희진의 진심이기도 했다. 이성적인 시선으로 보면 사랑이란 얼마간 유치하고 우스운 것이니까. 누군가를 사랑한다는 건 행복하기도, 아프기도 한 일일 것이다. 하지만 희진의 사랑은 아프기만 했다. 짝사랑의 아픔에서 빠져나와 사랑의 기쁨, 사랑의 행복, 사랑의 다른 단면을 알고 싶었다.

희진은 다시 한 번 문장을 읽어보았다. 아직 자신의 이름을 밝힐 수는 없어 '오직 당신만을 바라보는 이로부터'라고 글을 맺은 뒤 메모지를 접었다. 형우가 자리를 비운 사이 두고 올 생각이었다.

지금이다!

형우가 희진의 간절한 마음을 알았는지 일어서서 화장실로 향했다. 희진은 후다닥 달려가 책갈피 사이에 쪽지를 꽂은 뒤 얼른 카운터로 돌아왔다. 가슴이 제멋대로 쿵쾅거리고, 막 달리기를 한 것처럼 숨이 가빴다.

형우가 돌아와서 다시 자리에 앉았다. 형우는 아무렇지 않게 다시 읽고 있던 책을 들었다. 쪽지를 보지 못한 것일까.

"거 참, 요즘 누가 촌스럽게 쪽지 같은 걸……."

그 광경을 지켜보던 허석은 답답한 마음에 형우 옆을 지나면서 한마디 던졌다.

형우가 나간 뒤 허석은 문득 희진이 걱정되었다. 형우가 있는 동안 허석은 책 정리를 하는 척 괜히 가게 안을 왔다 갔다 하며 형우를 살펴보았다. 형우는 쪽지를 읽은 뒤에도 표정의 변화가 전혀 없었다. 쪽지를 아무렇게나 테이블에 놓아둔 뒤 다시 책만 읽을 뿐이었다. 테이블 위에 꺼내놓은 형우의 휴대폰에는 고릴라 휴대폰 줄도 달려 있지 않았다.

"그만 가볼게요."

퇴근 시간이 되자 희진은 주섬주섬 가방과 외투를 챙기며 힘없는 목소리로 말했다. 허석은 가게 바깥으로 나가 버스 정류장을 향해 걸어가는 희진의 뒷모습을 보았다. 어깨는 처져 있고 고개는 푹 숙인 채였다. 허석의 어깨도 어쩐지 더 무거워지는 느낌이었다.

허석은 희진이 형우와 잘 되기를 바라지 않았다. 하지만 희진이 형우 때문에 아픈 건 더 바라지 않았다. 어떻게 해야 하나…….

"연애가 잘 안 되는 표정인데?"

등 뒤에서 지웅의 목소리가 들렸다.

"응, 근데 오늘은 나 말고."

허석은 침울한 표정으로 가게 문을 닫았다.

허석은 지웅과 함께 근처 놀이터로 갔다. 따뜻한 캔 커피를 마시며 지웅은 하늘을 올려다보았다. 요 며칠, 날이 맑아 드문드문하게나마 별이 보였다.

"형, 나 있잖아……. 요즘 별을 생각해도 괜찮다."

"별? 으응, 별 괜찮지? 오늘 별이 좀 많네?"

허석은 괜히 말을 돌리며 하늘을 올려다보았다. 지웅 앞에선 별을 떠올리게 하는 어떤 이야기도 꺼내지 않으려던 허석이었다.

별에 대한 지웅의 마음은 허석이 가장 잘 알았다. 늘 강한 척, 차가운 척하지만 사실 지웅이 얼마나 여리고 상처 받기 쉬운 사람인지도 누구보다 잘 알고 있었다. 밤하늘의 별만 봐도 마음이 무너져 내리는 표정을 짓던 지웅, 별과 닮은 사람만 봐도 우울증이 깊어지던 지웅. 허석은 별에 관해서만은 유리알처럼 조심스러웠다.

"형도 참…… 별이 말이야. 이별."

지웅의 입에서 그 이름이 나온 게 얼마만인지 몰랐다. 지웅은 정말 괜찮은 걸까, 아니면 또 괜찮은 척하는 걸까. 지웅은 하늘을 올려다보며 말을 이었다.

"나 어젠 패션쇼에도 갔었어. 무대 보는데…… 그것도 괜찮더라."

"다행이네……. 정말 괜찮아진 거라면, 너 그게 뭘 뜻하는 건지 알아?"

지웅이 허석을 돌아보았다. 허석은 총총히 떠 있는 별들 중, 유난히 반짝이는 별 하나를 바라보았다.

"다시 사랑할 준비가 되었다는 거야……."

3. 두경

지웅의 화보 촬영을 마치고 함께 문 대표의 사무실에 가는 길, 두경은 기분이 좋았다. '변신'이라는 화보의 콘셉트에 맞춰 고심해온 아이디어를 스타일리스트에게 제안했는데, 두경의 의견이 반영되었을 뿐 아니라 감각이 좋다고 칭찬까지 들은 것이다.

다음에 또 도와달라는 스타일리스트의 말이 빈말처럼 들리지 않았다. 지웅에게 도움이 될까 해서 시작한 일이었지만, 두경은 자신이 했던 어떤 일보다 패션에 열의를 느꼈다. 좀 더 전문적으로 공부할 방법을 찾아보고 싶었다.

지웅과 두경이 문 대표의 사무실에 들어서자, 먼저 와 있던 두 명의 남자가 자리에서 일어났다. 문 대표는 왼쪽에 있는 남자부터 가리키며 소개를 했다.

"이쪽은 앞으로 지웅 씨의 스케줄을 관리해줄 하재익 팀장, 이쪽은 로드매니저 안대회 대리."

지웅은 두 사람과 차례로 악수를 나눈 뒤 두경을 소개했다.

"이쪽은 제 매니저 채두경 씨입니다. 두경 씨?"

두경이 고개를 꾸벅 숙이며 자기소개를 하려는 순간 머리 위에서 하 팀장의 뾰족한 목소리가 들렸다.

"매니저? 그게 무슨 말씀이신지?"

지웅만 남고 다 나가 있으라는 문 대표의 지시에 두경은 사무실을 나왔다. 하 팀장, 안 대리 사이에 서 있자니 무척 어색했다. 하 팀장은 팔짱을 낀 채 두경을 위아래로 훑어보았다.

"지웅 씨랑 일한 지 얼마나 되셨어요?"

"저, 사실…… 얼마 안 됐어요."

"이쪽 일은 언제부터 하셨는데요?"

"아, 그것도 얼마 안 됐는데……."

두경의 목소리가 자꾸 기어들어갔다. 당당해지자고 그렇게 다짐했는데, 문 대표가 내정해놓은 베테랑 매니저를 보자 자기가 서툴고 아무것도 모른다는 게 부끄럽게 느껴졌다. 세령의 말도 생각났다. 매니저의 '매'자도 모르는 너를 지웅이 왜 뽑았겠느냐는 말. 지웅이 두경을 사랑한다는 세령의 말을 믿는 것은 아니었지만, 이 상황이 되자 문득 두경도 지웅의 호의가 의아하게 여겨졌다.

공원을 거닐며 지웅은 두경을 개인 코디네이터로 쓰게 되었다고 말했다. 문 대표가 정해준 매니저를 바꿀 수 없어서 짜낸 궁여지책일 것이다.

"오히려 잘 됐어요. 패션 일 재미있다면서요. 마음껏 해봐요. 내가 다 입어줄 테니까."

평소보다 더 밝은 목소리로 두경을 격려하는 지웅의 모습에도, 두경의 마음은 불편하기만 했다.

"나한테 왜 이렇게 잘해주세요? 진짜 이유가 뭐예요?"

두경의 목소리가 진지해졌다. 정말 궁금했다. 매니저든 코디네이터든 두경에게는 생소하기만 한 일이었다. 내가 뭐라고, 도대체 내가 뭐라고, 이렇게까지 옆에 두려고 하는 건지 두경은 이해할 수 없었다.

"아니에요. 대답 안 해도 돼요. 그냥…… 미안하지만…… 그만둘게요."

갑자기 튀어나온 말은 아니었다. 일요일에 세령과 이야기를 나눈 뒤 이 일을 계속할 수 있을까 하는 의문이 머릿속을 맴돌았다. 아무것도 모르는 너를 왜 고용했겠냐는 세령의 의문은 당연한 것이었다. 하지만 세령의 말처럼 지웅이 두경을 사랑해서 그랬을 리는 없었다. 그렇다면 두경은 과분한 선의, 분에 넘치는 배려를 받고 있는 게 틀림없었다.

조금 전 하재익 팀장과 안대희 대리 사이에 끼어 있을 때 그런 생각이 더 굳어졌다. 두경은 고마운 지웅에게 도움은커녕 민폐만 끼치고 있는 것 같았다. 두경이 없어도 지웅이 일 하는 데에는 아무 지장이 없었다. 아니 오히려 두경이 있으면 방해가 될 뿐이었다. 나 때문에…… 나 때문에 지웅 씨가…… 하아, 두경은 한숨을 내쉬었다. 그 순간 빗방울이 툭 떨어졌다. 소나기였다.

후드득 떨어진 빗방울이 두경의 얼굴을 적시자 마음도 비에 젖은 듯 시려왔다. 찡하고 코끝이 시린 느낌, 순식간에 심장까지 파고드는 슬픔. 효정을 봤을 때와 마찬가지였다. 기습적으로 찾아오는 이 통증은 어디서 시작된 걸까.

"두경 씨, 괜찮아요?"

지웅은 스르륵 주저앉는 두경을 잡아 일으키며 물었다. 두경은 자신의 눈에 눈물이 그렁그렁 차오르는 것을 느꼈다. 나 왜 이러는 걸까. 왜 이렇게 감정이 조절되지 않는 걸까. 수시로 슬퍼지고 이유 없이 눈물이 흐른다. 왜…….

"모르겠어요. 비가 오니까 마음이 아파서……."

순간 지웅의 얼굴색이 바뀌었다.

"지금 비 때문에 마음이 아픈 거예요? 효정 씨 보고 울었을 때도 이런 기분이었어요?"

두경은 흐느끼며 고개를 끄덕였다. 순식간에 소나기는 폭우로 바뀌었다. 자신의 얼굴을 타고 흐르는 물줄기가 비인지 눈물인지 알 수 없었다. 두 사람은 한참 동안 비를 맞으며, 서로 다른 이유로 망연자실 서 있었다.

4. 형우

어느새 비는 그쳐 있었다. 형우는 방금 만홧가게에서 빌린 『나의 아방가르드한 그이』를 옆구리에 끼고 천천히 집을 향해 걸었다. 아파트 입구에 막 들어섰을 때 엘리베이터 문이 닫히고 있었다. 형우는 얼른 달려가 엘리베이터의 올라가는 버튼을 눌렀다. 안에 탄 사람은 두경이었다.

"어? 두경 씨! 나 이거 빌렸는데."

형우가 책을 흔들어 보였다.

"두경 씨 이야기 듣고 빌렸어요. 반전에 반전을 거듭한다고 했죠? 잘 볼게요."

두경은 힘없이 웃기만 했다. 평소 같은 웃음이 아니었다. 억지로 안면 근육을 움직이는 듯한, 힘을 쥐어짜내 보여주는 듯한 웃음. 두경의 얼굴은 웃는다기보다는 오히려 일그러진 표정에 가까웠다. 비를 맞았는지 옷과 머리카락도 젖어 있었다.

집으로 돌아왔지만 두경의 힘없는 모습만 자꾸 떠올랐다. 그렇게 보고 싶었던 책인데 한 페이지도 눈에 들어오지 않았다. 형우는 두경에게 문자메시지를 보냈다.

— 기분도 꿀꿀한데 편의점에서 맥주 한 캔 어때요?^^

날씨가 제법 쌀쌀해, 두 사람은 편의점에서 맥주를 산 뒤 형우의 집으로 왔다. 두경은 매니저 일을 그만두었다고 말했다. 형우는 두경의 이야기에 귀를 기울이며 적절한 타이밍에 맞장구도 쳐주고, 함께 흥분해 주기도 했다.

"에잇, 이제 딴 얘기해요. 형우 씬 요즘 어때요? 만화는 잘 그리고 있어요?"

두경은 애써 밝은 표정을 지으며 형우에게 물었다.

"아, 안 그래도 여러 곳에 시놉시스를 보냈는데 그 중 한 군데에서 연락이 왔어요. 그래서 지금 샘플을 만들고 있는데⋯⋯."

형우는 두경의 눈길이 형우가 아니라 허공을 향해 있다는 것을 깨달았다. 눈빛은 텅 비어 있었고 얼굴엔 허전함이 가득했다.

"오늘은 두경 씨 이야기를 실컷 하기로 해요. 하고 싶은 말 있잖아요. 속 시원하게 다 말해 봐요. 이쪽으로 듣고 이쪽으로 흘릴 테니까."

형우가 자신의 양 귀를 가리키자 두경이 피식 웃었다. 그랬다. 두경은 하고 싶은 이야기가 많았다. 아무에게도 못한 말, 지웅에게 묻고 싶었던 말, 마음속에만 담아두었던 말……. 빈 캔이 늘어날수록 두경은 말이 많아졌다. 얼굴은 발갛게 달아올랐고 말투는 자꾸 어눌해졌다.

"푸하하, 그리고 걔가 또 뭐라는 줄 알아요? 지웅 씨가 글쎄, 날 사랑한대요! 아하하, 웃기죠? 너무 웃겨. 말이 되는 소릴 해야지. 아하하. 그때 나 뺨 맞는 거 봤죠? 내가 얼마나 싫었으면……."

두경은 배를 잡고 웃더니 비틀거리며 자리에서 일어났다. 화장실로 들어가며 두경은 쓴웃음 섞인 목소리로 중얼거렸다.

"근데 앞으론 만날 일 없으니까…… 또 맞을 일도 없겠죠? 큭큭. 아, 웃겨……."

형우는 두경이 앉았던 자리를 가만히 바라보았다. 단순히 일을 그만뒀기 때문은 아닐 것이다. 두경은 지웅을 사랑하는 걸까. 지웅의 이야기를 하는 내내 울음을 터뜨릴 것 같은 목소리로 크게 웃어대던 두경이었다. 그때 화장실에서 벼락같은 소리가 들렸다. 우당탕탕.

형우는 황급히 화장실로 달려갔다. 문을 열자 바닥에 개구리처럼 누워 있는 두경의 모습이 보였다.

"두경 씨, 괜찮아요?"

5. 지웅

"그러니까 1004호 고객은 너 대신 마음이 아프고, 넌 1004호 고객 대신 몸이 아프단 말이야?"

허석의 집, 지웅의 맞은편에서 맥주를 들이켜던 허석이 믿기지 않는다는 목소리로 되물었다. 지웅은 대답 대신 고개만 끄덕였다. 방금 허석에게 모든 것을 털어놓은 참이었다.

"우린 어쩜 이래? 비 올 때마다 우산 있었던 적이 한 번도 없었잖아."

조금 전 소나기가 내릴 때, 두경의 눈에서 소나기처럼 눈물이 쏟아질 때, 언젠가 별에게 그렇게 말했던 지웅 자신의 목소리가 귓전을 때렸다.

"비가 오든 눈이 오든 나만 있으면 되지. 뭐가 더 필요해?"

지웅이 머리 위로 뒤집어 쓴 재킷 속으로 쏙 들어오며 그렇게 말하던 별의 목소리도.

우리는 한 번도 비 오는 날 우산을 챙겨온 적이 없었다. 예기치 않은 비를 맞아도 지웅과 별은 즐거웠다. 당혹스러운 그 순간에도 우리는 함께였으므로. 그리고 지웅은 깨달았다. 지웅이 눈물 흘리던 순간마다 두경이 눈물 흘리고 있다는 것을.

'당신이 나 대신 울고 있어요. 심장이 쪼개지는 슬픔을 당신이 가져갔어요. 내가 마음 아파했던 것들, 나를 잠 못 이루게 했던 기억…… 왜 당신이 나 대신 아파하나요? 우린, 왜 이렇게 엮인 걸까요?'

지웅은 혀끝에서 맴도는 그 말을 차마 하지 못했다. 일을 그만두겠다는 두경을 잡지도 못했다.

"그래서 뭐야, 1004호 고객도 그거 알고 너랑 일을 더 안 하겠다는 거야?"

허석의 목소리가 높아졌다. 지웅은 고개를 숙인 채 머리를 흔들었다.

"두경 씬 몰라. 아직 말 못했어. 그냥 일이 너무 벅차대. 감정 조절도 안 되고 요즘 너무 힘들다고. 답답해 죽겠어. 두경 씨 마음을 어떻게 돌려야 할지……."

두경이 옆에 없으면 불안해서 견딜 수가 없었다. 잠자는 시간 말고는 하루 종일 붙어 있는데도 마음이 놓이지 않았다. 침대에 누우면 두경이 잘 자고 있는지, 악몽을 꾸지는 않을지 걱정되었다. 두경을 데리러 가는 길, 또는 데려다주고 돌아서는 길, 지웅과 떨어져 있는 그 짧은 시간에 두경에게 무슨 일이 일어나지는 않을지 염려되고 마음이 쓰였다.

"나한테 이러는 진짜 이유가 뭐예요?"

두경의 목소리가 머릿속을 맴돌았다. 뭘까, 진짜 이유는…… 처음엔 명확했다. 지웅 자신의 안전을 위해서. 두경을 염려하는 건 곧 스스로를 염려하는 것이기도 했다. 하지만 그게 전부일까…… 요즘 지웅은 자신이 걱정하는 사람이 두경인지 자신인지 헷갈렸다.

지웅은 자고 가라는 허석을 뿌리치고 집으로 돌아가기 위해 대리운전 기사를 불렀다. 불면증이 생긴 이후로 아무리 술에 취해도 집이 아니면 잠을 잘 수가 없었다.

지웅은 뒷좌석에 앉아 차창 밖으로 도시의 야경을 바라보았다. 술이 취한 탓에 머리는 어질어질했고 눈도 가물가물해왔다. 맑지 않은 정신이었지만 머릿속의 물음표는 자꾸 또렷해졌다. 나와 두경 씨는 왜 이렇게 된 걸까?

별에 대한 마음의 고통이 사라졌을 때 뭔가 이상하다는 것을 깨달았어야 했다. 별이 떠난 뒤 지웅이 괴로워할 때 허석은 시간이 지나면 잊힐 거라고 말했다. 절대 잊지 못할 것 같던 기억도, 절대 나을 것 같지 않던 아픔도, 시간이 지나면 잊히고 아문다고.

별을 떠올려도 아무렇지 않다는 것을 알았을 때, 지웅은 허석의 말처럼 시간이 충분히 지난 거라고 생각했다. 그토록 아파했던 사람은 별이 처음이기에 지웅은 마음의 통증이란 게 서서히 사라지는 것인지, 갑자기 사라지는 것인지조차 판단할 수 없었다.

하지만 이제는 분명히 알 것 같았다. 마음의 상처도 신체의 상처처럼 스스로 깨닫지 못하는 사이에 차츰차츰 아무는 것이라고. 이렇게 갑자기 사라지는 게 아니란 것을. 지웅의 고통이 갑자기 사라진 것은 두경이 그것을 가져가 버렸기 때문이란 것을.

효정을 봐도 아무렇지 않고, 별을 떠올려도 아프지 않게 된 것이 언제부터였던가. 두경을 만난 다음인 것은 확실했다. 하지만 두경의 신체적 통증을 대신하게 된 것과 같은 시점인지, 혹은 약간의 시간차를 두고 그 이후에 벌어진 일인지는 알 수 없었다.

두경을 만난 뒤 처음으로 효정의 얼굴을 본 날은 두경이 매니저로 일하던 첫날, 회식자리에서였다. 두경이 울면서 뛰쳐나가는 바람에 경황이 없어 깨닫지 못했지만, 그날 지웅은 효정을 보고도 예전처럼 괴롭지 않았다. 지웅에게 마음의 통증이 사라진 것은 그날이 기점이었을까? 아니면 효정을 볼 기회를 스스로 차단했기 때문에 알지 못했을 뿐, 그 전이었을까?

그리고 두경과 지웅의 이 이상한 인연은 언제부터 예정되어 있었던 걸까? 두 사람이 4년의 시간차를 두고 태어난 그 순간부터? 아니면 올해 생일, 스키장이라는 같은 장소에 있을 때부터? 그것도 아니라면 생일이 같은 두 사람이 처음 만나던 그날부터?

어느새 차는 지웅의 오피스텔 앞에 멈춰서 있었다. 어느 것 하나 의문은 풀리지 않았지만, 지웅은 더 이상 생각을 진전시킬 수 없었다. 지금은 너무 취했다. 내일 생각하자. 내일, 맑은 정신으로.

지웅은 대리운전 기사에게 대리비를 지불한 뒤 비틀거리며 걸어갔다. 건물 앞에 누군가 서 있었다. 쇼트커트, 큰 키, 낯익은 얼굴……

"지웅 씨, 많이 마신 거예요? 마침 저도 한 잔 생각나서……"

별…… 지웅은 휘청거리며 그녀에게 다가갔다.

"지웅…… 씨?"

지웅은 효정의 목소리를 듣지 못했다. 별의 환한 미소만 눈앞에 아른거렸다. 지웅은 효정을 꼭 껴안았다. 그리운 얼굴, 그리운 미소, 그리운 이름…… 지웅은 효정을 안은 채 잠꼬대처럼 별의 이름을 중얼거렸다. 그리고 효정의 입술에 키스를 하려는 순간…….

"커억!"

지웅은 비명도 지르지 못한 채 뒷머리를 부여잡고 쓰러졌다. 이마가 찢어지는 통증에 이어 머리를 둔기로 얻어맞은 듯한 충격이 뒤따랐다.

"지웅 씨, 괜찮아요? 마, 많이 취하셨나 봐요."

정신이 든 지웅의 눈앞에 그제야 효정의 모습이 또렷이 보였다.

"아, 효정 씨…… 여긴 웬일로……"

지웅은 효정의 놀란 얼굴을 뒤로 하고 겨우 몸을 추슬러 건물 안으로 들어갔다. 엘리베이터를 탄 지웅은 아픈 머리를 감싼 채 절규했다.

"아악, 채두경, 또 무슨 일이 생긴 거야? 당신과 나, 왜 이렇게 엮인 거야!"

제4장

너, 저 인간 좋아하지?

Is This Love?

1. 지웅

다음날 아침, 지웅은 뒤통수에 엄청난 통증을 느끼며 잠에서 깨어났다. 술이 깨고 나니 통증이 훨씬 심했다. 도대체 어젯밤 두경에게 무슨 일이 생긴 걸까. 이 정도 통증이라면 예삿일이 아닐 텐데. 교통사고? 아니면 계단에서 구르기라도 했나?

지웅은 머릿속을 파고드는 불길한 상상을 몰아내며 머리맡을 더듬어 휴대폰을 잡았다. 그동안에도 골이 지끈거리는 숙취와 뒤통수의 욱신거리는 통증 때문에 머리가 쪼개지는 것 같았다. 몇 번인가 신호가 가고 두경의 목소리가 들렸다.

"두경 씨? 어젯밤에 무슨 일 있었어요? 지금 어디에요?"

지웅은 몸을 일으키려다 머리에 통증을 느끼며 다시 드러누웠다.

"집인데…… 왜요?"

두경의 목소리는 의외로 멀쩡했다.

"할 얘기가 있어요. 내가 지금 가고 싶은데…… 몸이 아파서……
이쪽으로 와줄 수 있어요? 지금 빨리요."

두경은 내키지 않는 것 같았지만, 지웅의 목소리가 심각하다고 느
꼈는지 알겠다고 했다. 전화를 끊은 지웅은 머리를 감싸 안고 몸을
웅크렸다. 반드시 두경의 마음을 되돌려야 한다. 하지만 어떻게? 골
치 아픈 고민이 더해지자 머리의 통증이 더 심해지는 것 같았다.

두경은 화장실에서 미끄러지면서 수납장 모서리에 이마를 박고
다시 바닥에 넘어졌다고 했다. 스무 바늘이나 꿰맸다니, 뇌진탕에 걸
리지 않은 게 다행이었다. 이런 상황 때문에라도 절대 두경과 떨어질
수 없었다. 개인 코디네이터를 맡아달라고 다시 한 번 통사정해봤지
만, 두경은 단호했다.

"또 그 얘기예요? 말했잖아요, 안 한다고."

"두경 씨, 정말 이럴 거예요? 우리 지금까지 잘 맞춰왔잖아요. 소속
사에 도와줄 사람이 있다 해도 내 전담 코디는 없어요. 두경 씨 패션
감각도 신선하고 나 정말 마음에 들어요. 좀 도와주면 안 돼요? 나 진
짜 두경 씨가 필요해요. 제발요, 네?"

지웅의 목소리에는 초조함과 절박함이 묻어나왔다. 다른 건 몰라
도 두경이 필요하다는 말은 진심이었다. 두경이 필요하다. 두경이

없으면 안 된다. 고개를 가로젓는 두경을 보고 있자니 미쳐버릴 것 같았다.

"미안해요. 계속 그 얘기할 거면 전 그만 가볼게요."

두경이 자리에서 일어났다. 지웅은 현관으로 걸어가는 두경의 뒷모습을 멍하니 바라보았다. 안 된다, 이대로 가면 큰일이다, 정말 모든 게 끝이다, 안 돼, 안 돼……

"안 돼!"

지웅의 고함에 두경이 멈춰 섰다. 지웅은 저벅저벅 두경에게 걸어갔다. 서로의 몸이 닿을 만큼 두경에게 바짝 다가선 지웅은 잠시 멈칫거렸다. 무슨 말을 해야 할지, 어떻게 두경을 붙잡아야 할지 아무것도 몰랐지만 이대로 보낼 순 없었다.

"사랑해, 채두경!"

지웅은 눈을 질끈 감은 채 두경을 확 끌어안았다. 두경은 얼어붙은 듯 뻣뻣하게 선 자세로 지웅의 품에 안겼다.

"당신 없인 하루도 못 살 것 같아. 제발 내 옆에 있어줘."

두경의 가방이 툭, 바닥에 떨어지는 소리가 들렸다. 쿵쿵쿵, 빨라지는 두경의 심장박동도 느껴졌다. 지웅은 두경을 안은 채 살며시 실눈을 뜨고 두경의 표정을 살피려 했다. 지웅의 품에서 빠져나가려는 움직임이 느껴져 지웅은 더 세게 두경을 꺼안았다.

"안 돼, 못 가, 안 놔줄 거야!"

그렇게 얼마나 지났을까. 지웅의 등을 감싸 안는 두경의 팔이 느껴졌다.

하, 이제 됐다.

지웅은 그제야 팔을 떼고 두경의 얼굴을 마주보았다. 고백을 받은 기쁨, 수줍음, 설렘…… 두경의 얼굴에는 그 모든 감정이 뒤섞여 있었다.

지웅이 다시 입을 열려는 찰나, 초인종 소리가 들렸다. 인터폰 모니터에 비친 사람은 뜻밖에도 효정이었다. 끊겼던 필름이 돌아가면서 어젯밤 일이 생각났다. 효정을 별로 착각하고 포옹했던 일, 효정의 입술에 키스할 뻔했던 순간. 아, 왜 하필 지금…….

지웅이 어쩔 줄 몰라 하는 사이 휴대폰이 울렸다. 이번엔 은수였다. 효정과 함께 오피스텔로 올라오겠다는 말에 지웅은 자기가 내려가겠다고 말한 뒤, 얼른 두경에게 돌아가 가방을 손에 쥐어주었다.

"먼저 집에 가 있을래요? 회사에 일이 좀 있어서요. 내가 저녁에 데리러 갈게요."

두경은 여전히 발그레한 얼굴로 고개를 끄덕였다. 하지만 지웅은 도둑이 제 발 저린 듯 방금 전 문 앞에 있던 은수와 효정의 발소리가 들리는 것 같아 다시금 두경을 꼭 안고 말았다. 두경은 여전히 심장이 뛰었지만, 아까와는 다르게 지웅의 허리를 잡았다.

지웅은 자신의 허리를 감싼 두경의 손을 느끼며 죄책감에 사로잡혔다. 하지만 밖에 있는 그들과 두경이 마주치면 안 된다는 생각이 들었다. 조금만, 조금만…….

그들이 내려갔다는 것을 확신하고 나서야 지웅은 두경과 다시 마주보았다. 눈빛으로는 최대한 그녀에게 진심임을 보여주었다.

두경이 나가자 지웅은 그제야 정신이 번쩍 들었다. 자기가 한 짓이 섬뜩하게 느껴졌다.

'내가 지금 무슨 짓을 한 거지?'

2. 두경

두경은 사뿐사뿐 거리를 걸었다. 발걸음이 가벼워 날아갈 것 같았다. 지웅 씨가 나를 사랑한다, 지웅 씨가 나를……. 지나가는 사람들이 혼자 키득키득 웃고 있는 두경을 이상하게 쳐다보았다. 그러든지 말든지.

세령이 말했을 때만 해도 믿지 않았다. 지웅이 왜 매니저 일이라곤 해본 적 없는 두경을 고용했는지, 왜 그렇게 두경을 끔찍이 챙기는지, 그 모든 게 이상하다곤 생각했지만 두경을 사랑해서라곤 생각할 수 없었다.

그리고 두경은 깨달았다. 세령이 두경에게 지웅을 좋아하느냐고 물었을 때 자신이 왜 그렇게 깜짝 놀라며 강하게 부정했는지. 두경도 지웅을 사랑하고 있었던 걸까. 다만 욕심내기엔 지웅이 너무 커 보여서 스스로의 마음을 부정하고, 마음이 내는 목소리에 귀 기울이려 하지 않았던 것일까.

"너, 저 인간 좋아하지?"

세령이 그렇게 묻던 순간의 당혹스러움은 그것이 얼토당토않은 말이어서가 아니라 진실이었기 때문인지 모른다. 하지만 지웅이 고백하지 않았다면 두경은 언제까지고 자신의 마음을 모르는 체 했을 것이다. 가질 수 없는 사람, 다가설 수 없는 사람이라면 짝사랑으로 괴로워하느니 차라리 거짓으로 자신의 마음을 위장하는 편이 더 쉬우니까.

두경은 입이 근질거려서 참을 수가 없었다. 아무나 붙잡고 예지웅이 날 사랑한다고 외치고 싶은 심정이었다. 이 이야기를 듣고 두경보다 더 놀라고 호들갑을 떨어줄 사람이 생각났다. 두경은 세령에게 전화를 걸었다.

3. 지웅

두경을 보낸 뒤 영화사를 찾아가는 지웅은 마음이 무거웠다. 그것 말곤 두경을 잡을 방법이 없었을까. 계획된 행동은 아니었다. 처음부터 그러려고 두경을 부른 것이 아니었다. 하지만 필요에 의해, 사랑을 도구 삼아 누군가의 마음을 기만하고 있다는 죄책감을 지울 수가 없었다.

구 감독의 방에 들어선 지웅은 준비해 온 건강검진 결과가 적힌 종이를 내밀었다.

"허허, 이럴 필요까진 없는데……."

구 감독은 늘 그렇듯 인자한 얼굴로 앉으라는 손짓을 했다.

"예전에 지웅 씨 연기하는 모습을 본 적이 있어요……."

구 감독이 말했다. 작년 이맘때 일이었다. 구 감독은 어느 영화사에 갔다가 다른 감독의 오디션 장면을 보게 되었다. 키가 큰 은발머리 남자가 헤어진 연인을 붙잡으며 절규하는 신을 연기하고 있었다.

변심한 애인을 바라보는 남자의 흔들리는 눈빛 안에는 배신당한 분노, 사랑하는 사람에 대한 미련, 그녀를 떠나보내게 될지 모른다는 불안, 이별의 슬픔…… 복잡하고 혼란스러운 그 모든 감정이 고스란히 담겨 있었다. 타고난 연기자이거나 사랑의 아픔을 절절하게 느껴본 남자이거나. 지웅은 인지도 높은 아이돌 출신 배우에게 밀려 그 오디션에서 탈락했지만, 구 감독은 지웅의 프로필을 눈여겨 봐두었다.

"이제 곧 본격적으로 시작합니다. 율을 연기할 때도 그때처럼 진솔한 모습을 보여주세요."

구 감독의 말에 지웅은 고개를 숙였다. 어쩔 수 없이 두경의 얼굴이, 조금 전 두경에게 거짓 고백을 하던 자신의 모습이 떠올랐다.

진솔한 모습…… 지금 내게 그런 게 있을까. 연기는 거짓이다. 그리고 좋은 배우에게 연기는 진짜이기도 하다. 연기라는 가짜, 허상을 통해 진실한 마음을 전달해야 하는 것이 배우의 역할이라면 지웅은 그것을 해낼 수 있을 것인가.

지웅은 지금 자신의 모습이 온통 거짓으로 얼룩진 것 같았다. 두경에게 사랑한다고 말하던 지웅의 모습은 어땠던가. 실눈을 뜬 채 두경의 반응을 살피고 그 반응에 따라 행동하고, 두경이 고백을 받아들이는 순간 부끄럽게도 자신이 안전하리라는 예감에 안도하지 않았던가.

이제라도 사실을 말해야 하나…….

구 감독의 방을 나오며, 지웅은 고개를 세차게 흔들었다. 이미 엎질러진 물, 어차피 두경에게 매니저 일을 제안했던 것부터가 거짓된 마음이었다. 그 모든 화해, 제안, 그리고 두경과 함께하는 동안 울며 겨자 먹기로 보여준 배려…… 사랑을 고백하기 전에도 모든 게 거짓이었다. 이미 사태는 걷잡을 수 없게 된 것이다.

주차장으로 내려온 지웅은 운전석에 앉아 두경의 전화번호를 눌렀다. 설레고 들뜬 두경의 목소리가 핸드폰을 타고 전해졌다. 지금 데리러 갈 테니 함께 저녁을 먹자고 말한 뒤, 지웅은 씁쓸한 기분으로 전화를 끊었다. 어쨌든 첫 데이트…… 내비게이션에 두경의 집 주소를 찍고 막 출발하자마자 전화벨이 울렸다. 두경이려니 했는데, 전화는 뜻밖에도 효정에게 걸려왔다.

"지금 어디세요? 괜찮으시면 같이 저녁 드실래요?"

오전에 두경이 가고난 뒤 지웅은 쇼핑몰 사무실에 들렀다. 효정은 함께 저녁을 먹으면서 자신이 제안한 영화 의상에 대해 의논하자고 했지만, 오늘 은수가 시간이 안 된다며 약속을 미루었던 것이다. 그런데 왜?

"오늘 정 이사 시간 안 된다고 했잖아요. 저도 선약이 있어서."

지웅의 완곡한 거절에, 효정은 부드러우면서도 단호한 목소리로 말했다.

"우리 둘이 먹어요. 저도 오늘 아니면 안 돼요. 어제 말씀드리려고 했는데 과음하신 것 같아서. 더 늦어지면 안 될 것 같아요. 중요한 이야기예요."

유턴 지점이었다. 지웅은 차를 돌린 뒤 신호등 앞에 섰다. 신호가 바뀌기를 기다리며 지웅은 두경에게 문자메시지를 보냈다.

— 미안해요. 일이 좀 생겨서 늦을 것 같아요. 다시 전화할게요.

효정이 말한 '중요한 이야기'는 다소 당황스러웠다. 오전에 회의를 할 때, 새로 론칭한 브랜드의 홍보를 겸해 지웅의 영화 의상을 협찬하자는 효정의 제안이 있었기 때문에 그 이야기를 할 거라고만 예상했다. 그런데 일을 그만둘지도 모르겠다니…… 왜 그런 생각을 했느냐는 지웅의 말에 효정은 차분하게 덧붙였다.

"패션 디자인…… 현재의 트렌드를 캐치하고 미래의 트렌드를 리드해가는 일, 전 아주 재미있어요. 결과도 좋고 보람도 크고요. 그런데 제 디자인의 중심엔 항상 모델 예지웅 씨가 있었어요. 생각해보니까 전 그게 재미있었던 거예요. 예지웅 씨가 입을 옷을 내 손으로 디자인하는 거. 새로운 모델들과 새로운 일을 하는 건, 전 더 이상 흥미롭지 않네요."

쇼핑몰 초창기에 지웅은 이사직과 함께 모델을 겸했다. 하지만 영화배우로 전업을 준비하면서, 또 효정이 은수와 함께 쇼핑몰을 성공적으로 키워내면서, 모델은 물론 실무에서도 거의 물러나다시피 한 지웅이었다. 얼마 전 효정이 뽑은 새 모델들은 훌륭했다. 그런데도 효정은 지웅이 없으면 더 이상 일을 계속하지 않겠다고 말하는 것이었다.

"제 마음…… 아시겠어요?"

효정의 물음에 지웅은 대답할 말을 찾지 못했다. 어렴풋이 눈치는 채고 있었다. 지웅이 효정을 쳐다보지 않을 때에도 늘 지웅을 따라다니던 효정의 시선. 아무리 차갑게 밀어내도 조금씩 다가오던 효정의 마음. 이제 효정은 일에서만이 아니라 삶에서도 지웅이 필요하다고 말하는 것이었다. 하지만 갑자기 왜…….

효정은 말을 마친 뒤 차에서 내렸다. 어차피 지웅에게 당장 대답 듣기를 기대하지는 않았다. 얼마 전까지만 해도 욕심 내지 않으려고 마음을 다잡았던 효정이었다. 그저 같은 공간에서 어쩌다 마주치기만 해도 족하다고, 일 핑계로 한두 마디 대화라도 나눌 수 있으면 행복하다고, 늘 위안했다. 달라진 건 효정이 아니라 지웅이었다. 효정이 그 정도론 만족할 수 없게 더 큰 희망을 품게 만든 사람, 그것은 효정이 아니라 지웅이었다.

지웅은 결코 알 수 없을 것이다. 왜 효정이 더 좋은 조건의 스카우트를 마다하고 지웅의 쇼핑몰에 입사했는지, 왜 그렇게 모델 별과 똑같은 모습으로 지웅 앞에 나타났는지…….

가짜라도 좋았다. 흉내라도 괜찮았다. 지웅의 옆에 있을 수 있다

면, 별의 대체물로 영원히 별의 그림자를 달고 산다 해도 상관없었
다. 효정은 차에서 내리며 문득 생각난 듯 물었다.

"그런데 그 여자, 정말 매니저예요?"

4. 허석, 희진

— 지난번에 먹었던 그 떡볶이, 매운 맛이 너~무 그립다. 어디서 파는지 알면 당장 사러 갈 텐데……. 모르니 이렇게 그리워만 하고 있는 내 신세여~

희진은 허석의 문자를 받고 피식 웃었다. 그냥 떡볶이 좀 사다달라고 하면 될 것을 뭘 이렇게 돌려서 시를 쓰는지 웃기는 아저씨다. 모르는 척 그냥 집으로 돌아갈까 하다가 희진은 발걸음을 돌렸다. 지난번 우연히 허석의 혼잣말을 들은 일이 마음에 걸렸다.

'문 닫을 때 닫더라도 마지막 날까지 최선을 다하자…….'

문을 닫는다니…… 주말 아르바이트를 할 때 보면 손님이 없기는 했다. 주말에 손님이 더 없는 건가 이상하게 여겼는데, 허석은 만홧가게가 주말 장사라고 했다. 토, 일요일에 그렇게 허탕을 친다면 평일엔 알만 했다. 신경 쓸 일도, 도와줄 수 있는 일도 아니었다. 그런데도 허석이 걱정되었다. 가게 문을 닫으면 아저씨는 뭘 하고 살까.

딸랑.

만홧가게 문이 열리며 종소리가 났다. 혼자 책 정리를 하고 있던 허석은 희진을 보고 활짝 웃었다.

"진짜 왔네. 어찌나 보고 싶던지……. 아, 그러니까 떡볶이가 말이야……."

허석은 반가운 티를 낸 것이 쑥스러운지 어색하게 둘러대며 떡볶이를 받았다. 희진은 떡볶이를 내려놓고 가게를 한 번 둘러보았다. 오늘도 만홧가게에는 손님이 하나도 없었다. 형우조차도.

"형우 오빠 요즘 자주 와요?"

지나가는 말처럼 물은 건데 허석은 떡볶이를 먹으며 의외의 소리를 했다.

"응, 자주 오지. 어제도 왔어. 그렇잖아도 궁금할까봐 내가 물어봤는데 휴대폰 줄 말이야, 원래 자기는 그런 거 안 단대. 그 쪽지도 자기한테 쓴 건 줄 모르고 두고 간 거더라고."

"그게 무슨 말이에요?"

허석은 떡볶이를 먹다가 희진을 쳐다보았다. 어쩐 일인지 희진의 얼굴이 새파랗게 질려 있었다.

"지금…… 그러니까, 오빠한테 그걸 다 물어봤다는 거예요?"

날카로운 희진의 목소리에, 허석은 입 속에서 우물거리던 떡볶이를 겨우 삼켰다. 희진이 화를 낼 거라곤 상상도 못했다. 다만 형우가 휴대폰 줄을 쓰지 않아 희진이 속상할 것 같았고, 형우가 쪽지를 보고 반응이 없어서 희진이 갑갑할 것 같았다.

이유를 알면 희진이 덜 힘들 것 같아 얼마 전 형우가 『아방가르드한 그이』를 빌리러 왔을 때 허석이 넌지시 물어본 것이었다. 그러면서도 그게 잘못이라곤 생각도 하지 못했다.

"아, 나, 나는 희진 양이 궁금할 것 같아서……."

"내가 언제 그런 부탁했어요? 내가 궁금하다고 했냐고요? 그런 걸 왜 물어봐요? 내가 시켰다고 생각할 수도 있잖아요. 진짜 이상한 아저씨야. 앞으로 내 일에 신경 꺼요, 제발!"

희진은 고함치듯 말하더니 뒤도 돌아보지 않고 만홧가게를 나갔다. 문이 쾅 닫히면서 종소리가 요란하게 울려 퍼졌다.

"희진 양……."

허석은 희진이 나간 문을 멍하니 바라보았다. 하지만 희진이 돌아올 가능성은 없을 것 같았다. 어쩌면 앞으로 아예 오지 않을지도 모를 일이었다.

허석은 테이블로 돌아갔다. 떡볶이는 벌써 식어 있었다. 허석은 떡볶이 하나를 입 안에 집어넣었다. 이미 딱딱하게 굳은, 아까보다 더 맵게 느껴지는 떡볶이를 천천히 씹다 보니 혀가 얼얼해지면서 눈물이 핑 돌았다.

"후아, 맵다."

허석은 얼른 찬 물을 들이켰다.

집으로 돌아온 희진은 회사에서 마무리하지 못한 시안을 꺼냈다. 휴대폰 줄과 마찬가지로 고릴라 캐릭터를 모티프로 한 문구 제품이었다. '주문 폭주'라는 꼬리표를 달고 베스트 상품에 노출된 뒤로 고릴라 휴대폰 줄은 불타나게 팔려 나갔다. 희진의 아이템이 효자상품이 되면서 새 학기 시즌을 겨냥한 문구 제품까지 같은 캐릭터로 진행할 수 있게 된 것이다.

시안을 꺼내긴 했지만 일이 손에 잡히지 않았다. 희진은 휴대폰 줄에 매달린 고릴라 캐릭터를 손바닥 안에서 이리저리 굴려보았다. 생각해보면 첫 상품으로 회사에서 인정받게 된 것도 허석의 덕분이었다.

내가 너무 심했나……. 생각해보면 별 일도 아닌데…….

허석은 분명 좋은 의도였을 것이다. 희진에게 한결같이 잘해주는 허석……. 문득 희진은 그렇게까지 화낸 게 후회스러웠다.

5. 지웅

과거와 현재를 오가는 무사 율. 그것이 지웅의 역할이었다. 첫 리딩 연습, 지웅은 심호흡을 한 뒤 자기 차례가 오기를 기다렸다.

"둘 다 여기서 죽을 순 없어! 겸, 율, 어서 가원으로 돌아가요. 이러다 문이 닫히고 말아요. 서둘러야 해요!"

지웅을 제외한 모든 배우들이 베테랑이었다. 첫 연습인데도 다들 호흡이 척척 맞았다. 이제 여배우의 대사가 끝나면 지웅의 차례였다. 적의 칼에 배를 찔린 상황이었다. 연습을 시작할 때부터 아랫배에서 스멀스멀 올라오던 통증이 심해지고 있었다.

이미 한 번 겪어본 통증이었다. 묵직하고 뻐근하게 시작되는 통증, 그러다 아랫배가 뒤틀리고 다리에 힘이 빠지며 정신마저 아득해지는 아픔, 지웅은 온 힘을 쥐어짜 대사를 읽었다. 한 마디 한 마디 내뱉을 때마다 신음이 섞여 나왔다.

"나는…… 으헉…… 느, 늦었어요……. 크헉, 돌아갈 수…… 없어."

금방이라도 토악질을 할 것처럼 속이 울렁거렸다. 지웅은 필사적으로 대사를 마친 뒤 배를 감싸 안은 채 테이블 위로 고꾸라졌다. 무사이자 율의 이복형제인 겸의 대사가 뒤따랐다.

"안 된다, 율아. 아직 너와 화해하지 못했는데, 율아!"

적의 칼을 맞은 겸이 단말마의 비명을 지르며 쓰러졌다. 쿵. 몸을 웅크리고 테이블에 쓰러져 있는 겸과 율. 방 안에 짧은 침묵이 이어졌다.

갑자기 누군가의 박수소리가 침묵을 깼다. 구 감독이었다. 다른 배우들도 일제히 박수를 치기 시작했다. 지웅은 힘겹게 몸을 일으켰다. 겸의 역할을 맡은 선배 배우 차성원이 지웅을 향해 엄지를 치켜세웠다. 너무 아파 어쩔 수 없이 리딩하게 된 거였지만, 칭찬 섞인 박수를 받으니 몸 둘 바를 몰랐다. 지웅은 억지로 미소를 지어보인 뒤 연습실을 나왔다.

집으로 돌아가는 차 안에서, 두경은 운전을 하며 걱정스러운 눈길로 지웅을 힐끔거렸다. 두경이 병원에 가자고 채근했지만 지웅은 신경성이라며 두경을 말렸다. 진통제를 먹고 나서야 기절할 것 같은 통증이 사라졌지만 완전히 멀쩡하다고 할 수는 없었다. 언제까지 이런 일을 겪어야 하나. 예측이라도 할 수 있다면 어떻게든 대비할 수 있을 텐데…….

의자를 젖히고 조수석에 웅크려 누워 있던 지웅은 잠깐 망설이다 말을 꺼냈다.

"두경 씨, 뭐 하나만 물어볼게요. 그냥 물어보는 거니까 이상하게 생각하지 말고……."

"뭔데요?"

"저, 두경 씨, 그날이 언제예요? 그러니까…… 생리 말이에요."

지웅은 두경의 눈치를 슬쩍 살폈다. 두경은 어이없다는 표정으로 입을 꾹 다물고 있었다. 핸들을 돌리는 손놀림이 살짝 거칠어진 것 같기도 했다.

"난 좀 불규칙한데……."

두경은 한참 만에 입을 열었다.

"남들처럼 주기가 딱딱 맞거나 그렇진 않고요, 생리통도 되게 심해서 진통제 두세 알은 기본으로 먹어야 되고, 많이 심한 날은 오한에 구토까지…… 아무튼 심했어요. 근데 그게 왜 궁금해요? 남자랑 이런 얘기하긴 또 처음이네요. 아이 씨, 운전을 왜 저따위로 하는 거야!"

"아, 약을 먹었더니 졸음이…… 도착하면 깨워줘요."

지웅은 경악한 표정을 들키지 않기 위해 얼른 몸을 돌리고 누웠다.

'불규칙적이라니. 그럼 언제 이런 고통을 당할지 예상도 못하고 늘 노심초사하며 지내야 하는 건가? 아아아악, 고함이라도 지르고 싶은 심정이었다. 도대체 여자들은 어떻게 이러고 사는 것일까?'

6. 두경, 형우

두경은 집으로 돌아오자마자 패션 스타일리스트 책을 꺼냈다. 오늘 리딩 연습 전에 지웅과 했던 이야기들 때문에 자꾸 마음이 들떴다.

"지난번에 했던 말 진짜예요? 마음껏 해보라고, 다 입어주겠다고 했던 말?"

두경이 그렇게 물었을 때 지웅은 진심으로 반가운 표정이었다.

"물론이죠. 아, 이번 '율' 현대 복장도 한 번 코디해 봐요. 과거 장면부터 몰아서 촬영하니까 현대 의상 입으려면 시간이 좀 있어요. 두경 씨 코디가 괜찮으면 의상팀에서도 마다할 이유가 없죠. 잘 해봐요."

지웅의 전폭적인 지지가 고마워서라도 잘해야 했다. 이렇게 기회를 주고 격려해주는 지웅을 실망시킬 수는 없었다. 두경은 일러스트를 해가며 지웅에게 어울릴 만한 스타일을 만들어보았다. 한참 열중을 하고 있는데 문자메시지 알림음이 들렸다.

— 저 연재 확정됐어요. 지금 계약하고 들어가는 길이에요. ^^ 지금 아파트 앞인데 집에 있으면 잠깐 나올래요? 편의점 맥주 쏘려고요~

형우였다. 드디어 만화작가로 데뷔하는 모양이었다.

— 와아~ 축하해요! 짝짝짝! 연재 확정되면 꼭 챙겨볼게요. 그런데 지금은 뭘 좀 하고 있어서 미안하지만 나중에 봐요.

두경은 메시지를 전송하려다 멈췄다. 지난번 두경의 이야기를 가만히 들어주던 형우의 얼굴이 떠올랐다. 소나기를 보며 문득 눈물을 흘렸던 날이었다. 매니저 일을 그만두겠다고 지웅에게 말한 뒤 다시는 지웅을 볼 수 없을 거란 생각에 울적했던 날이었다.

속 시원하게 다 말하라고 했던 형우, 한쪽 귀로 듣고 한쪽 귀로 흘릴 테니 아무 걱정하지 말라고 다독여주던 형우. 게다가 그날 형우는 화장실에서 넘어진 두경을 업고 병원 응급실로 뛰어가기도 했고, 두경이 퇴원할 때까지 자리를 지켜주기도 했다. 생각해보니 두경은 그런 형우에게 한 번도 무언가를 해준 적이 없었던 것 같았다.

두경은 휴대폰에 써놓은 문장을 지웠다. 그런 다음 새로운 문자메시지를 보내고 서둘러 밖으로 나갔다.

— 기다려요. 지금 내려갈게요.

두경은 편의점으로 가려는 형우를 데리고 집 앞의 삼겹살 가게로 향했다. 신세 진 일도 있고 형우가 계약도 한 마당에 삼겹살에 소주 한 잔 못 살 것 없었다. 게다가 지웅에게 받은 신용카드도 있었다. 의상 준비에 필요한 것들을 사라고 준 것이지만 두경이 먹고 싶은 것을 사먹어도 된다고 했다.

"예지웅 씨랑은 어떻게 된 거예요?"

지나가는 말처럼 넌지시 묻기는 했지만 형우는 그게 무척 마음에 쓰였다. 전날 저녁, 집 앞에 나갔다가 지웅과 두경이 함께 있는 것을 보았다. 두 사람의 분위기가 그전과는 달라 보였다.

두경의 얼굴에서는 막 사랑을 시작한 특유의 설렘이 묻어났고, 지웅 또한 어색한 듯하면서 친근한 태도였다. 두경이 마음을 바꿔서 다시 일을 하게 된 것일까. 하지만 어쩐지 그것만은 아닌 것 같았다. 두경은 지웅을 사랑하는 것일까.

"아, 내가 말 안 했죠? 저 지웅 씨랑 다시 일하게 됐어요."

"어떻게 그렇게 됐어요? 많이 부담스럽다고 했잖아요."

"그게…… 어쩌다 보니, 사람 일이 참……."

두경은 더 이상 말하지 않고 고기를 구웠다. 잔뜩 달궈진 불판에서 치익, 치익 소리가 났다.

그게 다예요?

형우는 묻고 싶었다. 재잘재잘 속마음을 털어놓던 지난번 두경의 모습과 지금 눈앞에 있는 두경은 전혀 달라 보였다. 형우에게 터놓고 이야기할 수 없는 뭔가가 더 있는 것 같았다. 하지만 형우는 아무 말 없이 고기를 한 점 집었다.

"아, 잠깐만요."

두경은 집게를 내려놓더니 얼른 휴대전화를 꺼냈다.

"지웅 씨?"

형우는 전화를 받는 두경의 목소리가 자기와 이야기할 때보다 더 밝다고 생각했지만, 내색하지 않고 수저질만 했다.

"어떻게 알았지……."

전화를 끊은 두경은 자기 손을 내려다보았다.

"뭐가요?"

"지웅 씨가 고기 굽는 거 친구 시키래요. 제가 손 다 데이면서 굽고 있다고…… 가끔 보면 귀신같이 안다니까요."

두경의 손이 발갛게 데여 있었다. 차가운 물수건이라도 대주고 싶었지만 형우는 집게를 받아들고 아무 말 없이 소주를 들이켰다. 조금 전보다 소주 맛이 더 썼다.

7. 허석

허석은 마지막 책장에 꽂혀 있던 책을 상자에 담았다. 오전 내내 정리한 덕분에 '소박한 만화 가게'의 책장은 모두 비워져 있었다. 허리도 뻐근하고 팔도 저렸지만 아직 할 일이 많았다. 가게를 열고 이곳에서 보냈던 3년의 시간과 단골손님들의 얼굴이 머릿속을 스쳤다. 이제 마지막이다……. 쓰레기봉투를 버리기 위해 가게 문을 열자 문 앞에 서 있던 희진이 놀란 얼굴로 허석을 쳐다보았다.

"어? 희진 양!"

허석은 마스크를 벗으며 반갑게 희진을 불렀다. 희진은 잠깐 당황한 듯했지만 이내 평소의 새침한 표정으로 돌아가 툴툴거렸다.

"뭐예요, 가게 문 닫은 줄 알았잖아요."

"문 닫은 거 맞는데?"

"뭐라고요?"

"희진 양이 제대로 봤어. 손님이 너무 없어."

"주말에만 좀 그렇다고 했지. 누가 진짜 문 닫으라고 했어요?"

허석은 그냥 웃기만 했다. 말투에는 짜증이 섞여 있었지만 그게 전부가 아니라는 것을 알 수 있었다. 희진의 얼굴에서는 허석과 소박한 만홧가게를 걱정하는 마음이 느껴졌다. 가게에서 두 사람이 보낸 두 번의 주말 동안, 허석은 새침한 표정과 뾰로통한 말투 뒤에 가려진 희진의 진짜 모습은 그런 것이라 생각했다. 따뜻하고 여리고 착한 사람.

마지막 날 희진이 찾아와 줘서 다행이었다. 미안하다고, 사실은 내가 궁금해서 형우 씨에게 물어본 거라고 문자메시지를 보냈지만, 답장조차 없던 희진이었다. 다시는 희진을 만날 수 없을 것만 같았다. 만홧가게를 닫으면, 그래서 더 이상 이곳에서 형우를 볼 수 없으면, 희진은 허석을 찾지 않을 거라고 생각했다.

"다신 안 올 줄 알았는데……."

"잠깐 들른 거예요. 이거나 받아요."

희진은 허석에게 작은 쇼핑백을 안겼다.

"혹시 선물?"

"마음 얻는 데 선물만 한 게 없다면서요? 그날 미안했어요."

말을 마친 희진은 몸을 휙 돌리더니 버스정류장 쪽으로 걸어갔다.

"희진 양!"

허석이 희진을 불렀다. 희진은 잠깐 머뭇거리더니 돌아서 허석을 마주보았다.

"퇴근하고 같이 밥이나 먹을까?"

"흥, 만날 그 놈의 밥은…… 아, 몰라요."

희진은 짜증스러운 표정으로 대꾸하더니 다시 돌아서 걷기 시작했다. 처음이었다. 희진이 밥 먹자는 말을 거절하지 않은 것은. 허석은 쇼핑백을 열고 상자의 포장을 풀어 보았다. 깜찍한 고릴라 문구세트가 들어 있었다. 그러고 보니 고릴라는 어쩐지 허석을 닮은 것 같기도 했다.

제5장

뭐가 진짜예요?

Is This Love?

1. 지웅

리딩 연습을 마친 뒤 지웅이 카페로 갔을 때, 두경은 앉은 자세로 꾸벅꾸벅 졸고 있었다. 아침부터 밤까지 지웅과 스케줄을 함께 하느라 피곤한 모양이었다. 코디할 옷을 구상 중이었는지 테이블 위에 놓인 일러스트 북에는 몇 개의 스타일이 스케치되어 있었다.

지웅은 피로해 보이는 두경의 얼굴과 일러스트 북의 스케치를 번갈아 보면서, 처음 만났을 때와 두경이 무척 달라 보인다고 생각했다. 처음엔 어떤 일도 덜렁덜렁 대충 넘어가는 타입인 줄 알았다. 그런 첫인상도 두경을 싫어하는 데 한몫 했었다.

하지만 함께 일을 하며 옆에서 본 두경은 전혀 달랐다. 책임감도 강하고 매사에 적극적이며 무슨 일이든 열심히 했다. 두경이 변한 것일까, 두경을 보는 지웅의 시선이 변한 것일까.

지웅은 두경의 어깨를 살짝 흔들었다. 두경은 몸을 흠칫하며 눈을 뜨더니 지웅을 보고 미소를 지었다.

"어, 리딩 끝났어요? 오늘은 뭐했어요?"

두경은 가볍게 하품을 하더니 눈을 반짝이며 지웅에게 물었다.

"감독님이랑 캐릭터 연구 좀 더 깊게 하고요, 대사도 조금 수정하고…… 근데 난 대사가 많지 않아요. 주로 눈빛 연기죠."

지웅은 손가락으로 자신의 눈을 가리키며 무사 율의 날카로운 눈빛을 보여줬다.

"와, 지웅 씨 방금 정말 무사 같았어요. 뭔가 무사의 살기 같은 게 확 느껴졌다니까요."

지웅이 하하거리며 크게 웃었다.

"다시 한 번 볼래요?"

지웅은 테이블에 팔꿈치를 짚고 두경에게 가까이 얼굴을 내밀었다. 지웅의 눈앞에, 두경의 얼굴이 닿을 듯 가까워져 있었다. 지웅은 그 자세로 한참 두경의 눈을 마주보았다. 어떤 악의도, 어떤 속임수도 없는 순수한 눈빛이었다. 문득 두경이 바라보고 있는 자신의 눈에 어떤 것이 담겨 있을지 두려웠다. 지웅의 악의, 거짓, 속임수…… 그런 더럽고 어두운 뭔가를 두경이 발견해낼 것만 같았다.

언젠가 지웅은 도플갱어에 관한 이야기를 들은 적이 있었다. 나와 똑같이 생긴, 세상에 존재하는 또 하나의 나. 도플갱어와 맞닥뜨린 사람은 아주 비참한 죽음을 피할 수 없다고 한다. 왜 도플갱어를 보면 죽어야만 하는가. 거기에는 여러 가지 설이 있지만, 그 중 지웅의 마음을 끌었던 것은 도플갱어가 자신의 몸에서 빠져나간 영혼이기 때문이라는 가설이었다.

내 몸에서 빠져나간 영혼. 내 몸에서 빠져나간 통증……

두경의 눈을 마주보는 동안, 지웅은 두경이 또 하나의 자신처럼 느껴졌다. 왜 이 여자는 내 아픔을 대신 겪고 있을까? 왜 나는 이 여자의 아픔을 대신 겪고 있을까? 얼마 전까지 지웅은 그 질문에 대한 답을 찾으려고 노력했고, 찾을 수 있을 거라 생각했다. 하지만 두경의 고요한 눈을 바라보고 있자니 점점 자신이 없어졌다. 지웅은 그 질문에 대한 답을 끝내 찾을 수 없을지도 모른다. 어쩌면 두경은 지웅의, 지웅은 두경의, 영혼의 도플갱어가 아닐까. 적어도 아픔에 관해서만큼은.

우리의 결말은 어떻게 될까? 도플갱어를 만나 죽음에 이르고 마는 사람들처럼, 우리에게도 비극적인 결말이 예정되어 있을까? 이제 지웅이 가장 궁금한 것은 두 사람의 감각이 뒤바뀐 시작점이 아니라, 감각이 뒤바뀌고 만 두 사람의 엔딩이었다.

정직해지고 싶다. 지웅은 그렇게 생각했다. 두경이 상처 받을 것이 두렵지만, 두경의 마음에 더 큰 생채기를 내는 것이 옳은 건지 잘못된 건지 알 수 없지만, 그렇지만 말해야 했다. 거짓이라는 허술함 위에 이뤄진 이 관계를 끝장내는 한이 있더라도…… 그러면 우리는 견고한 진실 위에서 다시 시작할 수 있을까? 그것은 어떤 사이일까?

"나 할 말 있어요. 두경 씨한테 꼭 해야 할 말……"

지웅이 입을 뗀 그때, 카페에 흐르고 있던 음악이 끝나더니 잠시 틈을 두고 다른 곡의 전주가 시작되었다. 그리고 그 노래가 흘러나오는 것과 거의 동시에 두경이 고개를 숙였다. 깊이 숙인 두경의 얼굴은 보이지 않았지만, 그래서 두경이 어떤 표정을 짓고 있는지 알 수 없었지만, 또 다시 그녀가 울고 있다는 것을, 마음속을 채워버린 슬픔을 어쩌지 못해 울고 있다는 것을, 지웅은 알 수 있었다.

지웅은 고개를 들고 카페 안을 둘러보았다. 웃고 있거나 이야기를 나누는 사람들. 그중 누구도 카페 안을 채운 노래에 귀 기울지 않고 있는 듯했다.

"지웅 씨, 이 곡 참 좋다. 그치? 나 슬픈 노래는 안 좋아하는데, 이 곡은 좋네."

어디선가 별의 목소리가 들렸다. 이 노래를 처음 듣던 날 별이 했던 말이었다.

"바보야, 나랑 있으니까 다 좋은 거지 그걸 아직도 몰라?"

지웅은 별의 짧은 머리카락을 장난스럽게 흩트리며 그렇게 대답했었다. 어제 일처럼 생생한 기억이었다. 노래를 들을 때 별의 표정, 가사를 따라 부르던 목소리, 그리고 헤어진 연인을 그리워하는 가사의 내용까지……. 그 모든 것을 떠올리면서도 지웅은 아프지 않았다.

지웅은 두경의 두 뺨을 감싸 쥐었다. 그리고 눈물로 얼룩진 두경의 얼굴을 바라보면서 마음속으로 말했다. 이 노래를 들으면 또 마음이 아프겠죠? 자꾸 눈물이 나겠죠? 이제 내가 두경 씨 울지 않게 해줄게요. 다 얘기할게요. 다…….

"두경 씨, 두경 씨가 머리를 다치면 내 머리가 아프고, 두경 씨가 손을 다치면 내 손이 아프고, 두경 씨가……."

지웅의 귀에도 자신의 목소리는 현실감 없이 들렸다. 어쩌면 그 말의 내용이 비현실적이라서 그런지 몰랐다.

풋.

어느새 눈물을 그친 두경이 웃고 있었다.

"그만해요. 알겠어요. 다치지 않게 조심할게요."

지웅은 씁쓸하게 웃으며 고개를 끄덕였다. 아직은 모든 것을 털어놓을 용기가 없었다. 언젠가는 말하겠지만, 그날이 오늘은 아닌 것 같았다. 꼭 말할 것이다. 하지만 나중에, 그리고 너무 늦지 않게.

2. 두경

두경은 스튜디오의 블루 스크린 앞에서 칼싸움 장면을 촬영하는 지웅을 지켜보고 있었다. 지웅은 열정적으로 촬영에 임하다가도 짬이 날 때마다 두경을 돌아보았다. 두경이 거기에 있다는 것을, 지웅을 지켜보고 있다는 것을 확인이라도 하는 것처럼.

두경은 지웅과 눈이 마주칠 때마다 입모양으로 '파이팅'을 외치거나 격려하듯 손을 흔들어주었다. 그리고 그때마다 새삼스럽게 이상하다는 생각을 했다. 진짜 저 남자가 내 남자친구일까?

지웅은 두경을 더없이 따뜻하고 자상하게 대해 주었지만, 두경은 여전히 이 관계에 대해 확신할 수가 없었다. 지웅과 함께 있는 시간이 행복할수록 의구심과 회의도 커졌다. 객관적으로 지웅과 두경은 어울리는 짝이 아닐 것이다. 어떤 사랑도, 어떤 관계도, 객관적이라는 잣대를 갖다 댈 수 없다는 것을 알면서도, 두경은 지웅 옆에서 가끔 스스로가 초라해지는 것 같았다. 그리고 그때마다 해답을 알 수 없는 의문이 떠올랐다. 지웅 씨는 왜 나를 사랑하는 걸까?

어젯밤 지웅과 헤어져 집으로 돌아가는 길, 아파트 계단에서 형우를 만났다. 그리고 형우를 만난 뒤 알게 되었다. 적어도 그런 의문을 가지고 있는 사람은 두경 하나만이 아니라는 것을.

"좀 이상하지 않아요?"

계단에 앉아 있던 형우는 두경을 보자마자 대뜸 그렇게 말했다. 술 냄새가 확 끼쳐왔고, 가까이에서 보니 눈도 약간 풀려 있었다. 형우는 혀 꼬인 말투로 말을 이었다.

"예지웅 말이에요. 내가 곰곰이, 진짜 곰곰이 생각해봤는데 그 남자 이상하다고요. 처음 봤을 때부터 그랬는데…… 두경 씨는 못 느꼈어요? 이상해, 이상해. 이상한 걸 어떡해요?"

형우는 자리에서 일어나려다 휘청거렸다. 두경은 얼른 형우를 부축해 형우가 사는 아래층으로 함께 내려갔다. 한 칸, 한 칸, 계단을 딛고 내려가는 형우의 걸음이 불안했다. 형우는 비틀거리면서도 말을 멈추지 않았다.

"미안해요, 두경 씨. 내가 두경 씨 좋아하잖아요. 우리, 좋은 친구 맞죠? 그렇죠? 나, 왠지 걱정돼서……. 진작 말해주려고 했는데…… 이상해요. 아무래도…… 이상해……."

두경은 형우를 현관 안에까지 데려다준 뒤 집으로 돌아왔다. 그때까지만 해도 형우가 술김에 그러는 거라고, 이상한 건 지웅이 아니라 형우라고만 생각했다. 하지만 집으로 돌아와 생각해보니 정말 이상했다. 어쩌면 지웅이 사랑을 고백하던 그 순간부터, 두경은 이상하다는 낌새를 알아차렸는지 모른다. 단지 행복감에 도취되어 깨닫지 못했을 뿐이다.

돌이켜보면 모든 게 너무 급작스러웠다. 분명히 처음에 지웅은 두경에게 호감이 없었다. 아무 이유 없이 뺨을 때린 것만 봐도 오히려 싫어했으면 싫어했지 좋아하지 않았던 건 분명했다.

그는 언제부터 두경을 사랑했을까? 두경에게 매니저 일을 제안하기 전부터? 아니면 매니저 일을 그만두려는 두경에게 개인 코디네이터라는 직함을 주면서까지 붙잡으려 했을 때? 그 모든 게 두경을 사랑해서라고 생각하기엔 뭔가 앞뒤가 맞지 않는 느낌이었다.

하지만 진짜 괴로운 것은 지웅의 사랑을 의심한다는 사실, 그 자체였다. 질문에 질문을 거듭하다 보면 왜 나는 나를 사랑한다는 사람을 믿지 못하는지, 왜 그 사랑이 언제 어떻게 시작되었는지 스스로에게 캐묻는 건지, 왜 그 사랑의 정당성을 스스로에게 설득하려는 건지 괴로웠다.

"안녕하세요?"

누군가 두경에게 인사를 건넸다. 혼자만의 생각에 빠져 있던 두경은 자신에게 말을 걸어온 남자를 금방 알아보지 못했다. 낯이 익은

데, 어디서 봤더라? 남자는 두경의 표정을 눈치 챘는지 넉살 좋게 자기소개를 했다.

"홍은기예요. 이노 엔터테인먼트에서 한 번 뵌 적 있어요."

그제야 생각났다. 문 대표의 조카라고 했던 신인배우, 지웅이 출연하는 영화에서 조연을 맡은 사람이었다. 두경이 인사를 하자 은기는 카메라를 내밀었다.

"괜찮으시면 사진 한 장 찍어주실래요?"

"네, 얼마든지."

두경이 카메라를 받아들자 은기는 전원 버튼을 눌러주었다. 그 순간 메모리카드에 저장되어 있던 마지막 사진이 떴다.

"잠깐만요!"

두경은 플레이 모드로 전환하려는 은기의 손을 막았다. 사진 속 낯익은 남자와 여자…… 배경으로 보아 장소는 지웅의 오피스텔 앞인 듯했다. 웬 남자가 효정을 꼭 껴안고 있었다. 놀란 듯 얼어붙은 효정의 표정이 먼저 눈에 들어왔다. 효정의 어깨에 얼굴을 깊이 파묻은 남자의 얼굴은 보이지 않았다. 하지만 두경은 그 남자가 지웅이라는 것을 금방 알아챌 수 있었다. 은빛 머리카락, 큰 키의 실루엣, 틀림없는 지웅이었다.

"아, 이거…… 정말 우연히 찍은 건데, 김효정 씨 아시죠? 제가 김효정 씨 팬이라서요. 사진 찍은 건 비밀로 좀…… 네?"

하지만 두경의 귀에 은기의 말은 들리지 않았다. 두경은 떨리는 손으로 버튼을 눌렀다. 그 앞에도, 그 앞에도, 모두 지웅과 효정이 함께 있는 사진들이었다. 오피스텔 앞에서 이야기를 나누는 두 사람, 패션쇼를 보고 나오는 두 사람, 팔짱을 끼고 거리를 걷고 있는 두 사람······.

두경은 카메라를 은기에게 넘긴 뒤 곧바로 그곳을 뛰쳐나왔다. 정신없이 복도를 뛰어가다 누군가와 부딪쳤다. 효정이었다. 효정을 보는 순간 왈칵 눈물이 차올랐다. 그게 효정 때문인지, 지웅 때문인지, 방금 본 사진 때문인지, 두경은 도저히 알 수 없었다. 사과의 말조차 할 수 없었기에 두경은 효정을 지나쳐 화장실로 들어갔다.

변기 위에 쪼그려 앉아 얼마나 울었는지 몰랐다. 또각또각, 하이힐을 신은 누군가의 발소리가 들렸다. 두경은 얼른 입을 틀어막고 울음을 참았다. 바깥에서 효정의 목소리가 들렸다.

"지웅 씨 몇 년째 내 옷만 입어서 그런지 다른 옷들은 안 어울리는 것 같아. 그렇지 않아?"

"맞아요, 실장님 스타일링이 예 이사님께는 '딱'이에요."

세면대의 물소리와 섞여 다른 여자의 목소리도 들렸다.

"이번 영화에서 그 사람 빛이 날 거야. 내가 스타일링을 할 때마다 항상 그랬으니까. 물론 앞으로도."

물소리가 멈추더니 다시 또각또각 하이힐 소리가 들렸다. 잠시 후 쾅, 하고 문이 닫히는 소리도. 그제야 두경은 입을 틀어막고 있던 손을 내렸다. 두경의 두 뺨 위로 하염없이 눈물이 흘러내렸다. 이토록 마음이 아픈 게 무엇 때문인지, 두경은 여전히 알 수 없었다.

3. 지웅

쉬는 시간, 지웅은 두경을 찾아 두리번거렸다. 조금 전까지 여기 있었는데…… 얼핏 홍은기와 이야기를 나누는 두경의 모습을 봤는데…….

홍은기는 아무래도 믿음이 가지 않는 사람이었다. 문 대표의 조카라는 점은 둘째 치고라도, 파파라치처럼 지웅의 사진을 몰래 찍다가들킨 적이 두어 번 있었다. 한 번만 더 사진을 찍다 걸리면 초상권 침해로 고소하겠다고 단단히 일러두었는데, 이번엔 무슨 꿍꿍이로 두경에게 집적거리는지 모를 일이다.

"무사 복장 잘 어울리네요?"

효정의 목소리에 지웅은 뒤돌아보았다. 효정이 왜 여길……? 지웅이 뭐라고 말을 하기도 전에 효정이 말을 이었다.

"의상 넉넉하게 챙겨왔어요. 우선 마음에 드는 걸로……."

효정의 말을 다 들어줄 수 없었다. 어서 두경을 찾아야 했다. 지웅의 스타일링을 위해 아침부터 옷을 바리바리 싸들고 왔던 두경이었다. 아니, 그보다 효정을 보면 다시 마음이 찢어질 듯 아플 두경이었다.

"그 부분은 대답 안 한 걸로 아는데요?"

지웅은 차갑게 대꾸한 뒤 두경을 찾기 위해 자리에서 일어났다. 촬영장 안으로 들어오는 두경의 모습이 보였다. 벌써 효정과 마주쳤던 걸까. 얼마나 울었는지, 두경의 눈과 코가 새빨개져 있었다. 지웅은 빠른 걸음으로 두경에게 다가갔다.

"효정 씨 왔어요. 괜찮겠어요?"

두경은 고개를 끄덕였다. 울음의 흔적이 남아 있었지만 두경의 표정만큼은 평소처럼 밝고 씩씩했다. 지웅은 두경이 가져온 옷을 챙겨 의상 담당자에게 가는 모습을 지켜보다 얼른 뒤따라갔다. 어쩐지 마음이 놓이질 않았다.

두경에게서 옷을 받은 의상 담당자는 낭패한 표정을 지었다.

"어쩌죠, 김 실장님이 가져온 옷으로도 이미 충분하고……. 또 이건 '율'의 의상만 있어서, 우린 김 실장님 제안에 따라 율과 겸을 상반된 커플룩으로 입히려고 했거든요. 김 실장님은 이미 겸의 의상까지 다 준비해 오셔서……."

"아, 그럼 두경 씨가 겸 의상도 같이 준비하면 되겠네요. 야외 촬영

전까지 시간이 좀 있으니까…….”

지웅이 얼른 끼어들었지만, 두경은 고개를 절레절레 흔들었다. 얼핏 두경의 얼굴에 실망한 기색이 스쳤다. 지웅이 다시 뭐라고 말을 하려는데, 두경이 지웅의 옷자락을 당겼다. 괜찮다는 뜻이었다.

“잘 알겠습니다. 혹시 도움이 될까 해서 가져와 본 거예요.”

두경은 애써 밝은 목소리로 말하더니 펼쳐놓은 의상을 주섬주섬 챙겼다. 의상을 들고 나가는 두경의 어깨가 눈에 띄게 처져 있었다.

“진짜 이유가 뭐야?”

언제 와 있었던 걸까. 등 뒤에서 문 대표의 목소리가 들렸다.

“매니저도 아니고, 딱히 코디 역할을 하는 것 같지도 않고…… 진짜 이유가 뭐냐고? 그냥 연애나 하려고 같이 다니는 건가? 막 배우로 데뷔하려는 이 중요한 시점에? 똑바로 좀 합시다. 우리도 연애나 하라고 예지웅 씨한테 투자하는 거 아니니까.”

지웅은 대답하지 않았다. 대답할 필요도 없었다. 머릿속엔 온통 두경 생각뿐이었다. 의상이 거절당해서 실망하지 않았을까, 혹시 이곳 어딘가에서 마음 아파하고 있는 건 아닐까. 지웅은 두경을 찾기 위해 스튜디오를 나왔다.

4. 두경

혼란스러운 하루였다. 다행이라면 이 하루도 곧 끝난다는 것……. 두경은 세령의 카페로 발걸음을 옮겼다. 오늘 세령에게 다 이야기할 생각이었다. 두경에게 일어난 이상한 일들에 관해. 그리고 두경을 아프게 하는 것들에 대해.

무엇보다 의상을 거절당한 뒤 혼자 옷을 챙기고 있을 때, 효정이 했던 이야기들이 가슴에 콱 박혔다.

"매니저라고 하지 않았어요? 언제부터 지웅 씨 코디였어요?"

두경이 쪼그려 앉은 채 고개를 돌리자, 팔짱을 낀 채로 두경을 내려다보는 효정의 모습이 보였다. 의심과 경멸이 서린 얼굴. 두경은 효정이 왜 그런 질문을 하는지 알 수 있었다. 효정도 이상하게 여기고 있는 것이었다. 왜 두경이 지웅 옆에 있는지. 도대체 지웅 옆에 있는 두경의 가치와 역할이 뭔지.

"……얼마 안 됐어요."

"배짱이 대단하시네요. 얼마 안 된 경력으로 영화 주인공 의상을 스타일링 하려고 하시다니. 배우들, 잠깐 집 앞에 나갈 때 입는 트레이닝복도 대충 걸쳐 입고 나가는 거 아니에요. 철저하게 계산하고 준비된 의상들이죠. 의상, 헤어, 액세서리, 가방, 신발, 메이크업…… 그렇게 머리부터 발끝까지 섬세하게 스타일링 한다는 거, 참 쉽지 않아요, 그렇죠?"

그것은 질문이 아니라 비웃음이었다. 두경이 이 모든 것을 알지 못하리라는 것을 염두에 두고 묻는 것이었다. 그리고 효정의 말은 틀리지 않았다. 두경은 패션에 대해 잘 알지 못했다.

그저 좋아하는 일이니까 열심히 하면 된다고, 지웅이 믿어주니까 실망시키지 않겠다고 생각했을 뿐이다. 지식도 경험도 없지만 두경의 열정과 지웅의 지지가 있으면 해낼 수 있으리라 생각했다. 하지만, 효정은 지금 말하고 있는 것이었다. 아니라고, 당신은 절대 해낼 수 없다고.

어쩌면 효정이 말하기 전에 두경은 알고 있었는지 모른다. 왜 지웅이 두경을 믿고 격려해주는지 누구보다 궁금했던 사람, 누구보다 이상하게 생각했던 사람, 그것은 효정이 아니라 두경 자신이었다. 왜 자기가 지웅 옆에 있어야 하는지, 지웅 옆에서 자신의 역할과 가치가 뭔지, 가장 의심하고 회의했던 사람도 두경이었다.

"지웅 씨에 대해…… 얼마나 알아요?"

효정이 말했다. 그 질문은 패션이나 스타일링에 대해 얼마나 아느냐는 질문보다 두경의 마음을 더 아프게 찔렀다. 생각해보니 두경은 지웅에 대해 잘 알지 못했다. 아무것도.

또 다시 눈물이 후드득 떨어져 두경은 얼른 자리에서 일어났다. 영화사를 뛰쳐나올 때, 두경을 부르는 지웅의 목소리를 들은 것도 같았다. 하지만 두경은 머뭇거리지 않고 그대로 달려 나왔다. 더 이상은 두경이 대답할 수 없는 질문들과 마주할 자신이 없었다.

두경의 이야기를 들은 세령도 깜짝 놀란 표정이었다. 그럴 만했다. 몸의 고통이 사라진 대신에 알 수 없는 마음의 고통을 얻었다니……. 두경에게 일어난 일이 아니라면 세령 또한 믿지 않았을 것이다.

"어떻게 그럴 수가 있어?"

멍한 표정으로 반문하는 세령에게 두경이 말했다.

"이상한 게 또 있어……."

5. 지웅

지웅은 촬영을 마친 뒤 차에 타자마자 두경에게 전화를 걸었다. 벌써 몇 번째 전화인지 셀 수도 없었다. 지이이잉, 어디선가 휴대폰 진동음이 들렸다. 보조석이었다. 두경이 놓고 간 전화기였다. 지웅은 전화를 끊고 두경의 전화기를 집어 들었다. 액정에 '부재중 전화 23통'이라는 메시지가 떠 있었다. 두경의 언니에게 걸려온 한 통을 제외하면 모두 지웅의 전화였다.

두경은 어디로 간 걸까…….

두경이 스튜디오를 뛰쳐나가기 직전, 지웅은 두경과 효정이 함께 있는 모습을 보았다. 두 사람이 무슨 이야기를 나누었는지는 알 수 없지만, 두경은 금방이라도 울음을 터뜨릴 것 같은 얼굴로 뛰쳐나갔다. 그게 오늘 본 두경의 마지막 모습이었다.

지웅은 무사 복장을 한 채 강남 거리를 내달렸다. 어떻게든지 두경을 붙잡아야 했다. 다시는 울지 않게 해주겠다고, 다시는 두경이 마음 아프지 않도록 해주겠다고 다짐했는데…….

두경을 붙잡아도 무슨 말을 어떻게 해야 할지 막막했다. 하지만 어쩐지 여기에서 두경을 놓쳐버리면 그 다짐도 함께 놓쳐버릴 것 같았다. 강남의 수많은 인파를 헤치며 두경의 이름을 불렀지만 두경은 보이지 않았다. 애초에 방향이 엇갈려버렸는지도 몰랐다.

'두경 씨, 지금 어디 있어요?'

지웅은 두경의 휴대폰을 손에 쥔 채 마음속으로 물었다. 어쩌면 두경은 이미 집에 돌아가 있는지 몰랐다. 다시 차로 돌아온 지웅은 시동을 켜고, 두경의 집으로 차를 몰았다.

"같이 있는 줄 알았는데…….""

두경의 언니가 말꼬리를 흐렸다. 전화도 받지 않고 늦은 시간까지 들어오지 않아 지웅과 함께 있나 보다 생각했다는 것이다. 지웅은 들어와서 기다리라는 언니의 말을 뒤로 하고 두경의 집을 나왔다. 차에서 기다릴 생각이었다. 잠시 후 두경을 만나면 해야 할 말이 있었다.

지웅이 엘리베이터를 타자 두경의 휴대전화에 문자메시지가 떴다. 벽을 바라보며 서 있던 지웅은 메시지를 읽느라 누군가 엘리베이터에 올라탄 것도 깨닫지 못했다.

— 두경 씨, 어젯밤엔 제가 취해서 실수했어요. 정말 미안해요. 화 난 거 아니죠?

발신자는 서형우였다. 취해서 실수를 했다? 무슨 실수를? 지웅이 메시지를 보며 생각에 잠겨 있는데 다음 메시지가 들어왔다. 바로 옆 에 서 있는 형우가 보낸 것이지만, 형우도 지웅도 각자 휴대폰을 들 여다보며 생각에 골몰해 있느라 상대가 옆에 있다는 것을 눈치 채지 못했다.

— 전화도 안 받고, 문자도 없고……. ㅠㅠ 정말 화 많이 났나 봐요.

그리고 연이어 다음 메시지.

— 저 지금 나왔어요. 사과의 뜻으로 사과 한 상자 사서 올라가면 받아줄래요?

"참, 진짜 유치하네."

지웅은 자기도 모르게 퉁명스러운 말투로 툭 내뱉었다. 그제야 옆 에 있던 형우가 지웅을 발견했다. 지웅은 여전히 휴대폰을 바라보며 짜증스럽게 중얼거렸다.

"도대체 뭘 얼마나 잘못했기에……. 아니, 그보다 두경 씨는 이런 놈을 왜 자꾸 만나는 거야?"

문득 뒤통수가 따갑다는 것을 깨달은 지웅은 고개를 돌렸다. 지웅 과 형우의 눈이 마주쳤다. 두 사람이 서로를 바라보며 아무 말도 못 하고 있는 그때, 땡 소리와 함께 엘리베이터가 1층에 도착했다. 지웅 과 형우는 동시에 문 밖으로 시선을 돌렸다. 열린 문 틈 사이로 나타나는 사람, 바로 두경이었다. 지웅과 형우는 한목소리로 외쳤다.

"두경 씨!"

두경은 함께 엘리베이터에 타고 있는 두 사람을 보고 깜짝 놀란 듯 했지만, 곧 냉랭한 표정을 지으며 지웅에게서 고개를 돌렸다.

"어디 갔었어요? 휴대폰도 놓고 가고. 얼마나 걱정했는지 알아요? 늦게라도 돌아오지 그랬어요? 연락이라도 좀 주지 그랬어요?"

지웅은 쉬지 않고 질문을 퍼부었다. 두경을 찾아다니는 동안 쌓였던 초조함이 한꺼번에 풀리며 채근하는 목소리가 되고 말았다.

"거기서 울고 있을 순 없잖아요."

두경은 지웅에게 휴대폰을 건네받으며 차가운 목소리로 대답했다. 그리고 형우에게서 온 문자메시지를 확인한 뒤 미소를 지었다.

"별 일도 아닌데 사과는요. 안 해도 돼요."

"아, 고마워요. 난 미안해서 하루 종일 아무것도 못했는데……."

"그보다 형우 씨, 저 할 이야기가 좀 있어요."

"아, 그럼 편의점에서 음료수라도?"

두경과 형우의 대화를 듣고 있자니 지웅은 어이가 없었다. 뭐야, 이 남자한테는 왜 상냥한 거야? 하루 종일 걱정하면서 찾아다닌 나한테는 매몰차다 못해 투명인간 취급이고? 질투인지, 분노인지, 둘 다인지 모를 감정이 치받쳤다. 지웅은 형우와 함께 가려는 두경의 팔을 잡은 뒤 형우에게 말했다.

"눈치가 없어도 너무 없으시네."

"뭐라고요?"

두 남자는 서로를 노려보았다. 짧은 순간, 지웅과 형우 사이에 불꽃이 튀었다. 지웅은 두경을 돌아보며 말했다.

"두경 씨, 우리 사이에 대해 이야기 안 했어요?"

"무슨 사이요? 우리가 무슨 사이인데요?"

헐, 두경의 대답에 지웅은 자기도 모르게 잡고 있던 두경의 팔을 놓았다. 지웅이 기가 막혀서 말을 잇지 못하는 사이, 형우는 득의만만한 얼굴로 두경과 함께 총총히 걸어갔다. 아오, 이 사람들을 진짜! 짜증이 나고 자존심이 상했지만 둘만 있게 내버려둘 수는 없었다. 지웅은 화를 억누르며 얼른 두 사람의 뒤를 쫓았다.

6. 두경

두경은 편의점 테이블에 앉아 형우가 사온 음료수를 만지작거렸다. 유리창 바깥에 지웅의 차가 있다는 것을, 그리고 그 차 안에 지웅이 앉아 이쪽을 바라보고 있다는 것을 알고 있었지만, 두경은 바깥을 내다보지 않았다.

"형우 씨는 처음 봤을 때부터 느꼈다고 했죠? 지웅 씨 이상하다고……."

두경의 목소리가 가라앉아 있었다. 두경이 무슨 말을 할지, 약간 긴장하고 있던 형우는 두경의 질문에 얼른 손사래를 쳤다.

"어제 한 말은 잊어주세요. 정말 술 취해서 실수한 거예요."

두경은 고개를 흔들었다.

"아니에요. 저도 이상해서 그래요. 저렇게 화려하고 근사한 남자가 날 사랑한다는 것부터가 이상한 거죠. 말해 봐요, 형우 씨가 느낀 이상한 점은…… 뭐예요?"

연이어 일어나는 이상한 일들. 하지만 두경은 몸의 통증이 사라진 것보다, 이유를 알 수 없는 마음의 통증을 얻은 것보다, 지웅이 자신을 사랑한다는 게 더 이상하게 느껴졌다. 인터넷 검색을 하면서 알게 된 이상한 일들은 무척 많았다. 누군가는 온몸에서 털이 자라고 누군가는 몸에 가시가 돋아난다. 신체에 일어나는 변화, 원인을 알 수 없는 의학적 이상들…… 두경으로서는 지웅이 자신을 사랑하는 것보다, 차라리 그쪽이 더 있을 법한 일들로 느껴졌다.

오히려 이해하기 어려운 것은 마음의 문제였다. 지웅처럼 스포트라이트를 받는 남자가, 화려하고 아름다운 여자들에게 둘러싸인 남자가 두경을 사랑한다는 게 가능한 일일까.

사랑을 믿지 못하는 이유가 열등감이든 자기비하든, 두경은 이 모든 일이 믿기지 않았다. 지웅과 함께 있을 때 두경을 쳐다보는 사람들의 시선, 왜 두 사람이 다정하게 걸어가는지 의심하는 사람들의 눈초리처럼 두경도 의아해하고 이상했다.

형우는 대답하지 못했다. 어제 한 말은 정말 술김에 튀어나온 말이었다. 하지만 그것은 술김에 그냥 해본 헛소리만은 아닌지 모른다. 한 번도 생각해보지 않은 말이 그렇게 튀어나올 수 있을까. 어쩌면 그 말은 형우의 무의식 깊은 곳에 자리하고 있던 의문이 아니었을까.

형우는 두경이 정말 괜찮은 여자라는 것을 알고 있었다. 두경의 말처럼 '나 같은 여자'로 폄하될 사람이 아니라는 것도 알고 있었다. 형우는 두경이 지웅보다 부족하지 않다고 생각했다. 그래도 의문은 남았다. 공통점도, 공감대도 없어 보이는 두 사람. 게다가 자신이 봤을 때 지웅은 처음부터 두경을 마음에 들어 하지 않았다. 그런데 갑자기 왜?

두경과 형우가 편의점을 나오자 지웅이 차에서 내렸다.

"두경 씨 얘기 좀 해요. 나 두경 씨 기분 이해해요. 열심히 준비했는데 거절당해서 나도 속상하다고요. 그리고 효정 씨가 갑자기 나타난 것도, 의상 준비해온 것도⋯⋯."

"다음에 얘기해요. 그리고 지웅 씨만 괜찮으면 전 며칠 쉴게요."

두경의 표정이 너무 어두워서 지웅은 더 이상 말을 잇지 못했다. 효정에게는 분명히 이야기해두었다. 의상을 담당하겠다는 효정의 말에 침묵했던 것은 결코 긍정의 의미가 아니었다고. 효정도 순순히 물러서지 않았다. 지웅이 입을 옷은 효정이 스타일링 하겠다고 고집을 부렸고, 그렇지 않으면 지금 하는 일들을 모두 그만두겠다고 말하기까지 했다.

효정이 그만두면 쇼핑몰 일이 어려워질 거라는 것은 뻔한 일이었다. 쇼핑몰 사업부터 새로 론칭하는 브랜드까지, 현재로서는 효정의 손을 거치지 않는 일이 없었다. 하지만 효정의 협박에 가까운 말에도 지웅은 두경에게 기회를 주고 싶었다. 두경이 이번 일을 맡으면서 얼마나 기뻐했는지, 얼마나 열정적으로 준비했는지, 하나부터 열까지 모두 지켜봤던 지웅이었다.

　두경은 형우와 함께 집으로 걸었다. 저 뒤에 지웅이 망연자실 서 있다는 것을 알았지만 뒤돌아보지 않았다. 한참 땅만 보고 걷던 두경은 걸음을 멈추고 형우에게 물었다.

　"갔어요?"

　형우는 뒤돌아보더니 고개를 저었다. 지웅은 두경을 보낸 그 자리에 그대로 서 있었다. 두경은 돌아보고 싶은 마음을 억누르며 다시 걷기 시작했다. 돌아보고 싶은 마음, 하고 싶은 말, 묻고 싶은 것들…… 아직은 그 모든 것을 마음속에 담아두어야 했다.

　"왜 그냥 가요? 이상한 것들, 궁금한 것들, 다 물어보면 되잖아요."

　형우가 말했지만 두경은 천천히 도리질을 했다. 아직은 아니었다. 묻고 싶지만, 듣고 싶지는 않았다. 혹시라도 듣고 싶지 않은 말을 듣게 될까봐 겁이 났다.

　헤어지기 전 형우가 말했다.

　"내일 사진 찍으러 서해 갈 건데 기분 전환도 할 겸 같이 갈래요?"

　바다를 보면, 수평선에 지는 노을을 보면 조금은 나아질까. 해답을 찾을 수는 없다 해도 두려움은 떨쳐버릴 수 있을까. 잠깐 머뭇거리던 두경이 고개를 끄덕이자 형우의 얼굴이 환해졌다.

　집으로 돌아온 두경은 침대에 누워 모바일로 지웅의 이름을 검색해보았다. 오늘자 기사가 떴다.

　'대낮에 강남 한복판에 훤칠한 훈남 무사 등장. 알고 보니 모델 예

지웅!'

사진 속 지웅은 무사 차림으로 거리를 달리고 있었다. 다급하고 초조한 표정에서 두경을 찾아야 한다는 절박함이 고스란히 드러났다.

'뭐가 진짜예요?'

두경은 사진 속 지웅에게 물었다. 두경을 찾는 지웅의 사진 위로 효정을 껴안고 있던 지웅의 사진이 겹쳐졌다.

세령은 말했다. 양다리든 뭐든 단도직입적으로 물어보라고. 그리고 형우는 말했다. 이상한 거 없다고. 처음 봤을 땐 두경 씨에게 통명스러웠는데 지금은 다정해서 좀 놀랐을 뿐이라고.

'뭐가 진짜예요? 날 정말 좋아하긴 하는 거예요?'

아직은 너무 두려운 질문, 그래서 마음속으로만 되뇌어야 할 질문이었다. 두경은 베개에 얼굴을 묻었다.

7. 허석

허석은 운전을 하며 조수석에 앉은 희진을 흐뭇하게 쳐다보았다. 모르는 척 차창 밖만 바라보고 있지만, 희진도 허석의 시선을 눈치 챘을 것이다. 허석은 기분이 좋았다. 오늘 하루 종일 희진과 함께 있었다. 내일도, 모레도, 계속 희진과 시간을 보낼 수 있었다. 캐릭터전이 끝난 다음에도 매일 이랬으면.

오늘은 희진의 회사가 캐릭터전 행사에 참여하는 첫날이었다. 허석은 아침 일찍 희진의 회사로 갔다. 짐도 실어주고 행사가 열리는 코엑스까지 차도 태워주면서 기사와 짐꾼 노릇을 했다. 가게 문도 닫았겠다, 새로운 사업을 구상하고 시작할 때까지 어차피 남는 건 시간 뿐이었다. 때는 바로 이때, 희진 양의 마음을 내 것으로 만들기.

"정말 남자친구 아니야?"

코엑스로 가는 길, 뒷좌석에 앉은 여자 팀장이 장난스럽게 물었다. 벌써 몇 번째 똑같은 질문이었다. 허석은 은근히 뿌듯한 마음이 들었지만 희진이 짜증낼 것이 분명해 티를 내지 않았다.

"아니라고 몇 번 말해요."

조수석에 있던 희진이 뾰족하게 대꾸했다. 허석이 곁눈질로 힐끗 보니 크게 싫은 내색은 아니었다.

"아닌데, 이 시간에 우리 태워주러 여기까지 와? 에이, 남자친구 맞는 거 같은데? 제 말 맞죠?"

마지막 질문은 허석에게 한 것이었다. 허석은 싱긋 웃으며 넉살 좋게 대답했다.

"음, 제 생각엔 아무 사이도 아닌, 그런 사이는 아닌 것 같은데요?"

"아오, 이 아저씨가 진짜! 선배님은 아니라니까 왜 자꾸 그러세용!"

희진은 짜증냈지만, 허석은 껄껄 웃기만 했다. 예전 같으면 희진의 성격에 차에서 뛰어내리고도 남았을 것이다. 아니, 애초에 허석이 회사에 찾아오는 것 자체를 허락하지 않았겠지. 남자친구가 아니라고 항변하곤 있지만, 그 모든 것들이 허석에게는 희진의 마음이 열리고 있다는 증거인 것 같았다.

허석은 내일도, 모레도, 캐릭터전이 열리는 이번 주 내내 희진의 일을 도와줄 생각이었다. 어쩌면 내일은, 그리고 모레는, 희진의 마음이 조금 더 열릴지 모를 일이다.

지웅에게 전화가 걸려온 것은 일을 마치고 거의 부천에 다다랐을 즈음이었다.

　"형, 어디야?"

　"부천 올라가는 길인데, 왜? 넌 어디냐?"

　"형 가게 앞이야. 간판이 내려가 있어서 걸어봤어."

　지웅에게 가게 문을 닫았다는 이야기를 미처 하지 못했다. 얼마 전 손님이 너무 없어서 그만둬야 할 것 같다고 말한 게 다였다. 지웅의 목소리에 힘이 없었다. 이 녀석, 영화 찍느라 많이 힘든가? 그러고 보니 요즘 지웅에게 너무 소홀했던 것 같았다.

　"영화 찍는 거 많이 힘들어?"

　"응, 힘드네……."

　그게 다였다. 전화를 끊은 다음에도 허석은 지웅의 축 처진 목소리가 마음에 걸렸다. 어릴 때부터 한동네에 살면서 친형제처럼 지내왔지만, 그 오랜 세월 동안 지웅은 자신의 아픔을 좀체 겉으로 내보이지 않았다.

　고등학교 때 부모님이 이혼하고 혼자 지내게 되었을 때도, 몇 년 전 별과 그렇게 헤어졌을 때도, 지웅은 혼자 삭이려고 애썼다. 지웅이 괜찮지 않을 때도 괜찮다고 말하는 줄 알면서도, 가끔은 허석조차 지웅이 정말 괜찮은가 보다 생각해버린 것 같아 미안했다.

　"누군데 영화를 찍어요?"

　전화를 끊자 옆에 있던 희진이 물었다.

"아, 친한 동생이 모델인데 이번에 영화 데뷔한대."

"이름이 뭐예요?"

허석이 이름을 말하자 희진은 휴대폰을 꺼내더니 빠르게 타자를 쳤다. 지웅의 이름을 검색해보는 듯했다.

"아, 여기 있다!"

허석은 희진이 보여준 휴대폰 화면을 흘끗 보았다. '대낮에 강남 한복판에 훤칠한 훈남 무사 등장. 알고 보니 모델 예지웅!'이라는 타이틀 아래 무사 복장을 한 지웅의 사진이 있었다.

"맞아, 얘. 나랑은 가족 같은 사이야."

"와, 내 주변에 연예인 한 명도 없는데 신기하다."

희진은 정말 신기한 듯 계속 지웅의 사진을 들여다보았다. 연예인에 흥분하는 여고생처럼 귀여웠다. 그래서였을까, 허석은 흐뭇하게 희진을 바라보다가 생각지도 못한 말을 꺼내고 말았다.

"내가 정말 신기한 이야기 하나 해줄까?"

허석이 알고 있는 가장 신기한 이야기. 그 남자는 그 여자가 다칠 때마다 몸이 아프다, 그 여자는 그 남자의 마음의 상처를 대신 느낀다. 하지만 그것은 일어날 수 있는 일인지 모른다. 허석도 간절히 바랐다. 희진이 다칠 때 허석이 아프기를, 희진의 고통을 허석이 대신 느끼기를. 어쩌면 그보다 더 신기한 일은, 누가 누군가를 사랑한다는 그 자체인지도 모른다.

왜 이렇게 아픈 건데요.

Is This Love?

1. 지웅

영화 《가온의 무사》 제작 고사 현장에는 구 감독과 문 대표를 위시해 많은 사람들이 모여 있었다. 출연 배우들과 스태프들은 물론 기자들까지 몰려 성황이었다.

고사가 시작되기 전 화장실로 들어간 지웅은 거울에 비친 자신의 모습을 물끄러미 바라보았다. 짙은 그레이 재킷에 흰 셔츠, 보라색 스카프를 타이처럼 맨 차림. 두경의 코디가 참신하다는 생각이 들었다. 연이어 전날 두경의 모습이 떠올랐다. 효정과 이야기를 나누다 갑자기 스튜디오를 뛰쳐나가던 두경, 금방이라도 터져 나오려는 울음을 필사적으로 참고 있는 표정이었다.

지웅이 끝내 두경을 찾지 못하고 스튜디오로 돌아왔을 때, 의상실 구석에는 두경의 쇼핑백이 덩그러니 남겨져 있었다. 지웅의 스타일링을 위해 준비한 의상들이 담긴 쇼핑백이었다. 휴대폰을 돌려주러 두경의 집으로 올라가면서 지웅은 쇼핑백 중 하나를 차에 따로 챙겨두었다.

며칠 쉬겠다고 말하긴 했지만 아침에 옷을 입을 때만 해도 혹시나 했다. 평소처럼 밝은 얼굴로 무슨 일 있었냐는 듯 제작 고사 현장에 나타나는 두경의 모습을 기대했다. 하지만 아직 두경은 이곳에 나타나지 않았다. 어쩌면 끝날 때까지 나타나지 않을지도 모른다. 두경은 자기가 코디한 옷을 입은 지웅을 보지 못하겠지. 거기에 생각이 미치자 거울에 비친 지웅의 얼굴이 씁쓸해졌다.

"어, 이런, 겹쳤네, 겹쳤어!"

화장실로 들어오던 동료 배우 차성원이 지웅의 옷차림을 보고 낭패한 표정을 지었다. 색깔은 다르지만 스카프를 타이처럼 두른 모습이나 재킷의 느낌이 흡사했다.

"아, 제가 바꿀게요."

지웅이 스카프를 풀려고 했지만 차성원은 괜찮다는 손짓을 하며 감탄하는 표정을 지었다.

"아냐, 좋은데 뭘. 채두경 씨 솜씨?"

"네."

주인공 겸의 역할을 맡은 차성원은 너그러운 사람이었다. 배우로서의 경력이나 인지도 면에서 까마득한 후배인 지웅을 잘 챙겨주었고 대본 연습 때마다 지웅의 연기에 호평을 아끼지 않았다.

"참, 기사 잘 봤어. 이럴 줄 알았으면 나도 무사복 입고 명동까지 한 번 뛰어주는 건데 말이야. 다음엔 같이 뛰자고."

차성원은 사람 좋게 웃으며 지웅의 등을 툭 때리더니 화장실을 나갔다. 그때 칸막이 안에서 물소리가 들리더니 문 대표가 다가왔다.

"기사 몇 개 떴다고 들뜨지 말라고. 혹시라도 괜한 스캔들로 영화에 구정물 튀기지도 말고. 스캔들 하나로 훅 가는 게 이 바닥이야."

그는 수돗물을 세게 틀었다. 물소리도 요란하게 손을 씻은 그는 바지춤을 한 번 추켜올린 뒤 화장실을 나갔다.

은수에게 전화가 걸려온 것은 고사가 끝나고 뒤풀이 장소로 갈 때였다. 효정이 일을 그만두기로 했다는 전화였다. 어지간히 당황했는지 은수의 목소리가 마구 갈라졌다. 지웅도 황당하기는 마찬가지였다.

지웅이 효정에게 막 전화를 걸려는데, 마침 뒤풀이 장소로 예약한 술집 앞에 효정의 차가 멈춰 섰다. 동료 배우들에게 먼저 들어가 있으라는 손짓을 한 뒤, 지웅은 효정과 마주섰다. 화가 나기도, 당황스럽기도 했다.

"원래 이렇게 무책임한 사람이었어요?"

지웅의 말에 효정은 잠깐 눈을 감았다가 떴다. 하지만 그 시선은 지웅을 향해 있지 않았다. 효정은 지웅의 어깨 너머를 바라보며 억양

없는 목소리로 말했다.

"브랜드 사업은 잘 정리해뒀어요. 누가 후임이 되더라도 잘 이어 갈 수 있을 테니 걱정하지 말아요."

"대체 왜 그래요? 왜 이렇게 변했어요?"

차분하려 할수록 자꾸 목소리가 흐트러지는 지웅과 달리, 효정은 완전히 마음을 정리한 듯 가라앉은 목소리였다.

"조금 늦어진 것뿐이에요. 지웅 씨가 회사 일 그만둔다고 했을 때 나도 그만뒀어야 했어요."

아니었다. 효정도 완전히 마음을 정리한 게 아니었다. 그녀는 갑자기 감정이 북받치는 듯 잠깐 말을 멈췄다. 다시 입을 열었을 때 효정의 목소리는 어쩔 수 없이 절박했다.

"지웅 씨가 빠진 일은 나한테 무의미해요. 지웅 씨랑 같이 일하고 싶고, 같이 있고 싶었어요. 내 마음 알잖아요."

지웅은 고개를 가로저으며 마음속으로 말했다.

'몰라요, 나는 아무것도 몰라요.'

지웅은 알고 있었다. 하지만 몰라야 했기에 모르는 척해왔다. 그리고 앞으로도 영원히 모르는 체 할 것이다.

지웅은 효정을 사랑할 수 없었다. 지웅이 효정을 사랑하게 된다면 이유는 하나, 그녀가 별과 닮았기 때문이다. 그런 이유로 누군가를 사랑할 수는 없었다. 이제는 옆에 둘 수 없는 별의 대체자로, 그럴 수는 없었다.

"난 효정 씨가 예전의 모습으로 돌아가 주면 좋겠어요."

"달라진 사람은 지웅 씨예요. 지웅 씨는 지난 몇 년 동안 날 쳐다보지도 않았어요. 웃어준 적도 없었어요. 그런데 요즘 왜 그러는 거예요? 왜 날 쳐다봐주고 웃어주는 거예요? 나랑 같은 마음 됐던 거, 아니었어요?"

아니었다. 그 반대였다. 그전엔 효정을 사랑하게 될까봐 겁이 났지만, 지금은 효정을 봐도 아무렇지 않기에 말을 걸고 웃어줄 수 있었다.

"미안해요. 난 효정 씨 마음과 달라요."

"혹시 제가 별과 닮았다는 게 문젠가요?"

지웅은 고개를 저었다.

"아니면 채두경 씨 때문에?"

이번에도 지웅은 고개를 저었다. 어쩌면 영원히 마음속에 간직해야 할 별도, 조금씩 마음으로 들어오고 있는 두경도, 효정을 사랑할 수 없는 이유인지는 모른다. 하지만 아니라기보다는 지웅 스스로도 잘 알 수 없었기에, 지웅은 고개를 저을 수밖에 없었다. 별 때문일까, 아니면 두경 때문일까. 확실한 건 어느 쪽이든 지웅은 효정을 사랑할 수 없다는 것이었다. 지금도, 그리고 앞으로도.

2. 두경

두경은 차창 밖으로 노을이 지는 서해의 갯벌을 바라보았다. 인적 없는 저녁의 바다는 쓸쓸해 보였다. 사물을 보는 것은 눈이라도 그 사물을 느끼는 것은 마음의 문제라, 어쩌면 쓸쓸한 건 바다가 아니라 두경의 마음인지도 몰랐다.

만화에 넣을 배경으로 참고 사진을 찍는 형우의 뒤를 따라다녔던 오늘 하루 동안, 두경은 지웅을 생각했다. 잠깐이라도 지웅의 생각을 접어두고 복잡한 마음을 털어 버리자고 따라온 곳이었다.

하지만 햇볕이 내리쬐는 갯벌을 걷고 있는 형우의 뒷모습을 바라 보면 어느 날 공원에서 지웅의 뒷모습을 바라보던 일이 떠올랐고, 형 우와 함께 허름한 식당에서 점심을 먹을 때는 천천히 꼭꼭 씹어 먹으라는 지웅의 잔소리가 귓가에 맴돌았다.

　무엇을 봐도, 어디를 걸어도, 그곳엔 늘 지웅이 있었다. 두경의 마음속이 온통 지웅으로 채워져 있었기에 지웅을 떠나 있어도 두경은 지웅과 함께 있는 것만 같았다. 지웅 씨는 제작 고사를 잘 마쳤을까, 지금쯤 뒤풀이 장소로 옮겨갔겠지, 시계를 볼 때마다 두경은 그런 생각이 들었다.

　국도를 달리며 두경은 잠깐 창문을 내렸다. 싸늘한 밤공기가 얼굴에 닿는 느낌이 상쾌했다. 두경은 창밖을 바라보며 형우에게 말했다.

　"나오길 잘했어요. 빈 집에 혼자 있는 것보다 복잡한 생각도 정리되고…… 고마워요."

　형우는 운전을 하며 싱긋 웃었다. 두경의 말은 사실이 아니었다. 나오길 잘한 것 같지도, 생각이 정리된 것 같지도 않았지만, 두경은 형우에게 고맙다는 말을 꼭 하고 싶었다.

　힘든 순간, 돌아보면 형우는 늘 옆에 있었다. 두경과 맥주를 마셔주고 두경의 이야기를 들어주면서. 그리고 오늘도 짧게나마 여행을 함께 해주었다.

　"근데 두경 씨……."

　두경은 창문을 올리고 형우를 향해 고개를 돌렸다. 형우는 늘 그렇듯 온화한 표정이었지만, 뭔가 어려운 말을 하려는 듯 잠깐 망설이는 기색이 느껴졌다.

　"……예지웅 씨랑, 사귀는 거예요?"

어쩌면 아무 생각 없이 물어보는 것일 수 있었다. 어떤 의도가 있어서라기보다는 그냥 궁금해서, 스치듯 던진 질문일 수도 있었다. 하지만 두경은 형우의 물음에 대답하기가 어려웠다. '네'라거나 '아니오'로 대답해야 하는 질문이지만, 어느 쪽도 진실이 아닌 것 같았다.

지웅이 오피스텔로 와달라고 했던 그날 아침, 지웅이 두경을 안으며 사랑한다고 말했던 그 순간…… 두경은 그 모든 게 진짜 일어난 일이 아닌 것처럼 느껴졌다. 그날 이후 지웅과 함께 한 시간들도 비현실적으로 여겨졌다.

"모르겠어요. 우리가 무슨 사이인 건지……."

모르겠다는 말, 그것이 진실인지도 몰랐다. 우리는 무슨 사이일까. 우리 사이에 오가는 이 감정들은 무엇일까. 그 모든 것에 어떤 이름을 붙여야 하는지 두경은 정말 알 수 없었다.

"그럼 우리는요?"

형우의 말에 두경은 잠깐 말문이 막혔다. 돌아보니 형우의 얼굴은 어느 때보다 심각했다. 두경은 형우의 진지함을 떨쳐버리려는 듯 장난스럽게 말했다.

"음, 이웃사촌? 친구? 작가와 열혈 팬? 아니다, 그건 앞으로 형우 씨 작품 보고 결정해야겠다."

두경의 말에 형우의 표정이 약간 풀린 것 같았다. 두경은 다시 차창 밖으로 고개를 돌렸다. 어쩌면 한 마디로 정의할 수 있는 사이는 아무것도 아닌 사이나 마찬가지일지 모른다는 생각이 들었다.

"다녀왔습니다!"

두경은 현관에 들어서면서 습관적으로 인사를 했다. 하지만 집 안은 조용했다. 찌개를 끓이는 언니도, 텔레비전을 보고 있는 조카도 없었다. 해외지사에서 근무하는 형부가 오랜만에 돌아오면서 언니네 가족들이 여행을 떠났기 때문이다. 두경은 가방을 내려놓고 부엌으로 들어갔다. 문득 시장기가 느껴졌다.

라면을 끓여 냄비 째 식탁에 놓은 뒤, 두경은 다시 버릇처럼 말했다.

"잘 먹겠습니다."

역시 대답하는 사람은 없었다. 문득 혼자라는 게 낯설었다. 두경은 고요함을 깨려는 듯 괜히 후루룩 소리를 내며 국물을 한 숟갈 들이켰다. 그때 누군가의 목소리가 들렸다.

'천천히 먹어요.'

두경의 맞은편 자리는 비어 있었다. 하지만 두경은 그곳에 앉아 두경을 걱정하는 지웅을 느낄 수 있었다.

'혀 깨물지 말고, 천천히, 꼭꼭! 알았죠?'

두경은 면발을 씹었다. 마음속으로 숫자를 세며 천천히, 꼭꼭 씹었다.

3. 지웅

지웅은 술이 슬슬 오르는 것을 느꼈다. 사람들이 따라주는 술을 거절하지 못한 탓도 있었지만 어쩐지 취하고 싶은 기분이었다.

《가온의 무사》팀이 통째로 술집을 빌렸기에 테이블에 앉아 있는 사람들은 거의 낯익은 얼굴들이었다. 지웅은 자꾸 사람들을 두리번거렸다. 혹시 두경이 늦게라도 오지 않을까, 지금도 어느 테이블에 끼여 앉아 유쾌하게 웃고 있지 않을까. 헛된 기대인줄 알면서도 자꾸 그런 생각이 들었다. 늘 붙어 다닐 때는 몰랐다. 두경이 없는 하루가 이렇게 길고 지루할 줄은…….

지웅처럼 술집 안을 두리번거리는 사람이 또 한 명 있었다. 차성원은 사교성 좋게 몇 개의 테이블을 돌며 술을 마시더니 지웅 옆에 털썩 앉았다.

"아니, 근데 우리 도도한 두경 씨는 왜 안 왔어?"

첫 리딩 연습 때 모든 여자 스태프들이 차성원의 사인을 받으려고 안달했지만, 두경만은 예외였다. 그날 이후로 성원은 두경을 '도도한 두경 씨'라고 불렀다.

"며칠 쉬기로 했어요."

성원은 뭔가 짚이는 게 있는 듯 고개를 끄덕였다.

"의상 준비해온 게 잘 안 됐지? 난 채두경 씨 스타일 좋던데? 이것 봐, 얼마나 좋아? 도도하고, 응? 하하하."

성원은 지웅의 스카프를 가리키며 웃었다. 유쾌하고 털털한 사람이었다. 문득 지웅은 자신이 인복이 많다는 생각이 들었다.

부모님과 헤어져 혼자 살기 시작한 고등학교 시절, 지웅은 자기 옆에 아무도 없다고 생각했다. 바로 얼마 전까지만 해도, 지웅은 자신이 이뤄낸 이 모든 것들, 패션계에서 살아남은 힘이 오롯이 자기 의지라고 생각했다. 빽도, 줄도 없이, 자기 혼자만의 힘으로 이룬 거라고.

하지만 언제부터였을까, 문득문득 고마운 사람들의 얼굴이 떠올랐다. 신인 모델 시절에 지웅을 무대에 세워준 디자이너들, 친형처럼 걱정해주는 허석 형, 연기 경험 없는 지웅을 발탁해 준 구 감독, 텃세 없이 받아준 성원과 동료 배우들. 그리고 무엇보다 두경이 있었다. 지웅을 믿어주는, 지웅의 편에 서주는, 지웅을 실망시키지 않으려고 애쓰는 두경…….

"사실 두경 씨도 선배님 팬이에요. 저한테 슬쩍 말했어요."

"냐하하, 그럼 그렇지. 이게, 내 매력이 그냥 매력이 아니거든. 하하하. 나도 도도한 두경 씨 팬이라고 전해줘. 밝고 씩씩하고 열심히 하는 모습이 보기 좋다고. 냐하하하!"

성원은 기분이 좋은 듯 연거푸 술을 들이켰다. 두경은 누구라도 좋아할 사람이었다. 두경의 밝고 긍정적인 에너지는 사람들을 기분 좋게 만들었다. 왜 몰랐을까. 두경을 비롯한 많은 사람들로부터 그토록 큰 수혜를 받으면서도 지웅은 늘 혼자라고 생각했다. 일이 잘 되면 자기가 잘해서인 줄 알았다. 일이 잘 안 되도 자기 탓이라고만 생각했다. 영광도, 절망도, 오로지 혼자만의 몫이라 생각했기에 그렇게 외로웠는지 몰랐다.

지웅은 화장실을 가기 위해 자리에서 일어났다. 복도를 걸어가는데 발이 자꾸 휘청거렸다. 두경의 전화번호를 찾기 위해 휴대폰을 들여다보며 비틀비틀 걷는데 갑자기 이마에 엄청난 통증이 느껴졌다.

"아아아악."

지웅은 휴대폰을 놓치고 고꾸라졌다.

"아이 씨, 두경 씨! 조심 좀 하라니까!"

어째 오늘은 무사히 지나가나 싶었다. 그렇게 조심, 또 조심하라고 일렀는데 또 어디다 이마를 처박았는지 야단을 쳐줘야겠다고 생각했다. 한 손으로 이마를 문지르며 다른 손으로 휴대폰을 집은 지웅은, 문득 손바닥에 이상한 촉감을 느꼈다. 지웅은 이마를 문지르던 손바닥을 들여다보았다. 피가 묻어 있었다. 고개를 들어보니 조금 전 지웅이 머리를 박은 벽이 보였다.

그리고 그 순간이었다. 한동안 잊고 살았던 외로움이 엄습했다. 이것은 지웅의 통증, 두경과 공유하지 않은 아픔이었다. 그러고 보면 해답을 찾기 위해 그토록 혈안이 되어 있던 그 질문을 요즘은 잘 떠올리지 않았던 것 같다. 언제, 어떻게, 왜, 우리는 서로의 아픔을 대신하게 된 걸까, 하는 질문.

어쩌면 지웅의 마음 깊숙한 곳에서는 두경과 아픔을 공유하게 된 이 상황을 조금은 다행스럽게 여겼는지도 모른다. 두경을 만나기 전까지 지웅은 자신의 아픔을 숨기는 데 익숙했다. 부모님이 이혼하고 고아나 다름없는 신세가 되었을 때도, 세상에서 단 하나뿐인 사랑이었던 별이 영원히 지웅을 떠나버렸을 때도.

슬픔이 목구멍까지 치받치는 기분이 들면 아무도 지웅의 아픔을 알지 못한다는 게, 누구도 이 아픔을 대신해줄 수 없다는 게, 괜스레 억울하기도 했다. 하지만 지금은 아니다. 지웅의 아픔을 속속들이 알 뿐 아니라 대신 겪고 있는 두경이 있으니까.

이마에서 흘러내리는 피를 닦는 그 순간, 지웅은 속수무책 쓸쓸해졌다. 갑자기 두경의 질문이 떠올랐다.

'우리가 무슨 사이인데요……?'

회식을 마친 뒤 지웅은 허석의 집으로 갔다. 허석이 마지막까지 애를 썼지만 결국 만홧가게도 문을 닫고, 잔뜩 풀이 죽어 있을 거라 생각했는데 웬일로 허석의 얼굴은 밝았다. 허석은 야식으로 떡볶이를 먹고 있었다. 새침한 그 아가씨가 사준 떡볶이라고 했다.

오랜만에 허석과 마주앉아 이런저런 이야기를 나누다 보니, 텅 빈 마음이 조금씩 채워지는 것 같았다. 허석은 새침한 아가씨에 대해, 코엑스에서 열리는 캐릭터전에 대해, 문을 닫은 만홧가게에 대해, 곧 시작할 새 사업에 대해 이야기하다가 문득 생각난 듯 말했다.

"참, 1004호 고객 말이야, 우리 책 미납된 게 몇 권 있는데 네가 좀 받아줄래?"

지웅은 술이 확 깨는 느낌이었다.

"뭐?"

"아니다, 세 권밖에 안 되는데 좀 그렇지? 반납기도 없앴는데 책 몇 권 받자고 집으로 찾아갈 수도 없고."

지웅은 자리에서 벌떡 일어나며 휴대폰을 허석의 손에 쥐어 주었다.

"받을 건 받아야지! 이런 정신 상태로 무슨 사업을 한다고 그래? 형이 이런 식으로 살면 평생 사업 성공을 못해. 알겠어?"

허석이 떨떠름한 표정으로 두경에게 전화를 거는 동안 지웅은 얼른 거울 앞에 섰다. 삐뚤어진 스카프도 고쳐 매고 재킷을 걸쳐 입었다.

"형, 기다려. 내가 꼭 받아 줄게!"

지웅은 바깥으로 뛰어나왔다. 택시를 잡으려고 했지만 늦은 밤 도로는 한산하기만 했다. 뛰어가자. 지웅은 싸늘한 밤공기를 가르며 두경의 집을 향해 달리기 시작했다.

4. 두경

두경은 만홧가게 아저씨와의 전화를 끊은 뒤 책장에 꽂혀 있던 만화책을 꺼냈다. 만홧가게가 문을 닫은 것을 보고 어떻게 돌려줘야 하나 고민하긴 했다. 그래도 그렇지, 이걸 받으러 자정이 가까운 시간에 여길 오겠다니. 그 아저씨, 그렇게 안 봤는데 꽤 짠돌이인가 보다. 엘리베이터 앞에 서서 재미있게 봤던 장면을 다시 훑어보고 있는데 엘리베이터의 문이 열리고 웬 구두가 두경의 발 앞에 나타났다.

"어?"

어디서부터 달려왔는지 지웅은 몹시 헐떡거리고 있었다. 머리는 헝클어져 있었고, 찬 공기를 맞았는지 뺨이 붉어져 있었다. 가쁜 숨을 몰아쉴 때마다 희미하게 술 냄새가 났다.

"형이…… 오는 길에 만화책 좀 받아 달라 해서…….”

뜻밖에 나타난 지웅을 보고 잠깐 멍해졌던 두경은 지웅에게 만화책을 확 안겼다. 그대로 돌아서려는데 지웅이 입고 있는 옷에 눈이 갔다. 정신없이 달려오느라 그랬는지 스카프가 풀려 있었다. 지웅은 두경의 시선을 눈치 챈 듯 얼른 스카프를 고쳐 매고 재킷의 단추를 잠갔다.

"아, 이거 이렇게 하는 거죠?”

두경이 코디한 그대로였다. 이렇게 입은 지웅의 모습을 못 볼 줄 알았는데. 감동스러우면서도, 지웅의 모습에 감동하는 자신에게 짜증이 나서 두경은 뾰족하게 말했다.

"왜 말도 없이 남의 옷을 다 가져가요?”

"이게 왜 남의 옷이에요? 다 내 거던데?”

"지웅 씨 입으라고 산 거 아니거든요. 공부하려고 산 거니까 깨끗하게 입고 돌려주세요.”

"뭐예요? 내 카드로 산 거잖아요. 그럼 내 거지. 내가 다 입을 거예요!”

"언젠 마음대로 쓰라면서요? 사람 그렇게 안 봤는데 진짜 쪼잔하네.”

"그래요, 나 쪼잔해요. 그러니까 내 맘대로 입을 거예요.”

"그 형에 그 동생이네.”

"그렇다 칩시다!”

두 사람은 고개를 돌리고 서로를 외면했다. 이러려고 한 게 아닌데, 하는 생각과 다시 만나서 옥신각신이라도 할 수 있는 게 다행이라는 생각. 하지만 말이 끊기고 나니 다음 말을 어떻게 이어야 할지 난감했다. 눈치를 살피며 슬쩍 곁눈질을 하던 두경은 지웅의 이마에 난 상처를 보았다.

"다쳤…… 어요?"

"아, 조금 부딪쳐서…….."

두경은 걱정스러운 표정으로 지웅에게 한 발 다가갔다. 피가 맺힌 자국을 보니 속이 상했다.

"나 보고 만날 조심하라더니, 배우가 얼굴이 이게 뭐야…….."

두경의 걱정스러운 목소리에 지웅의 얼굴에도 슬며시 미소가 떠올랐다.

"그래도 두경 씨가 다쳤을 때보단 안 아팠어요."

"난 하나도 안 아프거든요."

"내가 아팠다니까요. 말했잖아요, 두경 씨가 다치면 내가 아프다고…….."

두경은 지웅의 상처를 가만히 들여다보았다. 누구랑 똑같다. 술 마시고 이마 깨지고…… 두경은 괜히 발치를 내려다보며 무심한 목소리로 말했다.

"집에 반창고 있는데…… 붙이고 갈래요?"

두경은 지웅의 상처에 소독을 한 뒤 반창고를 붙였다.

"아직도 화 많이 났어요?"

지웅이 물었지만 두경은 대답하지 않았다. 두 사람은 두경의 책상 앞에 나란히 앉아 벽만 바라보고 있었다. 지웅은 모를 것이다, 왜 두경이 화가 났는지. 어쩌면 지웅은 두경이 힘들어서 짜증낸 거라고만 생각할지 모른다. 홍은기의 카메라에서 본 지웅과 효정의 포옹 장면이 다시 머릿속에 떠올랐다. 그 사진을 본 이후 두경의 머릿속을 맴돌던, '정말 나를 사랑하긴 하는 거예요?'라는 질문과 함께.

"내가 꼭 할 말 있다고 했었죠?"

두경은 지웅을 향해 고개를 돌렸다. 생각해보니 지난 이틀 동안 두경은 자신이 만들어낸 질문과 상념에 빠져 있느라, 지웅이 하려던 말이 무엇인지 궁금해 할 겨를이 없었다. 지웅은 고개를 약간 숙이고 책상의 한 점을 응시했다.

"효정 씨 볼 때, 비 올 때, 카페에서 들었던 그 노래가 나올 때…… 그때마다 두경 씨가 느끼는 고통, 두경 씨가 흘리는 눈물…… 그거 다 내 거예요. 어떤 사람과 관련된 추억들인데 그것들이 나를 참 아프게 했어요. 그런데 두경 씨 만나고부터 그 사람 생각이 나도 마음이 아프지 않게 됐어요. 대신 내 마음이 아파야 할 순간에 두경 씨가 울고 있는 걸 봤어요. 이유는 몰라요. 말 안 되는 거 아는데, 내 아픔이 두경 씨에게 간 것 같아요."

"그 사람이…… 누군데요?"

"내가 사랑했던 사람…… 이별이란 여자에요."

지웅이 별의 이름을 발음하는 그 순간이었다. 두경에게 또다시 그 고통이 찾아왔다. 예리한 칼날로 마음을 도려내는 것 같은 통증, 지웅의 추억과 마주칠 때마다 느꼈던 그 날카로운 통증…… 또 다시 눈물이 왈칵 쏟아졌다. 별이라는 이름만으로, 폭풍우 치는 허허벌판에 혼자 서 있는 외로움과 아픔이 밀려왔다.

"누군데요……? 대체 누군데…… 이렇게 아픈 건데요……."

5. 지웅

두 사람은 늘 함께였다. 무대 위에서, 무대 뒤에서, 무대 밖에서, 언제나. 지웅이 별과 같이 살기 시작한 그즈음, 그녀는 종종 나를 사랑하느냐고 물었고, 얼마나 사랑하느냐고 물었다. 그때마다 지웅은 사랑한다고, 네가 나를 사랑하는 딱 그만큼 사랑한다고 대답했다.

어떻게 생각하면 어느 연인들이나 나눌 수 있는 사소하고 일상적인 대화였다. 하지만 별이 떠난 후 지웅은 그 질문과 대답을 다르게 바라보게 되었다.

별은, 지웅만큼 외롭게 살아왔던 별은, 지웅처럼 생애 처음 만난 사랑이 믿기지 않았던 게 아닐까. 평온하고 안락한 그 일상을 믿을 수 없어서 그렇게 자꾸 사랑을 확인하려 했던 게 아닐까. 그리고 지웅은 별을 사랑하면서도, 별이 지웅을 사랑하는 것보다 더 별을 사랑하지 않으려고 했던 게 아닐까.

돌이켜보면 둘 다 외로웠고 관계에 미숙했기에, 사랑보다 자기보호가 더 강했을지도 모른다. 더 사랑하는 사람이 약자라는 것을, 더 사랑하는 사람이 자꾸 지게 된다는 것을, 본능적으로 깨달았는지 모른다. 하지만 또 마음은 마음대로 되는 게 아니라서, 지웅은 차츰 자기 자신보다 별을 더 소중하게 여기는 스스로를 발견하곤 했다.

그러므로 패션계에서의 성공이나 실패도 별과 비교하면 아무것도 아닌 일이었다. 함께 있는 것만으로 충분했다. 적어도 한동안은. 별은 어땠을까…… 별의 마음도 지웅과 같았을까…….

어느 날부터 별의 얼굴이 어두워졌다. 집에 들어설 때마다 수심이 가득한 표정으로 힘없이 소파에 주저앉곤 했다. 이번 오디션은 사람이 너무 많이 몰려서 힘들 것 같다거나, 엔터테인먼트에서 좋지 않은 이야기를 들었다고 속상해 했다. 별은 충분히 인정받는 모델이었지만, 그녀는 패션계에서 받는 평가에 만족하지 못했다.

"지금 하는 일만으로 충분하지 않아?"

지웅이 그렇게 말하면 별은 도리질을 쳤다.

"쇼 무대에만 서서 언제 이름을 알리겠어? 뮤직비디오, CF, 영화, 드라마…… 연예계로 가야 돼. 꼭 스타가 될 거야."

별은 더 높은 곳에서, 더 밝게 빛나고 싶어 했다. 그때마다 지웅은 그렇게 될 거라고 격려해 주었다. 지웅은 별과 함께 있는 것만으로 충분했지만, 별은 그것만으로 충분하지 않았다. 별의 꿈이 무엇이든, 별이 올라가고 싶은 곳이 어디든, 지웅은 별을 응원했다. 별을 위해서라기보다는 스스로를 위해서였다. 별이 행복해야만 지웅도 행복할 수 있으니까.

뮤직비디오와 영화에 캐스팅 되었다고 기뻐하던 별의 얼굴이 떠올랐다. 오랜만에 보는 별의 웃는 얼굴 때문에 지웅도 덩달아 좋았다. 와인과 케이크, 꽃다발과 선물, 그리고 정말 오랜만에 느끼는 행복…… 하지만 며칠 후 뮤직비디오 캐스팅은 취소되었고 영화도 다른 배우로 교체되었다.

별의 몸은 음식을 받아들이지 못했다. 일이 어그러진 게 자신이 뚱뚱한 탓이라고 생각했다. 별은 점점 더 말라갔다. 안색은 나빠지고 피부는 창백해졌다. 지웅이 억지로라도 먹이고 나면 곧바로 화장실로 달려갔다.

화장실 문 너머에서 위를 쥐어짜는 듯한 토악질 소리가 들려올 때면 지웅은 현관문을 쾅 소리 나게 닫고 집을 나가버렸다. 변기를 붙들고 구역질을 하는 별의 등을 두드려 줄 마음이 들지 않았다. 오히려 그 등을, 가늘고 나약하기만 한 그 등을 후려치고 싶은 충동을 느꼈다.

더 이상 지웅은 행복할 수 없었다. 별의 행복이 지웅의 것이었듯 별의 절망도 지웅의 것이었으므로. 두 사람은 행복하지 않았다. 함께 있는 것만으로 행복하던 시간은 끝났다.

그날, 지웅은 참지 못하고 마음속에 담겨 있던 말을 쏟아내고 말았다. 지웅이 차려준 식탁 앞에서 눈물을 흘리며 헛구역질만 하는 별을 바라보다가 끝내 상을 엎어버리고 말았다. 하지 말았어야 할 행동, 평생 후회하게 될 말.

"그래, 죽어버려! 굶어 죽으라고. 나도 이제 지친다, 정말!"

그 말을 하지 말았어야 했듯, 그때 별을 버려두고 집을 나가서도 안 되었다. 혼자 거리를 떠돌며 이기심으로 가득한 증오의 말을 중얼거리지도 말았어야 했다.

우리 관계가 이렇게 망가진 건 모두 별의 탓이라고, 더 높은 곳으로, 더 넓은 곳으로 날아가려는 별의 욕심이 지웅의 삶까지 망쳐버린 거라고 생각했다. 별이 힘들고 아파서 지웅도 힘들고 아팠다.

도망치고 싶었다. 관계를 망친 게 별이듯 관계를 되살릴 수 있는 사람도 별이라고 생각했다. 별이 예전의 모습으로 돌아오기를, 꼭 그렇게 되기를…… 하지만 그렇게 되지 않는다면, 만약 별이 그럴 수 없다면, 그래도 나는 별을 사랑할 수 있을까.

별 때문에 행복했던 지웅은 별 때문에 아파서 도망치고 싶었다. 별은 지웅이 이런 생각을 하는 걸 알고 있을까. 지웅에게 별이 전부였듯, 별에게 남은 것도 지웅뿐일 것이다. 그런데 지웅은 그런 별을 외면하고 있었다. 문득 불길한 예감이 들었다. 돌아가야 했다. 별에게로 돌아가야 했다.

그리고 별과 함께 한 마지막 기억은 그런 것이었다. 화장실의 흰색 타일 위에 점점이 떨어져 있던 붉은 핏방울. 별이 입은 하얀 목욕가운을 적신 붉고 현란한 핏자국. 그 새하얗거나 새빨간 이미지들……

그것은 사고였다. 스스로를 누구보다 사랑했던 별이 한순간의 오판으로 자기 자신을 놓아버린 사고, 별을 누구보다 사랑했던 지웅이 한순간의 이기심으로 별을 놓아버린 사고, 그렇게 어리석은 두 사람이 가장 사랑했던 존재를 놓아버린 사고였다.

6. 두경, 지웅

"별이란 사람이랑 왜 헤어졌는데요? 차였어요?"

두경은 눈물을 흘리면서도 별이라는 여자에 대해 궁금했다.

"그냥요. 그냥…… 헤어졌어요."

"자꾸 눈물이 나요……."

"다른 얘기할까요? 두경 씨는 남자친구 없었어요?"

"있었죠. 궁금해요?"

"네, 궁금해요."

"그냥 평범한 얘기예요. 형중이란 이름의 남자, 내가 사랑했던. 대학 졸업하고 몇 년 동안 알바를 전전했는데, 그 사람은 피시방에서 알바하고 있었고……."

"아, 알바생과 손님으로 만났구나?"

"아뇨, 길드에서……."

"엥?"

"게임 유저였거든요, 둘 다."

"푸하하, 길드?"

"시작이 좀 그래서 그렇지 괜찮은 사람이었다고요!"

"그럼 같이 'GOGO'하고? 무기 선물하고? 전우애가 사랑으로? 으하하하!"

"아 진짜, 지웅 씨처럼 나한테도 소중한 추억이거든요! 하긴, 지웅 씨한텐 웃기기도 하겠네요. 효정 씨처럼 멋진 여자들하고만 데이트를 했으니까. 패션쇼장 같은 데서……."

"무슨 말이에요? 효정 씨랑은 그런 사이 아닌 거 알잖아요."

"그런 사이 아닌데 왜 안아주고 그래요? 홍은기 씨가 찍은 사진 다 봤거든요."

"으와, 진짜, 그 자식! 내가 사진 찍지 말라고 분명히 경고했는데!"

"이것 봐, 뜨끔하니까 흥분하기는."

"지금 흥분 안 하게 생겼어요? 들어봐요, 그날 두경 씨가 일 그만두겠다고 해서 너무 속상해서 술을 많이 마셨는데……."

"아, 됐어요. 변명하지 마요."

"좀 들어봐요. 근데 효정 씨가 집 앞에 와 있어서 내가 별로 착각하고…… 아, 홍은기 이 자식 만나기만 해봐라! 근데 나야 백 퍼센트 오해지만 두경 씨는 아니잖아요. 아랫집 남자랑 무슨 사이예요? 어떻게 그 남자 앞에서 우리가 무슨 사이냐고 말할 수 있어요?"

"아, 그거야 효정 씨랑 같이 있는 사진 보고 화나서 그런 거죠. 그리고 형우 씨 얘기가 여기서 왜 나와요? 내가 누구처럼 아무나 막 안아주고 그러는 줄 알아요?"

"아니, 물론 그건 아니겠지만……."

"근데 지웅 씨……."

"네?"

"지웅 씨는 나 왜 좋아해요?"

"두경 씨 싫어하는 사람도 있어요? 같이 있으면 이렇게 재밌고 편하고 유쾌한 사람인데."

"쳇, 내가 무슨 동네 형이에요? 좋아하는 여자랑 같이 있으면 설레고 두근거리고 불편하고 그래야 하는 거 아닌가?"

"그럼, 두경 씨가 말해 봐요. 두경 씨는 나 왜 좋아하는데요?"

"……."

밤이 깊어갈수록 이야기도 쌓여갔다. 어릴 때 꿈, 부모님, 학창 시절, 수능 점수, 게임 레벨, 사랑했던 사람들……. 너를 만나기 전 내가 어떻게 살아왔는지, 너를 만나기 전 나는 어떤 사람이었는지……. 아무리 많은 말이 쌓여도 다 설명되지 않는 것들. 하지만 설명하지 못하는 것들을 이해 받으려고 노력하는 순간. 이런 게 사랑일까?

지웅은 조잘조잘 이야기하는 두경의 얼굴을 바라보며 문득 기시감을 느꼈다. 이렇게 유쾌한 시간, 이렇게 편안한 시간, 그리고 이렇게 누군가에게 가까이 닿아 있다는 친밀한 느낌. 별이 떠난 이후 이런 느낌은 지금 이 순간이 유일하다. 그제야 지웅은 자신이 진짜 별을 떠나보냈음을, 그 빈자리에 이미 다른 사람이 들어와 있음을 깨달았다.

한편, 두경은 지웅이 판타지 속의 사람이 아닌 자기 현실에 존재하는 사람이라는 것이 실감하고 있었다. 시선을 돌리면 마주볼 수 있고, 손을 뻗으면 만질 수 있는 사람. 어쩌면 두경은 이제까지 지웅과 같이 있을 때조차 그를 다른 세계에 있는 사람으로 여겼는지 몰랐다. 하지만 지금 지웅은 두경의 집, 식탁 바로 건너편에 앉아 두경의 이야기를 들으며 웃고 있다.

그리고 어느 순간, 두 사람은 똑같은 생각을 했다. 끊임없이 질문을 던지고 질문에 대답하면서도 서로에 대한 갈증이 사라지지 않는다는 생각. 너에 대해 더 많이 알고 싶고 나에 대해 더 많이 알려주고 싶은 갈증. 지웅과 두경은 마음속으로 중얼거렸다. 이 밤이 영원히 끝나지 않기를, 그리고 당신의 마음도 나의 마음과 똑같기를.

제7장

이런 게 사랑일까?

Is This Love?

1. 형우

다음날 아침, 현상한 사진을 들고 두경의 집으로 올라가는 형우는 마음이 심란했다. 조금 전 사진을 찾으러 나가다 엘리베이터에서 수상한 차림의 남자와 마주쳤다. 중절모자를 푹 눌러쓰고 머플러를 얼굴에 칭칭 두른 채 선글라스까지 낀 남자. 처음엔 '옷차림이 저게 뭐야?'라고만 생각했는데 엘리베이터에 타고 있는 동안 남자가 선글라스 너머로 자신을 흘낏거리는 낌새가 느껴졌다.

불쾌한 느낌이 들어 엘리베이터가 1층에 도착하자마자 형우는 얼른 엘리베이터를 빠져나가려 했다. 남자도 같은 생각이었는지 거의 동시에 문틈으로 몸을 들이밀었다. 졸지에 두 남자는 문에 몸이 낀 채 허우적거렸다. 형우가 어깨를 뒤로 슬쩍 빼자 남자가 튕겨나가듯 엘리베이터를 빠져나갔다. 남자의 모자가 땅에 떨어지는 순간, 형우는 그제야 남자가 누군지 알아차렸다. 은빛 머리, 예지웅이었다.

형우는 순간 움찔했지만, 그래도 아는 얼굴이기에 간단하게 고개만 끄덕였다. 하지만 지웅은 냉정한 눈빛으로 바라보더니 다시 모자를 쓰고 재빨리 아파트를 빠져나갔다. 형우는 그 자리에서 얼어붙은 듯이 서 있었다. 이른 아침에 지웅이 왜 형우의 아파트 엘리베이터를 타고 내려오는지 의아했던 것도 잠깐, 상상하기 싫은 일이 머릿속에 떠올랐다. 밤새 둘이 같이 있었던 걸까? 온갖 생각에 정신을 놓았다가 엘리베이터 문이 닫히고 나서야 정신이 들었다. 두경에게 사진을 보여주려고 들떠 있던 마음이 순식간에 사그라졌다.

형우는 사진관에서 사진을 찾아오면서도 같은 질문만 되새김질하고 있었다. 정말 두 사람이 어젯밤부터 같이 있던 걸까?

"형우 씨 웬일이에요?"

두경은 막 외출을 하려던 참인 듯했다. 야구 모자를 눌러쓰고 머플러를 칭칭 감고 선글라스를 낀 차림. 조금 전 봤던 지웅의 모습과 흡사했다.

"아, 사진 갖다 주려고요."

어제 서해에서 찍은 사진이었다. 노을이 지는 하늘을 배경으로 갯벌에 서 있는 두경의 옆모습. 형우는 이 사진이 무척 마음에 들었다. 어쩐지 쓸쓸한 분위기가 풍겼지만, 평소의 두경에게서 볼 수 없는 느낌이라 더 마음이 가는 사진이었다.

"그냥 톡으로 보내도 되는데……."

"화질이 너무 깨지잖아요. 뽑는 게 낫죠."

'사실 내가 가지고 싶기도 했고…….'

형우는 뒷말을 삼키며 다시 한 번 두경의 옷차림을 훑어보았다.

"근데 왜 그렇게 꽁꽁 가렸어요?"

"아, 오늘은 '꽁꽁 숨어라' 코디거든요."

두경은 장난스럽게 검지를 입술에 갖다 대며 '쉿'하는 입모양을 만들었다.

"아……."

형우는 자기도 모르게 한숨처럼 감탄사를 내뱉었다. 커플룩인가…….

터덜터덜 계단을 내려가는데 어쩔 수 없이 마음이 시렸다. 아까의 질문에 또 하나의 질문이 추가되었다. 두 사람은 화해한 걸까?

전날 서해에 갔다 돌아오는 차 안에서 두경과 나누었던 대화가 생각났다. 예지웅과 어떤 사이냐고 묻자 두경은 모르겠다고 했다. 모르겠다는 건 아직 정의되지 않은 관계라는 뜻일 것이다. 정의되지 않았다는 것은 무수한 가능성을 품고 있다는 뜻과 같은 것일까?

"우리는요?"

형우가 물었을 때 두경은 수많은 정의를 내렸다. 이웃사촌, 친구, 작가와 팬……. 그 중에서 그래도 친구가 가장 낫다고 생각했다. 친구가 되었으면 다른 무엇이 될 수도 있다고 생각했다. 하지만 수많은 정의를 가지고 있는 관계란 결국 아무것도 아닌 관계와 마찬가지인 게 아닐까?

그 사진 속 모습이 아니라도 전날 두경은 무척 쓸쓸해 보였다. 형우가 옆에 있는데도……. 그런데 지금은 하룻밤 사이에 기분이 좋아 보였다. 두경이 쓸쓸했던 것도, 그리고 다시 활기를 찾은 것도, 모두 예지웅 때문인 것 같았다. 두경을 기쁘게도, 슬프게도 만들 수 있는 사람. 집에 들어서기 전 형우의 머릿속에 또 하나의 질문이 떠올랐다.

'두경 씨는 예지웅을 사랑하는 걸까?'

2. 희진

캐릭터전 마지막 날이었다. 희진은 끝까지 남아 상자를 나르고 짐을 싣는 허석의 모습을 바라보았다. 처음엔 단순히 수작을 부리는 거라고 생각했다. 듣기 좋은 말만 해주고 일을 거들어주는 행동 모두.

하지만 언제부터인가 희진은 허석의 말과 행동이 어디까지 진심이고 어디까지 가식인지 따지지 않았다. 그냥 고맙고 미안했다. 왜 나한테 이렇게 대하는지 날카로운 시선으로 주시하는 것보다 나한테 해주는 그 모든 것들을 고맙게 받아들이는 게 더 편하다는 걸, 예전엔 왜 몰랐을까.

허석은 한결같았다. 그러니 변한 건 희진인지 몰랐다. 그냥 그런 것들. 허석이 매일 차를 가지고 데리러오면 기름 값이 걱정되고, 허석이 회사 직원들보다 더 열심히 일하는 걸 보면 저러다 몸살이라도 앓지 않을지 염려되는 마음까지 일었다.

'이런 것도 사랑일까?'

형우를 좋아할 때처럼 못 보면 견디지 못할 것 같은 마음은 아니더라도, 형우처럼 얼굴을 떠올리면 마음이 시리고 아픈 건 아니라도, 이런 것도 사랑일까? 꼭 정의할 필요는 없을 것이다. 우리가 사랑이라고 이름 붙인 그 모든 것들이 다 같은 빛깔, 다 같은 형태는 아닐 테니까.

"참, 사인 받아 달랬지?"

마지막 상자를 정리하고 커피를 마실 때 허석이 종이 한 장을 내밀었다. 예지웅의 사인 아래 희진에게 남긴 인사말이 적혀 있었다.

― 희진 양, 허석 형 좋은 사람이에요. 잘해 봐요.

희진은 커피를 마시다 말고 풋, 웃었다.

"진짜 예지웅 사인 맞아요?"

"그럼, 맞지."

"이렇게 쓰라고 누가 시킨 것 같은데?"

"아, 아냐, 아냐!"

희진은 딱 잡아떼는 허석을 보며 다시 풋, 웃었다.

이 사인을 해준 남자는 병에 걸렸다고 했다. 어떤 여자의 아픔을 대신 느끼는 병. 이상한 이야기라고만 생각했다. 하지만 다시 생각해보니 불가능한 이야기만도 아니었다. 상대의 고통을 '대신' 겪어주는 것까지는 아니더라도, 이미 세상의 수많은 연인들이 서로의 고통을 '함께' 겪고 있으니까. 허석은 어떨까? 희진은 커피 잔을 내려놓고 물끄러미 허석을 쳐다보았다.

"이따가 올게."

허석이 자리에서 일어나자 희진은 허석을 배웅하기 위해 함께 일어났다. 가족행사 때문에 허석은 잠깐 집에 갔다가 회식 자리에 합류할 참이었다. 허석을 따라 나가는 희진의 뒤에서 팀장의 목소리가 들렸다.

"고생하셨는데, 회식 함께 가야지요."

"제가 선약이 있어서요. 이따가 희진이 데리러 와야 하니까 그때 낄게요, 하하."

"그러세요. 아유, 우리 막내가 남자친구 하나는 잘 뒀다니까."

"……남자친구?"

누군가가 놀라며 되묻는 목소리에 희진과 허석은 동시에 고개를 돌렸다. 둘의 앞에 서 있는 사람은, 형우였다.

회식 분위기는 좋았다. 캐릭터전에서도 큰 성과를 거두었고, 해외 시장도 막 판로가 뚫리는 시기였다. 사람들은 연이어 건배를 외치고 잔을 부딪쳤다. 한쪽에서 고기를 굽고 있는 희진의 옆으로 형우가 슬며시 다가왔다. 형우는 희진의 잔에 술을 따라주며 씩 웃었다.

"막내, 나한테 이야기해야 할 것 있지, 아마?"

"아, 선배님, 조금만 따라주세요."

희진이 기울였던 술잔을 재빨리 바로 하며 말했다.

"이제 오빠가 아니고, 선배님이야? 거짓말 들통 나니까 거리두기 하는 거야?"

"죄송해요. 어쩌다 보니 그렇게 됐어요."

이상했다. 이제는 눈앞에 형우가 있어도 아무렇지 않았다. 심장이 터질 것 같은 두근거림도, 눈을 똑바로 마주볼 수 없는 떨림도, 모두 사라졌다.

아니, 사라진 건 아닐 것이다. 사라진다는 게 흔적 없이 휘발해 버리는 거라면 그런 건 아니었다. 아주 미묘하게 남은 어떤 것, 하지만 그조차 지나가고 있었다. 완전히 사라지는 건 아니라도 이렇게 지나가기도 하는 듯했다.

"선배님, 그거 아세요?"

"뭐?"

"저 입사했을 때부터 선배님 볼 때마다 선배님 뒤에 항상 후광이 보였거든요. 저…… 선배님, 좋아했어요……."

영원히 못할 줄 알았던 말, 자신도 모르게 튀어나와 버릴까봐 목구멍 속으로 꾹꾹 눌러놓기만 했던 말이었다. 하지만 감정이 지나가고 나니 그 말도 아무렇지 않게 나왔다. 진작 이렇게 뱉어 버리면 좋았을 걸 그랬다. 그러면 더 빨리 가벼워졌을 텐데.

"……그런데 어느 순간, 선배님 뒤에서 보이던 후광이 어떤 이상한 아저씨 뒤에서……."

　그때 허석이 식당 안으로 들어왔다. 희진의 얼굴이 환하게 밝아졌다. 또다시 보였다. 한때는 형우의 뒤에서 비치던 그 후광이었다.

3. 형우

집으로 돌아온 형우는 컴퓨터 앞에 앉았다. 작업을 해야 했지만 아까 희진에게 들은 이야기 때문에 여전히 멍했다. 형우는 의자에 등을 붙인 채 머리 뒤에서 손을 깍지 꼈다. 그 자세로 한참 허공을 응시하느라, 모니터가 스크린세이버로 바뀐 것도 알아채지 못했다.

이상한 병에 걸린 남자의 이야기…….

희진이 들려준 이야기였다. 아주 신기하고 무척 낭만적인 이야기라고 했다. 남자는 어떤 여자 대신 아픔을 느끼는 병에 걸렸다. 여자가 뜨거운 물에 손을 데이면 남자의 손이 대신 뜨겁고, 그 여자가 누군가한테 맞거나 다쳐도 그 통증은 남자가 대신 느끼게 된다고 했다.

그래서 남자는 혹시라도 여자가 다치지나 않을까 노심초사하게 되었고, 생각 끝에 여자를 항상 자기 옆에 두기로 했다…….

이것이 희진이 들려준 이야기의 전말이었다.

"믿거나 말거나지만 너무 낭만적이죠? 대신 아파해주는 남자라니……."

희진과 달리 형우에게 그 이야기는 믿거나 말거나가 아니었다. 형우는 믿을 수밖에 없었다. 왜냐하면 이미 그 여자를, 통증을 느끼지 못하는 그 여자를 알고 있으니까.

하지만 어떻게 그런 일이 있을 수 있을까. 두경에게서 통증이 사라졌다는 것도 충분히 이상한 일이었지만, 두경에게서 사라진 통증이 지웅에게 가버렸다는 것은 더욱 이상한 일이었다.

만화작가로서 형우는 분명히 그 이야기에 이끌리고 있었다. 어느 여자에게서 통증이 사라졌다는 것은 기이한 이야기에 불과하지만, 그 통증을 어느 남자가 대신하고 있다는 것은 낭만적인 이야기이니까.

하지만 이것은 형우가 아는 여자의 이야기, 즉 현실이었다. 그 여자를 좋아하는 남자로서 형우는 그 이야기에 끌리기는커녕 믿고 싶지도 않았다. 만약 그 불가능한 일이 사실이라 해도, 두 사람의 관계를 운명이니 인연이니 하는 말로 포장할 생각도 없었다.

이제 모든 것이 아귀가 맞아떨어진다. 형우가 이상하게 생각했던 것, 두경이 이상하게 느꼈던 것들. 왜 지웅은 두경을 고용했던가. 왜 지웅은 두경이 일을 그만두려 하자 사랑한다고 했을까. 대답은 하나뿐이다. 두경에게서 사라진 통증이 지웅에게 가버렸기 때문이다.

형우는 몇 번이나 자신이 생각한 것을 점검했다. 어쩌면 이야기의 인과관계가 맞아떨어져야 한다는 강박 때문에 무언가 오해하고 있는 것은 아닌가, 중요한 것을 놓치지는 않았을까. 확실하지 않은 이야기로 두경의 마음을 아프게 하고 싶지는 않았다. 하지만 몇 번이나 따져 봐도 시나리오가 너무 완벽했다.

형우는 결심을 하고 전화기를 들었다. 두경의 전화번호를 찾아 통화 버튼을 누르려는 순간 전화벨이 울렸다. 편집자였다.

"작가님, 저 담당자 김여정이에요. 늦은 시간에 죄송합니다. 아까 문자를 드렸는데 답이 없어서요. 보내주신 원고는 잘 받았는데, 아무래도 파일 순서가 뒤바뀐 것 같아서……."

형우는 금방 확인하겠다고 대답한 뒤 전화를 끊었다. 회식을 가기 전 보냈던 메일을 확인해 보니 역시 그랬다. 뒤죽박죽 뒤엉킨 파일을 보자 한숨이 나왔다. 연재가 코앞인데 도대체 무슨 정신으로 사는 건지.

형우는 메일을 다시 보낸 뒤 담당자에게 문자를 보냈다. 그러고 나자 아까와 달리 두경에게 이 이야기를 해야 할지 말아야 할지 망설여졌다. 어떤 게 두경 씨를 위하는 걸까. 내가 들은 이야기가 맞기는 한 걸까. 잘못된 정보라면 지금의 친구 관계마저 어그러지지 않을까.

형우는 휴대폰을 침대에 던지고 벌렁 드러누웠다. 아무래도 좀 더 생각해 봐야 할 것 같았다.

4. 두경

두 사람의 얼굴이 점점 가까워졌다. 심장 박동 소리가 쿵쿵 들리는 것 같았다. 누가 먼저일 것도 없이 서로의 입술이 맞닿았다. 꼴깍, 두경이 낸 소리인지 지웅이 낸 소리인지, 누군가 침 삼키는 소리가 유난히 크게 들렸다.

두경은 스크린에서 눈을 떼지 못한 채 슬그머니 팝콘 상자에 손을 집어넣었다가, 마침 팝콘을 집고 있는 지웅과 손이 닿는 순간 소스라쳤다. 지웅도 어지간히 놀랐는지 얼른 상자 속에서 손을 빼냈다. 자동차 안은 어두웠지만 서로의 얼굴에 당황한 기색이 떠오르는 것을 눈치채지 못할 정도는 아니었다.

"자, 그럼 한밤의 초대 손님을 모셔볼까요?"

지웅이 버벅거리다 라디오 버튼을 잘못 건드린 모양이었다. 엉뚱한 소리가 나오자 지웅은 더욱 허둥거리며 주파수를 찾다가 이번엔 클랙슨을 누르고 말았다. 빠앙, 난데없는 경적 소리에 다른 차 안에 있던 사람이 이쪽을 돌아보는 것만 같았다.

둘은 머쓱한 표정으로 다시 스크린으로 얼굴을 돌렸다. 두경이 다시 영화에 집중하려는데 이번엔 전화벨이 울렸다. 세령이었다. 지웅씨랑 같이 있다는 말에 세령이 호들갑을 떨었다.

"거 봐, 네가 오버한 거 맞지? 그럴 줄 알았어. 지웅 씨가 양다리 걸치고 그럴 나쁜 놈 같지는 않더라니까. 근데 너희 진도는?"

두경은 몸을 차창 쪽으로 돌리며 얼른 수화 볼륨을 낮추었다.

"어? 아, 뭐……."

"뭐야, 아직 진도도 안 나간 거야? 야, 채두경! 지웅 씨 배우야. 주변에 예쁜 여자들이 넘쳐난다고. 화해한 김에 진도부터 팍팍 나가. 지웅 씨 마음을 사로잡……."

두경은 얼른 전화를 끊었다. 계집애, 목소리만 커가지고. 설마, 못들었겠지?

"세령 씨가 뭐래요? 진도 어쩌고 하는 것 같던데?"

"아하하, 나 보고 무슨 진돗개를 한 마리 키우라고. 아하하, 뜨, 뜬금없죠?"

두경은 대충 얼버무리며 전화벨을 무음으로 바꾸었다. 다시 영화에 집중하려고 했지만 세령의 말이 자꾸 머릿속을 맴돌았다. 지웅은 배우다. 주변에 예쁘고 매력적인 여자들도 많았다. 하지만 진도는 혼자 나가나? 어쩐지 영화 속 장면이 아까만큼 로맨틱하지 않았다.

자동차 극장을 나온 두 사람은 함께 지웅의 집으로 갔다. 내일 촬영 후 인터뷰가 잡혀 있어서 그때 입을 옷을 미리 맞춰놓아야 했다.

"나 처음 여기 왔을 때 커피 한 잔 안 줬던 거 알아요?"

두경은 지웅이 내민 찻잔을 받으며 말했다. 생각해보면 오래되지 않은 일이었다. 그러나 그때로부터 아주 멀리 온 것 같았다. 처음엔 상상도 할 수 없었던 사이, 상상도 할 수 없었던 관계로 마주앉아 있는 지금이 문득 생소했다.

"눈은 시퍼렇게 멍들어서 지각이나 하고, 뭐가 예쁘다고 커피를 주겠어요?"

"칫, 겨우 5분 늦은 거 갖고……."

"5분? 두경 씨 기억의 왜곡이 너무 심하네. 35분 늦어놓고, 5분?"

"웬 35분? 나 5분밖에 안 늦었는데요?"

"푸핫, 두경 씨 이제 보니 기억력이 나쁜 게 아니라 산수를 못하는 거 아녜요? 10시에서 11시까지 인터뷰하기로 해놓고 10시 35분에 왔으면 35분 늦은 거잖아요."

아, 그제야 두경은 생각이 났다. 양 기자는 분명히 한 시간짜리 인터뷰라고 했다. 시간도 얼마 안 남았는데 무슨 인터뷰냐고, 서면으로 하자고 내쫓다시피 했던 지웅의 행동도 이제야 이해가 갔다. 뒤늦게 사과를 하기도 멋쩍어 두경은 괜히 머리를 긁적이며 툴툴거렸다.

"그래도 나한테 돌머리라고 한 건 너무 심했어요."

"내가 언제요?"

"어? 모르는 척 할 거예요? 내가 그때 볼펜 떨어뜨려서…… 아, 내 볼펜!"

두경은 찻잔을 놓고 테이블 아래를 들여다보았다. 그때 볼펜은 테이블 아래를 지나 지웅의 발치로 굴러갔다. 그럼 소파 아래…….

"어? 보인다."

"어디요?"

지웅도 바닥에 엎드려 소파 아래를 들여다보았다.

"저기……."

지웅이 팔을 길게 뻗자 손가락이 닿을락 말락 했다. 조금만 더, 조금만 더…… 지웅의 중지가 볼펜의 한쪽 끝에 걸쳐졌다. 지웅은 볼펜을 굴려 꺼낸 뒤 고개를 들었다.

"와, 찾았다."

두경도 고개를 들었다. 문득 두 사람은 서로의 얼굴이 너무 가까이 있다는 것을 깨달았다. 코가 닿을 만큼 서로의 얼굴이 가까워져 있었다. 상대의 심장 박동 소리가 들리는 것 같았다. 지웅의 얼굴이 조금씩 가까워지고 있었다. 두경은 눈을 감았다. 지웅의 손에 쥐어져 있던 볼펜이 두경의 손에 옮겨지는 순간, 누가 먼저일 것도 없이 서로의 입술이 맞닿았다.

제8장

내가 대신 가지고 있을게요.

Is This Love?

1. 두경

2014년 도심 한가운데의 낡은 공원. 무사 겸과 율이 과거에서 현재로 날아온 첫 장면이었다. 두경이 코디한 의상을 지웅이 처음으로 입는 날이기도 했다. 두경은 들뜬 마음으로 촬영장에 들어섰지만, 스튜디오를 둘러본 지웅의 표정은 걱정스러웠다.

"효정 씨가 있는데 괜찮겠어요? 앞으로도 계속 마주칠 텐데……."

"정면으로 쳐다보지만 않으면 뭐…… 괜찮을 거예요."

말은 그렇게 했지만 두경도 걱정스럽지 않은 건 아니었다. 아직 지웅의 전속 코디네이터가 두경인지 효정인지도 불분명했다. 오늘 지웅은 촬영에서 차성원과 함께 효정의 커플룩을 입기로 했다. 한편 인터뷰에선 두경이 코디한 옷을 입기로 했다. 일단 효정이 영화 의상을 담당하기로 한 이상, 그녀는 계속 촬영장에 나타날 것이다.

그렇다고 두경이 촬영장에서 효정과 마주칠 때마다 울음을 터뜨릴 수는 없었다. 하지만 이미 겪어본 대로라면 효정을 보는 순간 쏟아지는 눈물은 두경이 제어하거나 통제할 수 있는 일이 아니었다.

"안녕하세요?"

지웅이 분장실로 가자마자 효정은 기다린 것처럼 두경에게 다가왔다.

"네……."

두경은 두려운 마음을 억누르며 조심스럽게 효정을 돌아보았다. 짧게 눈을 마주친 뒤 얼른 고개를 돌리려던 두경은 흠칫했다. 아무렇지…… 않다. 두경은 다시 효정을 똑바로 마주 보았다. 역시 아무렇지 않았다.

"안녕하세요?"

두경의 밝은 목소리에 오히려 놀란 사람은 효정이었다. 어떻게? 왜 갑자기? 놀란 것은 두경도 마찬가지였지만 그 순간은 놀라움보다 기쁨이 더 컸다. 이제 괜찮아진 걸까? 두경은 얼른 분장실에 있는 지웅에게 달려갔다.

"이상해요. 방금 효정 씨랑 인사했는데 아무렇지도 않아요."

"정말요?"

"사라졌나…… 봐요."

갑자기 나타난 아픔은 이렇게 갑자기 사라질 수도 있는 걸까. 모든 것이 거짓말 같았다. 효정을 보고 아팠던 것도, 효정을 보고 아무렇지 않은 것도.

"그럼 혹시 두경 씨 몸에 통증도?"

지웅의 눈이 반짝거렸다. 두경은 얼른 뺨을 있는 힘껏 꼬집어보았다. 하지만 여전히 몸은 아무 통증도 느끼지 못했다. 두경이 열심히 뺨을 꼬집는 동안, 지웅은 주먹을 꽉 쥔 채 몸을 부르르 떨며 아픔을 꾹 참고 있었다.

지웅이 성공적으로 첫 현대 신을 마치는 것을 두경은 자랑스럽게 바라보고 있었다. 지웅과 성원이 인터뷰를 위해 스튜디오 한쪽으로 자리를 옮길 때, 멀찌감치 서 있던 효정이 두경에게 다가왔다.

"지웅 씨, 채두경 씨 코디 솜씨예요?"

지웅은 V 네크라인 면 티셔츠에 청색 카디건을 걸친 편안한 차림이었다. 전날 밤 지웅과 상의해서 선택한 옷이었다.

"그런데요?"

두경은 자신이 이제 효정을 봐도 아무렇지 않다는 것을 스스로에게 주입시키며 최대한 당당한 목소리로 되물었다.

"이쪽 공부 제대로 해본 적 없죠? 실력 보니까 실습생 수준, 아니 그 정도도 못 되는 것 같은데……. 밥 값, 교통비 겨우 받으면서 현장에서 열심히 배우고 있는 코디네이터들한테 미안하지도 않은가 봐요?"

두경은 효정의 얼굴에 자신의 얼굴을 들이밀 것처럼 바짝 붙어 섰다. 자신의 말 한 마디에 두경이 평소처럼 눈물이라도 뚝뚝 흘릴 줄 알았던 효정은 당황한 얼굴로 그런 두경을 바라보았다.

"그래요, 나 실습생 수준도 안 돼요. 근데 지웅 씨 마음에 들면 된 거 아녜요? 열심히 배우려고 노력하는 사람한테 왜 기를 죽이고 그래요."

진작 이렇게 한마디 해줄걸. 효정이 머뭇거리며 말을 잇지 못하는 사이, 두경은 쌩하니 고개를 돌리고 다시 흐뭇하게 지웅을 바라보았다. 리포터가 막 마지막 질문을 던지는 중이었다.

"이건 개인적으로 제가 예지웅 씨한테 궁금해서 여쭈는 건데요……. 혹시 여자친구 있으세요?"

스튜디오에 잠깐 침묵이 맴돌았다. 두경도, 효정도 살짝 긴장되는 순간이었다.

"네, 있습니다!"

지웅의 당당한 대답에 여자 스태프들 사이에서 '진짜?', '누구야, 누구?' 등으로 작은 웅성거림이 들렸다. 인터뷰를 진행한 리포터도 예상치 못한 대답이었는지, 머뭇거리다 다시 질문했다.

"혹시 실례가 안 된다면 공개할 수 있나요?"

"그건 그 사람을 위해 노코멘트하겠습니다."

지웅의 답변을 마지막으로 인터뷰와 촬영이 끝났음을 알리는 박수소리가 여기저기에서 들렸다. 지웅은 두경을 돌아보며 '나 잘했죠?'라고 묻는 듯 환하게 웃었다.

두경은 '참 잘했어요. 촬영도, 인터뷰도.'라며, 얼른 달려가 등이라도 토닥여주고 싶은 심정으로 지웅을 향해 미소 지었다. 두경이 행복감에 젖어 있는 그때, 옆에서 효정의 손이 가늘게 떨고 있었다.

두경은 마냥 행복했다. 이게 정말 꿈인 것만 같았다. 아니, 꿈이라면 절대 깨고 싶지 않았다. 어제 지웅과의 데이트, 그리고 따뜻한 입맞춤, 모든 것이 잘 풀리는 듯했다. 효정을 봤을 때 왠지 모를 눈물도 사라지고, 지웅도 자신의 코디를 기쁜 맘으로 입어주고, 지웅이 공식적으로 여자친구가 있다는 말에 왠지 모를 설렘까지 느꼈으니 말이다.

2. 지웅

허석이 촬영장 근처에 와 있다는 전화에 지웅은 주차장으로 갔다. 기름 값 아깝다고 타고 다니지도 않던 차를 요즘 매일 가지고 다니는 걸 보면, 새침한 아가씨랑 잘 되어가는 것 같았다. 오늘도 희진이 야 근이라 기사 노릇하러 가는 길에 시간이 남아 들른다고 했다. 그러고 보니 두경과 화해를 하는 데 정신이 팔려 만화책도 미처 전해주지 못 했다. 지웅이 차에 올라타자마자 허석이 흥분한 목소리로 물었다.

"야, 너 빨리 말해봐. 책 가지러 간다더니 밤새 나타나지도 않고, 1004호랑 언제부터 그렇게 된 거야?"

"나도 몰라. 같이 있다 보니 정이 든 건지."

정말 지웅도 몰랐다. 처음 별을 사랑할 때 그랬던 것처럼 확 타오르는 게 사랑이라고 생각했는데, 어쩌면 사랑은 자기도 모르는 사이에 이렇게 스며들기도 하는 듯했다.

"인마, 내 그럴 줄 알았다. 1004호가 너 대신 마음이 아프네, 네가 1004호 대신 몸이 아프네, 할 때 촉이 오더라니까."

"아, 형! 나 이제 그거 진짜 사라졌다? 예전에 별 때문에 힘들어 하던 거, 나도 아무렇지 않고 두경 씨도 아무렇지 않대. 정말 신기해."

조금 전 두경이 효정을 봐도 아무렇지 않다고 말했을 때, 지웅의 머리를 스친 생각은 두 가지였다. 하나는 몸의 감각도 원래대로 되돌아가지 않았을까 하는 것. 또 하나는 두경에게서 사라진 마음의 고통이 다시 지웅의 것이 되지 않았을까 하는 것이었다.

두경이 느껴야 할 신체적 고통은 여전히 지웅에게 머물러 있었다. 하지만 마음의 고통은 두경에게도, 지웅에게도 사라졌다. 마치 처음부터 누구에게도 없었던 것처럼.

어쩌면 고통은 사라진 게 아니라 치유된 건지도 몰랐다. 지웅 혼자서는 버릴 수도 짊어질 수도 없었던 그것이 두경으로 인해 깨끗이 나아버린 것일지도. 그렇게 생각하자 두경의 신체적 고통을 대신 짊어져야 한다는 것이 예전처럼 억울하지도 않았다. 두경이 지웅의 상처를 치유해 줬듯이 지웅이 있어 두경이 더 이상 아프지 않다면 말이다.

"원래 사랑하면 다 괜찮아지는 법이지."

허석이 고개를 끄덕이며 말했다. 허석에게 전부나 다름없던 만홧가게의 문을 닫게 된 지금, 허석은 어느 때보다 힘든 시간을 보내고 있을 것이다. 하지만 허석도 괜찮아 보였다. 뭐든 다시 시작할 수 있다고, 오히려 예전보다 더 희망에 차 보였다.

"참, 근데 904호 남자도 그거 아는데, 괜찮지?"

"뭘?"

"아니, 904호가 우리 희진 양 선배잖아. 희진 양이 904호랑 이야기하다가 너랑 1004호 얘길 했대. 네가 1004호 대신 아프다고……."

"뭐?"

지웅은 허석의 말도 끝나기 전에 소스라치게 놀랐다. 서형우가 그 사실을 안다고? 갑자기 머릿속이 복잡해졌다. 두경은 서형우와 친하다. 언제 두경이 서형우를 만날지, 그리고 서형우가 두경에게 사실을 털어놓을지 알 수 없었다.

그 상황만은 막아야 했다. 다른 사람의 입을 통해 사실을 알게 되는 순간, 지금 지웅이 두경에게 느끼는 진심은 두경에게 모두 거짓이 될 것이다. 안 된다. 일이 그렇게 되어서는 안 된다. 지웅도 언제까지 두경에게 이 사실을 숨길 생각은 아니었다. 말하려고 했다. 진짜 곧 말하려고 했다.

하지만 거짓 위에서 시작한 관계라 해서 끝까지 거짓이 아니라는 것을 두경에게 설명할 수 있을까? 두경이 오해를 한다면? 지금 이 진심조차 거짓이라 치부해 버리면? 두경을 끝까지 속이기 위해서가 아니라 두경이 상처 받을 일이 두려워 차일피일 미뤄오기만 했다. 만약 서형우의 입을 통해서 두경이 사실을 알게 되면 정말 끝이었다.

"형, 나 먼저 갈게."

지웅은 얼른 차에서 내렸다. 지금이라도 빨리 두경을 만나야 했다. 사실을 털어놓아야 했다. 다른 사람이 아닌 자신의 입으로. 지웅이 막 차로 달려가려는데 전화벨이 울렸다. 두경이었다.

"아, 두경 씨, 그렇잖아도 전화하려고 했는데…… 네? 거긴 왜요?"

지웅은 미처 전화도 끊지 못한 채 차를 향해 달렸다. 한시가 급했다. 두경이 형우의 집으로 가고 있었다.

3. 형우

형우의 데뷔작이 연재된 첫날이었다. 첫 회가 올라오자 축하를 받고 싶은 사람이 생각났다. 그 사람에게 꼭 해야 할 말도 있었다. 형우의 집으로 내려온 두경은 혼자가 아니었다. 세령이라는 친구와 함께였다.

세령은 형우가 마음에 드는지 초롱초롱한 눈으로 형우를 물끄러미 바라보며 자꾸 콧소리를 섞어가며 말을 걸었다. 이거야 원. 다른 사람이 있는데 말해도 될까. 형우가 둘만 이야기할 기회를 엿보고 있는 그때였다. 또다시 초인종이 울렸다.

'이 시간에 누구지, 찾아올 사람이 없는데…….'

의아하게 생각하며 현관으로 나간 형우는 문밖에 서 있는 사람을 보고 약간 놀랐다. 예지웅은 급하게 달려왔는지 숨을 헐떡이며 들고 있던 케이크를 내밀었다. 전혀 축하하는 표정은 아니었다. 뭔가 켕기는 게 있어 이렇게 급하게 달려왔을 것이다. 불쑥 찾아오면 이상하니까 핑계 삼아 케이크를 사왔겠지.

"어? 지웅 씨 왔어요?"

두경이 반갑게 달려나왔지만 지웅은 뭔가 못마땅한 표정이었다.

"언제 갈 거에요? 내일 아침에 촬영도 있는데. 하루 종일 힘들었잖아요. 피곤하지 않아요?"

"아, 지웅 씨 피곤해요? 근데 뭘 굳이 왔어요? 난 위층이니까 이따 올라가면 돼요. 지웅 씨는 얼른 가서 쉬어요, 얼른."

형우는 예지웅이 찾아온 이유를 금방 눈치챌 수 있었다. 형우가 두 사람 사이의 진실을 알게 된 것을, 지웅도 알아차렸을 것이다. 이 몰골로 케이크를 가져왔다는 것은 뭔가 급박한 이유가 무엇이 있겠는가. 지금 이 상황에서는 그 이유뿐이다. 그가 이대로 갈 리가 없었다. 형우의 생각대로 지웅은 어쩔 수 없다는 듯 집 안으로 들어왔다. 케이크에 초를 켜고 축하 노래를 부르는 동안 지웅은 심드렁한 표정으로 앉아 있었다.

"난 생크림 케이크가 제일 좋더라!"

형우가 케이크를 자르자 두경이 커다란 조각을 접시에 담으며 말했다.

"우리 집 오기 전에 밥 먹었다고 하지 않았어요?"

형우가 장난스럽게 묻자 두경이 세령을 가리켰다.

"얘랑 난, 밥 배와 간식 배가 따로 있거든요."

"어우, 난 아냐. 배불러서 조금밖에 못 먹겠다. 형우 씨, 전 괜찮아요."

형우가 내민 접시를 살짝 밀어내며 세령이 말했다. 형우는 세령이 거절한 케이크를 두경의 접시에 옮겨 담았다.

두경은 세령의 안 하던 짓을 계속 보자니, 입이 근질근질했다. 세령은 분명히 형우에게 흑심이 있으리라 생각했다.

"많이 먹어요. 난 두경 씨 먹는 모습이 참 좋아요. 복 있어 보이고."

옆에서 지웅이 못마땅한 얼굴을 했지만, 형우는 신경 쓰지 않고 지웅의 접시에도 케이크를 담았다. 지웅은 괜스레 헛기침을 하며 접시를 밀쳐냈다.

"난 됐어요. 밤에 안 먹어요."

"치, 저번엔 밤새 엄청 먹어놓고?"

두경의 말에 세령이 끼어들었다.

"두 사람 같이 밤도 새는 사인가봐요? 호호."

형우는 어쩔 수 없이 자신의 얼굴이 씁쓸해지는 것을 느꼈다. 그날일 것이다. 엘리베이터에서 얼굴을 꽁꽁 감춘 지웅이 먼저 나가고, 비슷한 차림을 한 두경이 뒤따라 나가던 날. 그때만 해도 자기가 참견할 일이 아니라고 생각했다. 두경이 행복하다면 그 행복을 방해해선 안 되는 일이었다.

하지만 두경의 행복이 거짓이라면? 누군가의 거짓말에 두경이 휘

말려 불행을 행복으로 착각하는 거라면? 그렇게 이용당하다 가치가 없어질 때 버려질 거라면?

두경이 사랑하는 사람이 두경을 진심으로 사랑할 때, 그 행복을 방해하는 건 고약한 이기심에 지나지 않을 것이다. 하지만 두경이 사랑하는 사람이 두경을 사랑하는 척하고 있다면 두경이 한순간 상처 받는다 해도 진실을 알려야 할 것이다. 친구 사이든 이웃 사이든 혹은 어떤 사이든 간에.

"근데 아까 할 말 있다고 하지 않았어요?"

케이크를 베어 문 두경이 형우에게 물었다. 형우는 심호흡을 했다. 이미 결심을 끝냈는데도 마음이 흔들렸다. 이게 두경 씨를 위해서 정말 옳은 일일까? 형우는 머릿속에 떠오르는 물음표를 마침표로 바꿨다. 이게 두경 씨를 위해서 정말 옳은 일이라는 것을.

"두경 씨 아픔 못 느끼는 증상 말이에요……."

"세, 세령 씨! 거기 칼 좀 주세요!"

갑자기 지웅이 버럭 큰소리를 지르며 끼어들었다. 지웅은 세령에게 칼을 건네받더니 케이크 한 조각을 잘라 급하게 먹기 시작했다. 혹시 희진에게 들은 이야기가 잘못된 건 아닐까 하는 한 가닥 의심마저 사라지는 순간이었다. 지웅은 분명 당황하고 있었다. 형우가 꺼낼 이야기를 두려워하고 있었다. 형우는 다시 말을 이었다.

"……그 증상, 언제부터 그런 거예요?"

"글쎄요? 아마 만홧가게에서 지웅 씨한테 뺨 맞던 순간부터?"

두경은 장난스럽게 지웅을 힐끗거렸다.

아니다. 형우는 두경의 말이 틀렸다고 생각했다. 두경은 그때 처음 깨달았을지 몰라도 지웅은 그전부터 알고 있었다. 그래서 두경의 뺨을 때린 것이다. 형우가 다시 입을 열려는 순간 지웅이 낮은 목소리로 말했다.

"서형우 씨, 나랑 잠깐 얘기 좀 합시다."

형우는 잠깐 생각에 잠겼지만, 곧 지웅을 따라 자리에서 일어났다. 지웅에게 먼저 사실을 확인하는 것도 나쁠 건 없을 것 같았다.

4. 지웅

지웅은 현관문을 나와 형우와 마주 섰다. 비록 거짓으로 시작한 관계라도 지금이 진실하다면 누구도 그것을 거짓된 관계라고 단정할 수 없다. 지웅은 그렇게 생각했다. 형우가 어떤 질문을 한다 해도 지웅은 당당하게 대답할 수 있을 것 같았다. 지웅이 먼저 말을 꺼냈다.

"두경 씨한테 무슨 말을 하려는 겁니까?"

"그 질문에 대답하기 전에 저도 하나만 묻죠. 사실인가요? 두경 씨 대신 아픔을 느낀다는 게?"

예상한 질문이었는데도 뜨끔하는 마음은 어쩔 수 없었다. 충분히 대답할 수 있다고 생각했는데 막상 형우의 입에서 그 말이 나오자 그렇지 않았다.

질문은 간단했지만, 대답은 간단하지 않았다. '네', '아니오'로 대답할 수 있는 문제가 아니었기 때문이다. 두경의 아픔을 느끼는 게 사실이냐는 질문은 다른 의문을 포함하고 있었다. 그래서 두경을 고용하고, 더 나아가 사랑하는 척까지 하는 거 아니냐는 의심을 말이다.

그러므로 형우의 질문에 '네'라고 대답하는 것은, 뒤의 의심이 사실이라는 것을 인정하는 것이기도 했다. 앞의 질문에는 그렇다고 대답할 수 있지만, 숨겨진 의심까지 그렇다고 대답할 수는 없었다. 그렇다고 아니라고도 할 수 없었기에 지웅은 다시 질문을 했다.

"서형우 씨랑 관계없는 일 아닙니까?"

하지만 막상 뱉어놓고 보니 그 되물음은 마치 그렇다는 대답처럼 들렸다.

"두경 씨랑 저랑 친구 사이거든요. 만약 제 친구가 진실을 모른 채 누군가에게 이용당하고 있고 그로 인해 상처 받을 수 있다면, 그건 저랑 관계없는 일이 아닙니다. 예지웅 씨는 처음부터 알고 있었던 거 아닙니까? 그래서 두경 씨 뺨을 때렸던 거 아니에요? 처음 인터뷰하던 날 두경 씨에게 아주 불쾌한 첫인상을 남겼다고 들었는데, 며칠 지나지 않아서 두경 씨를 고용하고자 한 그 의도, 그 진실을, 두경 씨는 모르는 것 같군요."

"내가 서형우 씨랑 왜 이런 이야기를 해야 하는지 모르겠네요."

하지만 지웅의 귀에도 자신의 대답은 공허하게 들렸다. 속수무책이었다. 형우의 말은 하나도 틀리지 않았다. 하지만 형우가 모르는 게 있었다. 지금 이 순간 지웅의 진심. 하지만 그것은 말로 설명되는 것이 아니었다. 더군다나 그것을, 두경도 아닌 형우에게 설명하려 애 쓸 필요도 없었다. 형우가 다시 입을 열었다.

"좋아요, 그만두죠. 대신 이것만 대답해주세요. 두경 씨 정말 좋아 하는 겁니까? 진심으로?"

그것은 충분히 대답할 수 있는 질문이었다. 하지만 대답하고 싶지 않았다. 주제 넘는 사람이라 생각했다.

'왜 이 남자가 내게 두경 씨의 사랑에 대한 진심을 확인하고, 대답 을 요구하는 거지?'

지웅은 불쾌한 기분을 감추지 못한 채 현관문 쪽으로 몸을 돌렸다. 하지만 문을 열기 전 지웅은 차가운 목소리로 물었다.

"당신, 두경 씨 좋아해요?"

5. 두경

두경은 지웅과 형우가 나간 뒤, 형우의 컴퓨터로 지웅의 기사를 검색해 보았다. 인터뷰가 어떻게 나왔을지 궁금했다. 인터넷 검색창에 '예지웅'으로 적은 후 엔터 버튼을 누르자 지웅에 관한 오늘자 기사가 주르륵 떴다. 생각보다 반응이 좋은 모양이었다. 대부분 '예지웅, 여자친구 있냐는 돌발질문에 쿨한 대답!', '예지웅, 여자친구를 위해 공개는 노코멘트!' 등 여자친구에 대한 타이틀이 많이 보였다.

"계집애, 좋겠다. 그럼 조만간 공개 연애하겠네?"

세령이 물었다. 부러워하는 세령의 얼굴을 보며, 두경은 세령과 형우도 잘 되었으면 좋겠다고 생각했다. 안 그래도 형우가 나가자마자 세령은 딱 자기 스타일이라고 난리를 쳤으니 말이다.

"아니, 지웅 씨가 일반인이라 공개하진 않고 좋은 만남 갖겠다고 그랬어."

쑥스러우면서도 자랑스러운 기분이었다. 스크롤바를 쭉 내리던 세령이 갑자기 뭔가를 발견하고 두경에게 물었다.

"어? 이건 뭐지? 너 이것도 봤어?"

관련 기사에 몇 개의 웹문서가 링크되어 있었다. 대부분 《가온의 무사》와 관련된 기사들이었지만 맨 아래 기사만 조금 다른 타이틀을 달고 있었다.

・ ・ ・

모델 예지웅, 감춰졌던 옛 여자친구의 안타까운 사연!

거식증을 앓던 모델 이별(24)이 자살로 생을 마감해 주위를 안타깝게 하고 있다. 지인들 말에 따르면 거식증으로 힘들어 하던 이별은 자신의 집 안에서 사망한 채 동료 모델이자 남자친구인 예지웅에게 발견…….

・ ・ ・

두경은 기사 한쪽에 실린 이별의 사진을 멍하니 바라보았다. 효정과 꼭 닮은 여자였다. 이거였나. 이런 거였나……. 이제 알 수 있었다. 왜 효정을 볼 때마다 그렇게 마음이 무너져 내렸는지, 왜 별과 관련된 지웅의 추억은 기쁨도, 행복도 없이 그저 아프기만 한 것이었는지.

다시 마음이 아파왔다. 하지만 그것은 지웅의 아픔을 대신 느낄 때와는 전혀 다른 아픔이었다. 그것은 두경의 아픔, 지웅에 대한 연민과 슬픔이 뒤섞인 두경의 마음이었다.

오늘 낮, 효정을 바라보면서 아무렇지 않을 때는 미처 생각하지 못했다. 두경에게서 사라진 고통은 어디로 갔을까. 어쩌면 그것은 흔적 없이 증발한 게 아닐지 몰랐다. 다시 그 고통의 원래 주인에게, 지웅에게, 옮겨 가버린 건지도 몰랐다.

대신 아파하고 싶다. 가슴이 무너져 내리는 고통, 사랑하는 사람의 손을 영원히 놓쳐버린 자책, '만약에'로 시작하는 그 모든 후회를, 두경은 지웅 대신 앓고 싶었다.

"두경 씨, 이제 그만……."

지웅이 들어와 말을 걸었지만, 두경은 지웅을 똑바로 바라볼 수 없었다. 두경은 후다닥 형우의 집을 나와 계단을 뛰어 내려갔다. 뒤따라온 지웅이 팔목을 잡았다.

"두경 씨, 왜 그래요? 무슨 일 있어요?"

두경은 울고 있었다. 지웅의 눈물을 대신 흘리는 게 아니라 오직 두경의 슬픔을 담은 채 눈물을 흘리고 있었다.

"왜 사라졌을까요? 그냥, 내가 계속 아파도 되는데……."

"무슨 소리 하는 거예요?"

"사랑하는 사람이 그렇게 떠나서…… 얼마나 아팠어요? 그렇게 아픈데 어떻게 견뎠어요?"

두경이 지웅을 만난 뒤로 겪었던 그 마음의 고통들, 지웅은 그보다 훨씬 오랜 시간을 그렇게 혼자 앓았을 것이다. 지웅이 걸어온 그 시간들이 너무 캄캄하고 막막하게 느껴져 두경은 눈물을 멈출 수 없었다.

"내 걱정하는 거예요? 두경 씨한테 사라진 고통이 다시 날 힘들게 할까 봐요?"

지웅은 눈물로 젖은 두경의 얼굴을 두 손으로 감쌌다. 그리고 여전히 눈물이 차오르고 있는 두경의 젖은 눈을 들여다보며 말했다.

"난 괜찮아요. 두경 씨한테서 사라졌듯이 나한테서도 사라졌으니까."

지웅은 두경을 꼭 껴안았다.

'고마워요……. 두경 씨가 그렇게 해줬어요. 그 긴 시간 동안 나 혼자서는 어쩌지 못했던 그 고통들…… 두경 씨가 없애줬어요……. 앞으로도 두경 씨 아픔, 내가 대신 가지고 있을게요. 언제까지나…….'

6. 허석, 희진

봄이 성큼 다가온 듯했다. 낮에는 따뜻하고 밤에는 쌀쌀하던 얼마 전까지와는 달리 이제는 밤에도 봄의 기운이 완연했다. 허석은 희진과 함께 희진의 집 앞 공원에 앉아 밤하늘을 올려다보았다. 옆에서 휴대폰으로 뭔가를 검색해 보던 희진이 감탄사를 터뜨렸다.

"와, 진짜 올라왔네? 이것 봐요. 형우 선배 진짜 멋있죠? 수석 디자이너 자리도 그만두고 만화작가로……."

허석은 희진을 와락 껴안았다. 희진이 없었더라면 허석은 이 시간을 어떻게 버텼을까. 만홧가게를 열고 세상을 다 가진 기분이었을 때도 사랑하는 사람 하나 없다는 게 늘 허전했다. 허석이 자신의 모든 것을 다 걸고 시작한 만홧가게가 문을 닫았는데도 지금 허석은 세상을 다 가진 기분이었다.

사랑 하나 없다는 것, 또는 사랑 하나 있다는 것. 왜 그것이 세상을 다 잃은 것 같은 기분을, 또는 세상을 다 얻은 것 같은 기분을 주는 걸까. 다 잃었지만 다시 시작할 수 있을 것 같은 기분, 모든 게 잘될 것 같은 예감, 허석에게 희진은 그런 것을 주는 사람이었다.

"아, 뭐예욧!"

희진이 화를 내며 허석을 밀쳐냈다. 아이 씨, 한 번 안은 거 가지고……. 머쓱해진 허석이 다시 일 없이 하늘을 올려다보는데, 허석의 뺨에 희진의 입술이 닿았다.

봄이었다. 봄밤이었다. 허석의 마음에도 봄이 찾아오는 순간이었다. 하지만 내가 옆에 없어도 희진 양은 나를 기다려줄까…….

"저, 희진 양……."

"네?"

"나 내일 저녁에 지방 내려가. 이제 계속 바빠질 거야. 새로 준비하는 사업 때문에…… 계속 놀 수는 없잖아."

두 사람이 앉은 벤치 위에서 가로등이 비치고 있었다. 어슴푸레한 빛이었지만, 허석은 희진의 얼굴이 어두워지는 것을 알 수 있었다.

둘은 한동안 말이 없었다. 내색하진 않았지만 희진은 마음이 쿵 내려앉는 것 같았다. 허석의 말 대로였다. 언제까지 이렇게 지낼 수는 없을 것이다. 매일 희진을 데리러 오고, 퇴근 후에 함께 밥을 먹고, 함께 희진의 집을 향해 걸어갈 수는 없을 것이다.

하지만 바빠진다면 얼마나 바빠지는 걸까. 우리는 일주일에 몇 번이나 만날 수 있을까. 허석은 지방에 얼마나 자주 내려갈까. 얼마나 오래 그곳에 있을까. 그럼 이제 보고 싶을 때 마음대로 볼 수 없는 걸까.

하지만 희진은 아무것도 묻지 않았다. 허석과 시작할 수 있으리라는 생각이, 모든 게 잘 될 거라는 예감이 들었다. 희진은 밝은 목소리로 말했다.

"저녁에 간다고요? 그럼, 내일 점심 먹어요. 비싼 걸로 먹어야지. 새로 사업도 시작하신다니까."

허석은 웃으며 고개를 끄덕였다. 그러고 보니 희진이 먼저 밥을 먹자고 말한 건 이번이 처음이었다.

제9장

어떻게 이럴 수가 있어요?

Is This Love?

1 두경, 효정

지방의 한 민속촌에서 열리는 야외 촬영장은 바쁘게 오가는 스태 프들로 분주했다. 겸의 뒤를 따라 숲으로 들어간 율은 복면의 사내들과 마주치고, 겸과 율은 그들과 칼싸움을 해야 했다.

영화의 절정부에 들어갈 이 장면은 구 감독이 준비한 회심의 컷이기도 했지만, 멀리서 찍을 때만 가짜 칼을 사용하고 클로즈업 장면은 진짜 칼로 촬영해야 하는 위험한 장면이기도 했다.

난이도 높은 액션도 많아 배우들끼리 자칫 손발이 맞지 않으면 큰 사고로 이어질 수 있었다. 오늘 촬영을 위해 무술 연습을 충분히 해두었지만 지웅도 어쩔 수 없이 긴장한 상태였다. 촬영장을 둘러보는 두경도 자꾸 마음이 두근거렸다.

"어, 세령아."

두경은 세령에게 걸려온 전화를 받으며 촬영장 구석으로 갔다. 두경의 목소리를 듣자마자 세령이 징징거렸다.

"어떡해, 형우 씨한테 계속 문자 보냈는데, 답장이 안 와."

"어제 늦게까지 작업할 거라고 했잖아. 아직 자고 있겠지."

"아, 나도 너랑 지웅 씨처럼 형우 씨랑 엮이고 싶다. 형우 씨 대신 내가 아파해줄 수 없을까?"

"야, 너 몰라서 하는 소리야. 나 지웅 씨 때문에 얼마나 힘들었는데. 다른 사람 대신 아파한다는 게 뭐 쉬운 줄 아냐? 진짜 나도 매번 참기 힘들었다고."

두경은 몰랐다. 지척에서 효정이 의상을 점검하며 두경의 이야기를 듣고 있었다는 걸.

효정은 두경의 말을 곱씹어 보았다. 다른 사람 대신 아파한다니, 무슨 소리일까? 그러고 보니 이상한 일이 있었다. 지난번 영화 제작 고사 후 회식을 할 때, 효정은 화장실에 가는 지웅을 따라갔었다. 쇼핑몰을 그만두겠다는 이야기를 매듭짓기 위해서였다. 비틀거리며 복도를 걸어가던 지웅이 벽에 부딪쳤을 때 뭐라고 혼잣말을 했는지, 효정은 또렷하게 기억하고 있었다.

"아이 씨, 두경 씨! 조심 좀 하라니까!"

지웅은 분명히 그렇게 말했다. 그때는 왜 지웅이 다치면서 두경의 부주의를 탓하는지 몰랐다. 단지 지웅이 술이 취했나 보다 생각했을 뿐이었다.

다른 사람 대신 아파한다는 게 쉬운 줄 아느냐는 두경의 말은 무슨 뜻일까? 두경의 아픔을 지웅이 대신 느낀다……. 지웅의 아픔을 두경이 대신 느낀다……. 효정은 머릿속에 떠오른 생각을 얼른 지워버렸다. 바보 같은 소리다. 그런 일이 있을 리 없었다.

하지만…….

효정은 다시 생각해 보았다. 말도 안 되는 이 이야기가 진짜라면? 그러면 왜 지웅이 그렇게 두경의 옆에서 떨어지지 않으려고 하는지, 효정을 밀쳐내면서까지 능력도 경력도 없는 두경에게 일을 맡기는지가 한꺼번에 설명되었다.

효정은 스태프가 건넨 커피를 마시며 두경을 주시했다. 두경도 저쪽에서 커피를 받아들고 있었다. 그리고 스태프의 손에서 두경의 손으로 종이컵이 옮겨지는 그 순간이었다.

"앗, 뜨거!"

효정은 소리가 들린 쪽으로 고개를 돌렸다. 지웅이었다. 커피를 받아들지도, 쏟지도 않은, 그저 분장을 마무리하고 있던 지웅. 효정은 지웅이 손을 감싸 쥐고 얼굴을 찡그리는 모습을 바라보다가 다시 두경을 향해 시선을 돌렸다. 두경은 멀쩡했다. 아무렇지 않은 표정으로 손등에 쏟아진 커피를 닦고 있을 뿐이었다.

'설마……?'

2. 지웅

불안하다. 어쩐지 느낌이 그랬다.

지웅은 화끈거리는 손등을 주무르며 불길한 느낌을 떨쳐내려 하고 있었다. 한동안 두경은 다칠지 모르는 상황에 주의하는 듯 보였다. 지웅이 누누이 부탁한 탓도 있겠지만 두경 스스로도 조금은 위협감을 느끼는 모양이었다.

통증을 느끼지 못해도 다치는 건 다치는 것이다. 통증을 느끼지 못한다는 것은 몸이 신호를 보낼 수 없다는 뜻이므로 지금의 상태가 더 위험하다는 것을 두경이 자각하고 조심하는 듯했다.

하지만 조금 전 두경은 손등에 커피를 쏟았다. 요 며칠 없었던 일이다. 지웅의 중요한 촬영을 앞두고 두경 또한 정신이 딴 데 팔린 것이었다. 촬영에 들어가기 전 지웅은 두경에게 다가갔다. 빨개진 손등을 어루만져주며 지웅은 다시 한 번 신신당부했다.

"오늘 나 중요한 촬영인 거 알죠? 두경 씨도 가만히 앉아서 구경해요. 어디 가거나 움직이거나 절대 그러면 안 돼요. 알았죠?"

"알았어요. 촬영이나 잘해요."

두경은 양 주먹을 불끈 쥐며 '파이팅!'을 외쳤다. 부디 이 불안함이 노파심에 불과하기를, 지웅은 카메라 쪽으로 천천히 걸어갔다.

"자, 모두 제 위치!"

지웅은 조금 전 연습한 액션 동작들을 머릿속에 차례대로 그려보았다. 홍은기가 검을 휘두르면 반 바퀴 돌면서 몸을 숙인 뒤 곧바로 주먹으로 합, 마지막에 홍은기가 검을 최대한 올렸다가 있는 힘껏 내리치면 다시 바닥을 구를 듯이 낮게 턴 한 뒤 일어서서 발길질로 검을 떨어뜨린다……. 지웅은 머릿속에서 동작들을 반복 재생시키며 집중했다.

"레디…… 액션!"

구 감독의 외침과 함께 카메라가 돌아가기 시작했다. 첫 번째 동작을 무사히 넘겼는가 싶었는데, 어느새 코앞까지 다가와 있는 상대의 검을 보고 자기도 모르게 움찔해 버렸다.

"컷! 지웅 씨 긴장하지 말고 자신 있게! 다시 갑시다. 액션!"

마음을 다잡고 다시 한 번 시도했지만 이번엔 지웅의 주먹이 타이밍을 놓치고 늦게 들어갔다.

"컷! 다시, 액션!"

실수 없이 끝내나 했는데 이번에도 지웅의 엔지였다. 마지막에 턴을 돌다 휘청거린 것이다. 지웅은 등줄기에서 식은땀이 흐르는 것을 느꼈다. 구 감독에게 면목이 없고 상대 배우들에게 미안했다. 수십 명의 엑스트라가 동원된 장면이었다. 지웅 하나 때문에 이 많은 사람들이 무거운 검을 들고 몇 번이고 같은 동작을 반복해야 하는 것이었다.

촬영장 안에는 '컷'과 '액션'을 번갈아 외치는 구 감독의 목소리가 끝날 것 같지 않게 계속되었다. 시간이 길어질수록 지웅은 초조하고 다급해졌다.

"괜찮아, 괜찮아. 긴장 풀어."

차성원이 다독여주었지만 그럴수록 지웅의 미안함은 더 커졌고, 동료들에 대한 미안함은 실수하지 말아야 한다는 강박관념으로 변해갔다.

'예지웅, 긴장하지 말자. 주먹은 한 박자 빠르게, 턴은 안정감 있게, 할 수 있다, 할 수 있다…….'

지웅은 감정 조절을 하며 길게 심호흡했다. 안정감과 평정심을 찾아야 했다. 지웅은 두경을 돌아보았다. 지웅보다 더 긴장한 표정으로 손톱을 잘근잘근 씹으며 이쪽을 바라보고 있는 두경과 눈이 마주치자 자연스레 웃음이 났다. 지웅은 두경을 향해 엄지를 들어보였다. 두경도 양 주먹을 꼭 쥐며 입모양으로 '파이팅'을 외쳤다.

'이번만큼은…….'

"레디, 액션!"

다시 구 감독의 목소리가 울려 퍼지는 것과 동시에, 지웅은 자신감 있게 치고 들어갔다. 정확한 타이밍에 상대의 공격을 막아낸 지웅은 춤을 추듯 턴을 하며 상대의 복부를 공격했다. 동선도, 동작도 한 치의 어긋남이 없이 완벽했다. 모든 것이 연습한 대로였다.

"오케이!"

해냈다. 구 감독의 만족스러운 목소리를 듣는 순간 짜릿한 쾌감이 밀려왔다.

다음 신을 위해 지웅과 성원이 등을 맞대고 섰다. 홍은기 무리는 두 사람을 가운데 둔 채 에워싸듯 둥글게 둘러섰다. 이제 지웅은 완전히 율에 몰입한 상태였다.

"레디, 액션!"

구 감독의 목소리와 함께 겸과 율은 칼을 든 복면의 사내들과 맨주먹으로 싸우기 시작했다. 시퍼렇게 벼린 진검들이 눈앞으로 휙휙 지나갔다. 끊임없이 달려드는 사내들을 쓰러뜨리고 겨우 한숨 돌리려던 율은 장검을 들고 겸의 뒤를 공략하는 한 사내 홍은기를 발견했다.

"형님!"

겸을 부르며 달려간 율이 겸을 밀쳐내고 상대의 검을 막아내려는 바로 그 순간, 율은, 아니 지웅은 발목의 통증을 느끼며 그대로 고꾸라졌다. 곧이어 창에 팔을 찔린 듯한 날카로운 통증이 뒤따랐다. 율에게서 벗어나는 순간, 지웅이 마지막으로 본 장면은 그런 것이었다.

홍은기의 번뜩이는 칼날이 성원을 향해 그대로 내리꽂히는 모습.

"으아아아악!"

성원의 비명 소리가 촬영장을 뒤흔들었다. 지웅은 움츠린 몸을 곧 추세우려 했지만 발목이 부러진 듯한 고통 때문에 일어날 수가 없었다. 겨우 얼굴을 들자 눈앞에 피를 흘리며 쓰러진 성원의 모습이 보였다. 그리고 저 뒤편, 소품들과 뒤엉켜 넘어져 있는 두경의 모습도······.

3. 두경

촬영장은 순식간에 아수라장이 되었다. 어깨에 칼을 맞고 쓰러진 성원은 곧바로 병원으로 이송되었고, 성원을 칼로 내리친 은기는 심한 충격으로 온몸을 덜덜 떨고 있었다. 하지만 어떻게 이런 사고가 일어났는지 두경은 보지 못했다. 두경이 조명 줄에 걸려 넘어진 것과 거의 동시에 사고가 터졌기 때문이다.

"어떻게 된 거야!"

구 감독의 벼락같은 고함에 홍은기가 울먹거렸다.

"합이 안 맞았어요. 지웅 씨가 갑자기 움츠리는 바람에……."

두경은 급박하게 움직이는 사람들을 눈으로 훑으며 지웅을 찾았다. 혹시 지웅 씨도 부상을 입은 건 아닐까? 저쪽에서 절뚝거리며 다가오는 지웅이 보였다. 두경은 얼른 지웅을 향해 달려갔다.

"괜찮아요? 지웅 씨는 안 다쳤……."

"대체 뭘 한 거예요? 가만히 있으라고 했잖아요!"

두경은 지웅의 고함 소리에 얼떨떨하며 멍하니 지웅을 바라보았다. 지웅에게서 한 번도 본 적 없는 무서운 얼굴, 어쩐 일인지 지웅은 머리끝까지 화가 나 있었다.

"오늘 중요한 촬영인데 가만히 지켜보면 안 돼요? 대체 이게 뭐냐고요?"

지웅은 거칠게 두경의 팔을 잡아 올렸다. 그러고 보니 팔에서 피가 나고 있었다. 넘어지면서 창과 검을 담아둔 커다란 상자를 뒤엎었을 때 찔린 모양이었다.

"미, 미안해요. 가만히 구경하고 있었는데 갑자기 조명 줄이 당겨지면서…… 미안해요. 지웅 씨는 괜찮아요? 차성원 씨는?"

지웅은 대꾸도 하지 않고 몸을 휙 돌리더니, 구 감독과 스태프들에게 가서 머리를 깊이 숙였다.

"정말 죄송합니다. 저도 같이 가겠습니다."

두경은 멍하니 지웅이 떠나는 모습을 지켜보았다. 당황스럽고 서운한 마음. 자꾸 눈물이 차올라서 지웅의 모습이 부옇게 보였다.

"채두경 씨, 괜찮아요? 안 아파요?"

언제 왔는지 효정이 두경을 물끄러미 바라보고 있었다. 두경은 억지로 눈물을 삼켰다. 몸은 아프지 않았다. 아픈 건 마음이었다. 가만히 있으라는 지웅의 말…… 지키지 못했다. 하지만 그렇게 무섭게 말하는 건, 그렇게 차갑게 돌아서는 건 너무한다고 생각했다. 효정은 피가 뚝뚝 흐르는 두경의 팔을 유심히 쳐다보았다.

"괜찮아 보이지 않네요. 병원에 가는 게 좋겠어요."

효정이 가버린 뒤에도 두경은 멍하니 서서 지웅의 말을 곱씹었다. 그제야 알았다. 지웅이 낸 사고, 그것은 두경 때문이었다. 두경이 넘어지는 바람에 지웅이 그것을 신경 쓰다가 집중력이 흐트러진 것이었다. 지웅이 화를 낸 이유를 깨닫고 나자 억지로 삼키고 있던 눈물이 쏟아졌다. 두경은 양손에 얼굴을 묻었다.

'그래서 그렇게…… 미안해요, 정말 미안해요, 지웅 씨…….'

병원에서 응급 처치를 받는 두경 옆에서 언니는 끊임없이 잔소리를 했다. 집에서 좀 쉬면 된다고 침대에 누우려는 두경을 한사코 응급실로 끌고 온 언니였다.

"또 왜 이랬어? 머리 깨진 거 붙인 지 얼마나 됐다고 또 이러냐고 정말. 이래서 내가 너 혼자 두고 못 가. 너 때문에 못 살아, 내가!"

형부의 이번 해외출장은 2년으로 잡혀 있었다. 형부는 언니와 조카를 함께 데려가고 싶었지만, 언니는 망설였다. 두경 때문이었다.

동생을 친자식처럼 키워온 언니. 두경이 아니었다면 언니는 벌써 형부를 따라 외국으로 갔을 것이다. 언니가 과부나 다름없이 사는 것도, 조카가 결손가정 자식처럼 지내는 것도, 모두 두경 탓이었다. 그나마 아까 집에 갔을 때 언니 부부의 이야기를 우연히 듣지 않았다면, 언니는 끝내 두경에게 그런 사정을 말하지 않고 두경 옆에 남았을 것이다.

의사는 두경의 팔을 치료한 다음 발목을 살폈다. 의사가 살펴보기 전까지 두경은 발목이 그렇게 심하게 부어 있다는 것도 모르고 있었다.

"많이 아팠겠어요."

의사의 말에 언니는 더 흥분하며 두경을 질책했다.

"선생님, 얘 좀 혼내주세요. 만날 괜찮다, 안 아프다, 그래요. 이렇게 끌고 와야 겨우 병원을 온다니까요."

조금 전, 언니네 가족이 외국에 갈지 모른다는 사실을 알게 되었을 때 두경의 마음도 어쩔 수 없이 쓸쓸했다. 부모님이 돌아가신 뒤 언니는 단 하나 남은 가족이었다. 지금까지 언니와 떨어져 지내본 적은 한 번도 없었다.

언제까지 언니와 함께 살 수는 없겠지만, 언젠가는 두경도 완전히 독립을 하고 홀로 설 테지만, 두경은 그 모든 일들이 아주 먼 훗날 일어날 것처럼 막연하게만 느꼈었다. 지금은 너무 갑작스러웠다.

"얘, 두경아, 천천히 좀 걸어!"

병원을 나와 길을 걷는 두경 뒤에서 언니가 또 소리를 질렀다. 두경은 언니를 돌아보며 씩씩하게 말했다.

"언니, 꼭 형부 따라가. 내가 언니 잔소리 때문에 정말 못 살겠으니까 꼭 따라가야 돼. 알았지?"

4. 지웅

다음날 아침, 구 감독을 만나기 위해 영화사 복도를 걸으며, 지웅은 아랫입술을 깨물었다. 한 걸음 한 걸음 발을 옮길 때마다 머리카락이 쭈뼛 서는 것 같았다. 두경은 영화사로 오고 있을 것이다. 늦게 나왔나? 아무래도 두경은 빨리 걷고 있거나 달리는 중인가 보다. 지웅은 복도의 벽을 짚으며 천천히 걸었다. 신음이 새어 나오지 않게 이빨을 꽉 깨물고 있었다.

겨우 구 감독의 방 앞에 도착한 지웅은 고통을 얼굴에 드러내지 않기 위해 표정 관리에 안간힘을 썼다. 방에 들어서자마자 그는 구 감독을 향해 고개를 깊이 숙였다.

"죄송합니다, 감독님."

그렇게 온화한 구 감독도 어쩔 수 없이 얼굴이 굳어 있었다. 그는 지웅에게 앉으라는 손짓을 해보인 뒤 천천히 입을 열었다.

"내가 전에 얘기했죠. 지웅 씨 진솔한 모습이 좋다고……. 그런데 지금은 그때와 다른 느낌이 드는데……."

30여 년을 영화판에 있으면서 온갖 사람들을 다 겪은 구 감독이었다. 늘 미소 띤 얼굴, 지긋한 눈빛으로 사람들을 대하지만 그의 시선은 누구보다 날카로웠다. 아무리 미세한 변화라도 구 감독의 눈을 피해갈 수는 없었다.

문득 지웅은 두려웠다. 다른 사람에게 자신의 속사정을 들킬까 봐 두려운 것이 아니었다. 그보다 더 두려운 것은 지웅을 아껴주는 사람, 지웅을 믿어준 사람들에게 폐를 끼치는 것이었다. 그들을 실망시키고 배신감을 안겨주는 것이었다.

예전의 지웅이라면 그렇지 않았을 것이다. 별이 떠난 후 지웅은 늘 혼자라고 생각했다. 사실 지웅이 얼마나 고마운 사람들, 소중한 사람들에게 둘러싸여 있는지 깨달은 다음부터, 지웅은 자기 자신뿐 아니라 그들을 위해 더 나은 사람이 되고 싶었다.

전날 성원이 입원한 병원에서 지웅이 죄인처럼 고개를 숙이고 있을 때, 성원은 늘 그렇듯 유쾌하게 웃어주었다.

"괜찮아, 괜찮아. 액땜한 거지, 안 그래?"

공교롭게도 그 병원은 지웅이 건강검진을 받았던 곳이기도 했다.

지웅을 알아본 의사가 지웅에게 이제 통증은 없어졌냐고 물었을 때 구 감독은 이미 지웅에게 말 못할 사정이 있다는 것을 눈치 챘을 것이다. 하지만 오 대표와 스태프들이 있는 앞에서 구 감독은 아무것도 묻지 않았다. 굳이 이렇게 따로 자리를 마련한 것도 지웅이 마음 편히 사실을 털어놓을 수 있게 하려는 구 감독의 배려일 것이다.

그리고 두경…….

전날 촬영이 엉망이 되어버린 뒤 지웅의 마음속에서 원망과 짜증이 치솟았던 것도 솔직한 심정이었다. 두경의 실수에 대해, 서로의 통증이 뒤바뀐 이 상황에 대해, 원치 않게 꼬여버린 둘의 운명에 대해.

두경에게 마음을 열게 되면서 이 운명을 받아들이겠다고 마음먹었지만, 어제 일 이후 어떻게든 서로의 감각을 되돌려야 한다는 생각이 다시 들었다. 하지만 어떻게? 여전히 지웅은 해결책은커녕 이렇게 되어버린 이유조차 모르고 있었다.

어느 날 갑자기 두경에게서 지웅의 아픔이 사라져 버렸듯이, 지웅이 겪고 있는 두경의 아픔도 어느 날 갑자기 사라져 버릴지도 모를 일이다. 지웅이 할 수 있는 일은 그때가 오기를 기다리는 것밖에 없는 걸까. 어젯밤 지웅이 그런 생각을 하고 있을 때 두경에게서 문자메시지가 왔다.

— 도움도 못 되고…… 미안해요, 지웅 씨.

두경의 잘못이 아닌데 두경에게 화를 내고 말았다. 그런데도 두경은 지웅이 화냈다는 걸 서운해 하기보다는 자신이 지웅의 일을 망쳤을까봐 걱정하고 있었다.

하지만 지웅은 여전히 자신을 믿어주는 사람들에게, 그리고 두경에게, 진실을 털어놓지 못했다. 사람들이 자신의 말을 믿어주지 않을까봐, 또는 진실을 알게 된 두경이 상처를 받을까봐 말할 수 없다고 자기합리화를 해왔다. 하지만 그건 모두 핑계였을지도 모른다. 사실은 용기가 없는 걸지도 모른다.

"어차피 촬영도 지연됐으니…… 다시 얘기합시다."

구 감독의 말에 지웅은 다시 한 번 죄송하다고 말했다. 지금으로선 그 말밖에 할 수 없었다.

구 감독의 방을 나오자 복도에 서 있는 효정이 보였다. 그리고 때마침 엘리베이터에서 내려 복도를 걸어오는 두경의 모습도 보였다. 지웅을 발견한 두경이 지웅 쪽으로 걸어오는 그때였다. 갑자기 빠른 걸음으로 두경에게 다가간 효정이 두경의 왼뺨을 때렸다.

짝, 매서운 손이었다. 지웅은 자기도 모르게 왼뺨을 감싸 쥐며 효정에게 소리를 질렀다.

"무슨 짓이에요?"

"왜요? 두경 씬 괜찮은 것 같은데? 지웅 씨가 대신 아픈가 보죠?"

지웅은 말문이 막혔다. 당신이 그걸 어떻게 아느냐라는 말이 입 안 가득 맴돌았지만 절대 뱉어서는 안 되었다. 지웅은 얼른 두경을 쳐다보았다. 뺨을 맞고 얼떨떨해 있던 두경은 효정의 말을 못 들은 모양이었다. 아니, 들었지만 이해하지 못한 것일 수도 있다.

갑자기 정신을 차린 듯 효정에게 달려드는 두경을, 지웅은 얼른 끌어안듯이 뜯어말렸다. 소란스러운 소리에 복도로 나온 구 감독, 그리고 신기한 구경거리라도 보듯 몰려든 영화사 직원들…… 이곳은 눈이 너무 많았다.

"왜 날 말려요? 봤잖아요, 지금 저 여자가 한 짓! 난 김효정 씨한테 뺨 맞을 짓 한 적 없단 말이에요."

지웅이 두경을 데리고 바깥으로 나왔지만, 두경은 흥분을 가라앉히지 못하고 소리를 질렀다. 뒤따라온 효정도 지지 않고 맞받아쳤다.

"괜찮잖아요! 커피에 데어도 괜찮고 살이 찢기도록 상처가 나도 괜찮잖아요! 당신 대신 지웅 씨가 다 아파해주고 있으니까. 아니에요?"

지웅은 멍하니 효정을 바라보았다.

"지웅 씨……."

두경이 지웅을 불렀지만, 지웅은 듣지 못했다. 이런 식으로 두경이 알아서는 안 되었다. 내가, 내 입으로 말했어야 했다. 언젠가는 진실을 고백하려고 했다. 언젠가는, 아니 곧…….

"지웅 씨, 정말이에요? 지웅 씨가 나 대신 아파요?"

두경이 다시 말했지만 여전히 지웅의 머릿속은 새하얗기만 했다. 지웅이 머뭇거리는 사이 효정이 냉랭한 목소리로 말했다.

"시침 그만 떼시죠. 두경 씨가 어제 다치는 바람에 지웅 씨가 얼마나 난처해졌는데, 그것도 모른 체 할 건가요?"

"지웅 씨, 효정 씨 말이 사실이냐고요? 정말 그래요?"

어느새 두경은 울먹이고 있었다. 아니기를, 아니기를. 믿고 싶지 않을수록 효정의 말이 사실이라는 것이 두경에게 거의 확신처럼 다가왔다. 지웅의 팔을 잡은 두경의 손이 가늘게 떨렸다. 지웅이 대답 없이 고개를 돌리자 다시 효정의 말이 이어졌다.

"말해요, 지웅 씨. 두 사람 서로 대신해서 아파하는 이상한 사이잖아요. 그래서 어쩔 수 없이 매일 함께 있어야 하는 거잖아요. 갑자기 매니저라고 하더니 며칠 지나니까 개인 코디라고, 이런 아마추어가? 이제 확실해지네요. 왜 지웅 씨가 채두경 씨를 선택했는지."

"지웅 씨, 진짜예요?'

두경은 울고 있었다. 지웅은 아무 대답도 하지 않았지만, 그 침묵이 긍정이라는 것을 두경은 이미 직감하고 있었다. 그러면서도 두경은 지웅이 제발 아니라고 말해주기를 바라며 지웅의 팔을 있는 힘껏 붙잡았다.

"말했잖아요, 두경 씨가 다치면 내가 아프다고……."

지웅은 말해 버렸다. 그 말이 신호라도 되는 듯 두경은 지웅의 팔을 놓았다. 놓쳐버렸다. 두경은 입을 막고 비틀거리며 뒷걸음질 쳤다. 더 이상 두경은 울고 있지 않았다. 눈물을 흘리는 것조차 잊은 듯했다. 그리고 지웅은 보았다. 두경의 눈동자에 충격과 경악이 어리는 것을. 지웅은 갑자기 정신이 번쩍 들었다.

"두경 씨, 두경 씨, 그런 거 아니에요. 그래서 두경 씨 옆에 있는 게 아니라……."

"어떻게 이럴 수가 있어요? 같은 편이라면서요? 어떻게 사람 마음을 갖고…… 어떻게 사랑한다고 속이고……."

"처음엔 어쩔 수가 없었어요. 사실대로 말하기엔 당신을 잘 몰라서……."

"그럼 나중에라도 말했어야죠! 적어도 내가 다른 사람 입으로 듣기 전에 지웅 씨 입으로 설명해 줬어야죠! 그래서 내가 필요했다고…… 그래서 내 옆에 있었던 거라고……."

말하려고 했다. 말했어야 했다. 적어도 이렇게 두경이 알게 하진 않으려고 했다. 하지만 너무 늦어버렸다. 지웅의 두려움이, 지웅의 어리석음이 모든 것을 망쳐 버렸다. 지웅은 돌아서 달려가는 두경을 잡을 수 없었다. 이젠 어떤 설명, 어떤 진심도 두경에게 닿지 않을 테니까.

다시는 놓치지 않으려고 했는데. 별에게 저지른 실수, 한순간 손을 놓은 잘못으로 사랑하는 사람을 영영 떠나보내는 이별, 다시는 그러지 않으려고 했는데. 그런데…… 지웅은 두경이 사라질 때까지 뒷모습만 멍하니 바라보고 있었다.

5. 두경

첫 만남부터 바로 어제의 일까지, 지웅과의 수많은 일들이 파노라마처럼 지나갔다. 차갑고 쌀쌀맞던 첫인상, '오늘 처음 만난 것처럼' 다시 시작하자던 화해의 순간, 늘 한 발짝 뒤에서 바라봐야 했던 지웅의 뒷모습, 사랑한다는 고백, 두경 때문에 더 이상 아프지 않다던 말, 자기처럼 아프게 해주지 않겠다던 말, 그 외에 수많은 약속……

언니가 들을까 봐 큰소리로 울 수도 없었다. 두경은 이불을 머리끝까지 뒤집어쓰고, 자꾸 치받치는 울음을 목구멍 속으로 밀어 넣었다.

'채두경 이 바보, 그런 줄도 모르고 혼자 그렇게 좋아했니. 들떠하고 설레어하고 즐거워했니. 지웅 씨에게 그 모습이 얼마나 바보 같아 보일 줄도 모르고.'

"이제 확실해지네요. 당신이 왜 채두경을 선택했는지."

효정의 말이 귓가를 맴돌다 비수처럼 마음에 꽂혔다. 그때 이미 두경은 모든 것을 알고 있었다. 지웅을 만나며 이상해하고 의아해했던 것들이 그 말 한마디면 설명되니까. 하지만 지웅이 아니라고 했다면 믿었을 것이다. 차라리 지웅이 끝까지 거짓말을 했다면, 거짓말인 줄 알고도 믿었을 것이다.

"못 걸어 다니게 두 다리 분질러 버릴 거야! 이빨도 다 뽑아 버리고! 내가 못할 줄 알아?"

두경은 이불을 젖히고 벌떡 일어났다. 사람 마음을 이렇게 가지고 놀다니, 용서할 수 없었다. 자해를 해서라도 복수할 것이다.

"뭐? 불을 지른다고?"

방문이 열리더니 언니가 들어왔다.

"아, 아냐. 잠꼬대했나 봐."

두경은 얼른 이불을 뒤집어 쓰고 눈물을 훔쳤다. 출국 준비를 하느라 바쁜 언니였다. 그렇잖아도 혼자 남을 두경 때문에 심란할 언니에게 다른 걱정까지 안겨주고 싶진 않았다.

"이것저것 살 게 많네. 나가는 김에 네 것도 뭐 사올까? 필요한 거 없어?"

언니의 목소리엔 힘이 하나도 없었다. 두경은 벌떡 일어나 일부러 심통을 부렸다.

"아, 없어, 없어! 빨리 준비하고 다 떠나! 나 좀 홀가분하게 살아보게."

갑자기 언니의 눈동자에 눈물이 어룽거리는 듯했다. 두경이 못 본 척 괜히 툴툴거리며 방을 나가려고 하는데, 언니가 뒤에서 두경이를 와락 껴안았다.

"그냥 가지 말까? 너랑 30년을 넘게 살았는데 어떻게 떨어지니. 언니 마음이 못 떠날 것 같아."

언니의 목소리에 울음이 섞여 있어 두경도 자꾸 눈물이 났다. 아주 어릴 때부터 그랬다. 친구랑 싸웠거나 선생님에게 혼난 날, 집에 돌아오면 언니는 늘 웃는 얼굴로 두경을 맞아 주었다. 언니가 걱정할까 봐 말할 수 없었다. 언니 앞에서만큼은 울 수도 없었다. 그래도 언니가 언제나 그곳에 있어 다행이라고 생각했다. 나이가 들어도 마찬가지였다. 바깥에서 힘든 일이 있는 날, 누군가에게 상처 받은 날, 괜스레 스스로가 못나 보이는 날, 그런 날도 집에 오면 언니가 있었다.

"싫어, 언니 과부처럼 사는 모습."

두경의 눈에도 다시 눈물이 차올랐다. 누군가에게 상처 받은 날, 회복될 수 없을 만큼 마음이 아픈 날, 하지만 아직은 언니가 옆에 있어서 다행인 날이었다.

언니가 나간 뒤 두경은 벽에 세워져 있던 목발을 짚었다. 언니가 그렇게 목발을 짚고 다니라고 했어도 아프지 않다며 평소와 똑같이 걷고 뛰었던 두경이었다. 하지만 이젠 그럴 수 없었다. 두경이 아프지 않아도 지웅은 아프니까. 두경은 목발을 짚은 채 조심스럽게 발걸음을 떼었다.

6. 형우

형우는 초인종 소리에 현관문을 열었다. 마감을 하느라 꺼칠해진 형우의 얼굴에 살짝 놀란 기색이 떠올랐다. 문 앞에 서 있는 사람은 지웅이었다. 어쩐 일인지 낯빛은 파리했고, 표정은 어두웠다. 지웅이 왜 형우를 찾아온 건지 의아했지만 그런 것부터 묻기엔 지웅의 얼굴이 너무 안돼 보였다. 형우는 일단 지웅을 안으로 들어오게 한 뒤 커피를 탔다.

"연재는 잘 돼가요?"

"그럭저럭요. 혼자 하니까 힘들기도 하고…… 촬영은 잘 돼가요?"

"네, 저도 뭐 그럭저럭."

그러고 나니 서로 할 말이 없었다. 두 남자는 탁자를 사이에 두고 마주 앉아 각자의 찻잔만 내려다보았다. 형우는 헛기침을 몇 번 한 뒤 지웅에게 물었다.

"그런데…… 어쩐 일로?"

그때였다. 초인종 소리가 나서 인터폰 모니터를 보니 두경이 서 있었다. 지웅은 당황한 표정이 역력했다. 눈치를 챈 형우가 화장실을 가리키자 지웅은 얼른 화장실로 들어갔다. 형우는 침착하게 현관문을 열었다.

"형우 씨, 일하는데 방해한 거 아니에요? 혹시 얼음 있으면…… 저희 집에 없어서요."

형우는 냉동실 문을 열었다. 다행히 얼마 전에 얼려둔 얼음이 아직 남아 있었다. 깨끗한 봉지에 얼음을 담으며 형우가 물었다.

"이 정도면 돼요? 근데 얼음은 왜요?"

"충분해요. 냉찜질 좀 하려고요."

그러고 보니 두경은 목발을 짚고 있었다. 어제 형우는 출근을 하는 두경과 마주쳤다. 촬영장에서 발목을 다쳤다기에 걱정이 되던 참이었다. 형우가 조심하라고 말해도 자기는 슈퍼우먼이라 괜찮다던 두경이었는데…… 형우의 생각을 눈치 챈 듯 두경이 말했다.

"아, 조심해야 빨리 낫는다고 해서요. 얼음 고마워요."

대화를 마치고 두경과 헤어진 뒤 형우는 화장실 문을 열었다. 지웅은 욕조에 걸터앉아 씁쓸하게 바닥을 내려다보고 있었다. 한참 만에 고개를 든 지웅이 형우에게 말했다.

"부탁…… 하나만 해도 될까요?"

지웅이 나간 뒤, 형우는 빈 찻잔을 물끄러미 내려다보았다. 지웅의 부탁을 들어줘야 하나 말아야 하나. 아직 마음을 정하진 못했지만, 형우는 이미 알고 있었다. 자신이 지웅의 부탁을 들어줄 거라는 것을, 그렇게 해야만 한다는 것을.

지웅이 두경의 신체적 고통을 대신 느낀다는 것을 알았을 때, 형우는 두경에게 사실을 말해야 한다고 생각했다. 두경이 상처 받을까 봐 걱정스럽기도 했지만, 거기엔 알량한 정의감, 자기과시적인 의협심이 숨어 있었던 건지도 모른다. 인정하기 부끄럽지만 기회라는 생각도 했다. 두경과 형우가 친구 관계를 넘어설 수 있는 기회.

하지만 거기에는 전제가 있었다. 두경을 향한 지웅의 마음이 거짓이라는 전제. 어쩌면 두경이 세령과 함께 형우의 집에 왔던 그날, 차마 사실을 폭로하지 못하고 머뭇거렸던 것은 만에 하나 지웅의 마음이 진심일 수도 있었기 때문이다.

그리고 이제 형우는 알았다. 시작은 거짓이었을지라도 지금 지웅의 마음은 거짓이 아니라는 것을. 지웅의 진심 앞에서 형우의 정의감, 의협심, 기회는 아무런 힘이 없었다.

지웅의 부탁을 받아들인다면 형우는 두경과 지웅을 잇는 다리, 메신저가 되어야 했다. 지웅을 위해서도, 형우 자신을 위해서도 아니었다. 두경을 위해서였다. 형우는 천천히 집을 나섰다.

7. 지웅

형우가 두경의 집을 향해 올라가고 있던 그 시간, 지웅과 두경은 벤치에 나란히 앉아 있었다. 평소 같으면 지웅 앞에서 조잘조잘 말이 많았을 두경이지만 지금은 한마디도 하지 않았다. 지웅이 먼저 말을 꺼내야 했다. 하지만 갑작스러운 상황에 입이 잘 떨어지지 않았다.

원래는 두경을 찾아가 사실을 말하려고 했다. 하지만 지웅이 하는 모든 이야기를 두경이 거짓이라 생각할 것만 같았다. 그래서 형우를 찾아갔다. 형우가 두경을 좋아한다는 것은 알고 있었지만, 막상 일이 이렇게 되고 나니 생각나는 사람이 형우밖에 없었다. 형우는 이미 지웅의 비밀을 알고 있는 사람, 그러면서도 두경에게 말하지 않은 사람이었다.

거절당할 각오로 지웅은 형우에게 진심을 말했다. 형우와 효정이 알고 있는 것이 사실이기는 했지만, 사실이 전부를 말해주는 건 아니었다. 지웅은 형우가 두경에게 꼭 전해주기를 바랐다. 사실 너머에 있는 진실, 지웅의 마음을.

형우는 지웅의 부탁을 받아들였을까? 알 수 없다. 지웅이 나갈 때까지 형우는 생각에 잠겨 있었다. 지웅이 형우의 집을 나와 엘리베이터를 타고 1층에 도착했을 때, 마침 두경의 가족이 입구에 들어서고 있었다. 언니가 출국하기 전에 함께 식사나 하자고 말했을 때 지웅은 약간 놀랐다. 두경에게서 전혀 듣지 못한 이야기였다. 이제 두경은 혼자 남겨지는 걸까.

언니와 함께 올라가자 두경은 순순히 지웅을 따라 나왔다. 어차피 집에서는 서로 할 수 없는 이야기들이었다.

"할 말 없으면 저 갈게요."

지웅의 침묵이 길어지자 두경이 자리에서 일어섰다. 할 말이 없어서가 아니라 어떻게 말을 해야 좋을지 알 수 없어서였다. 아니다. 생각할 게 아니라, 그냥 있는 그대로 털어놓으면 되지 않을까. 조금 전 형우에게 말했던 것처럼.

"두경 씨, 변명할 기회를 줘요. 내 말 좀 들어줘요."

지웅은 얼른 두경의 팔을 잡았다.

"무슨 변명이요? 김효정 씨의 말 다 사실 아니에요? 그래서 날 선택한 거 아니에요?"

"그렇지 않아요. 두경 씨는 이제 나한테……."

"변명 같은 거 듣고 싶지 않아요. 더 비참해지니까. 어차피 지웅 씨는 처음부터 내 마음 같은 거 중요하지 않았어요. 그냥…… 우리 이렇게 끝내요."

"끝내요? 우리가? 우리, 그럴 수 있는 사이 아니잖아요."

"맞아요. 우리 그럴 수 없는 사이예요. 하지만 걱정하지 말아요. 더 이상 나 때문에 지웅 씨가 피해 보는 일 없도록 할 테니까."

지웅은 그런 뜻이 아니었다. 하지만 이미 자신을 믿지 않게 된 사람에게 진심을 말하는 것은 너무 어려웠다. 거짓에 상처 받은 사람에게 이게 진짜라고 말하는 일은 너무나 버거웠다. 하지만 거짓에 대한 대가로 믿음을 잃어버리는 건 당연한 일이기에 받아들여야 했다. 두경이 믿든, 믿지 않든 지웅은 말해야 했다.

"처음엔 그랬어요. 하지만 지금은 아니에요. 두경 씨 때문에 내가 아파서 다행이라고, 이보다 더한 고통이라도 괜찮다고…… 그게 지금의 내 진심이에요."

두경에게 처음으로 고백하던 순간이 떠올랐다. '사랑해, 채두경.'이라고 말했다. '당신 없인 하루도 못 살 거 같아.'라는 말도 했었다. 오로지 지웅의 안전을 위해 내뱉었던 그 말들이 이젠 진짜가 되었다. 두경 씨, 당신 없이 하루도 못 살 거 같아요. 제발 믿어줘요…….

두경은 눈을 꼭 감고 고개를 저었다. 지웅은 두경의 얼굴에 떠오른 혼란을, 불신을 절망스럽게 바라보았다. 이렇게 끝인가. 정말 끝나는 건가.

"두경아! 지웅 씨!"

갑자기 뒤에서 세령의 목소리가 들렸다. 세령은 몰래 지웅과 두경의 사진을 찍고 있던 낯선 남자를 막아서며 소리를 질렀다.

"누구 맘대로 사진 찍는 거예요? 내 친구한테 허락 받았어요? 허락 받았냐고요?"

남자는 카메라를 빼앗기지 않기 위해 팔을 높이 쳐들었다. 그동안에도 지웅을 향해 몇 번 더 셔터가 눌러졌다. 세령이 끈질기게 남자에게 매달려 있는 동안 지웅은 굳은 얼굴로 남자를 향해 다가갔다. 그리고 달아나려는 남자에게서 카메라를 뺏어 저장된 사진을 하나하나 확인했다. 두경의 가족들과 이야기를 나누는 지웅, 잠시 후 두경과 함께 나오는 지웅, 심각한 얼굴로 이야기를 나누는 두 사람…….

"비싼 거예요?"

지웅은 아무 감정 없는 소리로 물었다. 남자는 침을 꿀꺽 삼키며 고개를 끄덕였다.

"그럼, 제가 변상하죠."

지웅은 메모리카드를 빼낸 뒤 카메라를 바닥에 내동댕이쳤다.

그때 등 뒤에서 번쩍, 플래시가 터졌다.

제10장

처음 만난 것처럼······.

Is This Love?

1. 두경

　'사진 속에 여자, 두경 씨 맞지? 일전에, 언제더라? 두경 씨가 지웅 씨 인터뷰 갔다 온 지 얼마 안 됐을 땐데……. 아무튼 지웅 씨가 두경 씨 연락처 급하게 물어본 적 있었어. 그때는 그런가 보다 하고 말았 는데, 이런 기사가 떠서 깜짝 놀랐지 뭐야.'

　'요새 사건 없어서 잠잠한데 다들 먹잇감 제대로 잡았다 하는 눈치 야. 희귀병을 숨겨왔다더라, 여자관계가 복잡하다더라, 소문만 무성 해. 거기다 기자 카메라 박살냈지, 영화 발목 잡았지, 차성원 씨 입원 했지, 지웅 씨 상황이 많이 안 좋아. 카메라 부순 일 때문에 지웅 씨 편 들어줄 기자도 없고. 이러다 배우 데뷔는커녕 이 바닥에서 사장되 게 생겼어.'

'내가 지웅 씨 기사 한 꼭지 맡기로 했는데, 혹시 지웅 씨에 대해 유리한 내용 뭐 아는 거 없어?'

다음날 아침, 두경은 침대에 누워 조금 전 양명심 기자가 전화로 했던 말을 생각하고 있었다. 잡지사에 다닐 때도 실수투성이인 두경을 살뜰하게 챙겨주곤 하던 선배. 생각해 보면 지웅과 만난 것도 양 기자 덕분이었다.

어제 그 자리에는 지웅이 카메라를 부숴버린 그 기자만 있었던 게 아니었는지, 기사에는 전날 밤 지웅과 두경이 아파트 놀이터에서 이야기를 나누는 사진이 실려 있었다. 고개를 돌리며 지웅의 팔을 뿌리치려는 두경과, 절박한 표정으로 뭔가를 이야기하고 있는 지웅. 사진 아래에는 예지웅이 여자친구와 결별 위기에 있다는 추측성 기사가 실려 있었다.

양 기자의 말대로 인터넷에는 온통 지웅에게 불리한 기사들뿐이었다. '《가온의 무사》예지웅, 희귀병 감추고 영화 촬영 감행하다 사고 발생!', '사고는 예지웅, 부상은 차성원'이란 기사 아래에는 지웅이 책임지고 하차해야 한다는 의견과 희귀병을 앓고 있는 지웅에 대한 동정론이 팽팽히 맞서고 있었다. 효정의 말은 하나도 틀리지 않았다. 지웅이 이렇게 난처한 지경에 몰린 건 두경 때문이었다.

지웅에게 그런 사람이 되고 싶었다. 지웅이 자랑스러워할 만한 사람, 지웅에게 잘 어울리는 사람, 도움이 되는 사람, 어떤 상황에서도 같은 편이 되어주는 사람…….

지웅에게 닥친 위기가 지웅의 꿈을, 미래를, 송두리째 뒤흔들고 있었다. 두경이 원한 건 아니었지만, 결국 두경이 지웅을 그렇게 만든 것이다.

두경은 가까스로 몸을 일으켰다. 그리고 침대 아래로 발을 내딛고 두 발로 일어서는 순간…….

"아악!"

두경은 발목에 예기지 못한 통증을 느끼며 휘청거렸다. 고꾸라질 뻔했지만 겨우 손과 무릎으로 바닥을 짚고 엎드렸다. 두경은 그 자세 그대로, 멍하니 바닥을 바라보았다. 아프다……. 분명히 아팠다…….

두경은 다시 두 다리로 바닥을 딛고 일어섰다. 잔뜩 부은 발목에서 욱신거리는 통증이 느껴졌다. 침대에 주저앉은 뒤 이번엔 자신의 뺨을 힘껏 꼬집었다.

"아악!"

아팠다. 너무 아팠다. 모든 게 제자리로 돌아왔다. 그런데 하나도 기쁘지 않았다.

'우린 이제 정말 아무것도 아닌 사이가 되어버린 걸까. 이렇게 끝인 걸까. 앞으로 나는 지웅 씨에게 아무것도 아닌 사람이 되는 걸까. 이제…….'

2. 지웅

지웅은 허석의 집에서 혼자 술을 마시고 있었다. 해가 지면서 주변이 어둑어둑해지고 있었지만, 지웅은 전등도 켜지 않은 채였다. 그냥 어둠 속에 있고 싶었다. 아무에게도 눈에 띄지 않고. 하루 종일 사람들에게 너무 많이 시달렸다. 정확히 말하면 기자들에게.

조금 전 허석의 집에 들어오자마자 허석에게 문자메시지를 보냈다.

— 형, 나 술 한 잔만 사줄래?

사람들을 만나는 건 싫었지만, 허석과 함께 있는 건 괜찮았다. 지금보다 훨씬 어렸을 때, 지금과 달리 아무도, 아무것도 없었을 때, 그때도 지웅은 힘들 때마다 허석에게 그렇게 말했다.

정말이지 너무 피곤한 하루였다. 하루 동안 있었던 일이라곤 믿기지 않을 만큼 많은 일이 있었다.

아침에 일어나 지웅이 가장 먼저 찾아간 사람은 구 감독이었다. 하차를 하겠다는 지웅의 말에 구 감독은 아무 대꾸도 하지 않았지만, 지웅은 침묵을 긍정의 의미로 받아들였다.

그 다음에 찾아간 사람은 차성원이었다. 구 감독만큼이나 고마운 사람. 성원은 지웅을 따라 입원실 입구까지 나타난 기자들을 쫓아 보내고 지웅에게 말했다.

"숨 막히지? 좀 내버려두면 좋겠는데 꼬치꼬치 캐묻고 시시콜콜 기사화하고, 짜증나 죽겠지? 어쩌겠어, 저 사람들한텐 저게 일인걸. 다 대답할 필요도 없고 신경 쓸 필요도 없어. 지나가면 그만이더라고. 상관없다 생각해."

'지나가면 그만이다.' 진부한 말이지만 지웅은 그 말에 깊이 공감했다. 모든 것은 지나간다. 지나가면 그만이다. 마지막 순간에 별이 하지 못한 건 그것이었다. 시간이 흐르면 지나갔을지 모를 일을 그냥 지나 보내지 못했던 것.

지금 이 순간도 지나갈 것이다. 눈을 떠도, 눈을 감아도, 매순간 생생하게 살아났던 별과의 기억이 옅어진 것처럼. 언제까지 인정하지 못할 것 같았던 별의 죽음을 이제는 받아들일 수 있게 된 것처럼.

하지만 지금 이 순간이 지나간다는 것, 그리고 잊힌다는 것, 그것은 다행일까 불행일까. 언젠가는 두경을 떠올려도 아무렇지 않은 날이 올까.

성원이 입원해 있는 병원을 나와 차로 돌아오자 문자메시지가 도착했다. 은수에게 온 것이었다.

― 지웅아, 미안하다. 너무 미안해…….

은수에게 전화를 걸었지만, 전화기는 꺼져 있었다. 지웅은 운전대를 세게 내려쳤다.

"아니, 회사 돈을 몽땅 투자한 거야? 너한테 상의도 없이? 하아, 그럼 다 날린 거냐? 전부 다?"

허석이 흥분해서 맥주를 벌컥 들이켰다. 하지만 어쩐 일인지 허석을 보는 순간부터 지웅은 담담했다. 아니, 그전부터 아무렇지 않았던 것 같았다. 쇼핑몰 직원에게 자초지종을 듣는 순간부터.

어쩌면 효정이 쇼핑몰을 그만두면서부터 예견된 일인지 몰랐다. 은수가 낯선 사람을 너무 믿었던 탓일 수도, 지나치게 욕심을 낸 탓일 수도 있었다. 하지만 누구의 잘못이든, 이유가 무엇이든, 성원의 말처럼 다 상관없었다.

모든 것을 잃었다고 생각하자 오히려 마음이 차분해졌다. 연예계 데뷔, 쇼핑몰 사업, 그리고 두경까지……. 이제 지웅에게는 아무것도 남아 있지 않았다. 생각해보면 처음 모델로 데뷔하던 열아홉 살에도, 지웅은 아무것도 없었다. 10년이 지나 다시 처음으로 돌아온 것이다.

"어차피 그 녀석이 사업 잘해서 번 돈이었는데, 뭐. 잠수 탄 게 걱정이야."

"지금 네 코가 석자인데 누굴 걱정해? 어이구, 기자들 쓸 거 많아 좋겠네. 예지웅 잘 나가던 의류사업까지 쫄딱 망해. 내일 기사 뜨겠지, 또."

지웅은 씁쓸하게 웃었다. 여전히 흥분이 가라앉지 않는지 허석은 빈 캔을 탁 소리 나게 내려놓으며 말했다.

"1004호도 알아? 너 영화 그만두고, 회사도 망하고, 이렇게 힘든데 연락도 없고 너무하는 거 아냐? 너 전화는 해봤어?"

"해봤지⋯⋯. 천 번도 넘게 해봤지, 생각은. 근데 지금은 아무 말도 못하겠어. 내가 자초한 건데 어쩌겠어⋯⋯."

지금 못하면 나중에는 할 수 있을까. 그 나중은 언제일까. 그러고 보니 오늘은 아주 사소한 통증 한 번 없었다. 지웅에게 피해주지 않겠다고 열심히 찜질하더니 진짜 다 나았나 보다. 역시 대단한 여자다. 진짜 대단한 여자다.

지웅의 머리가 자꾸 앞으로 기울어졌다. 눈꺼풀이 스르르 감겼다. 술에 많이 취했나. 별을 보내고 불면증이 생긴 뒤론 집이 아닌 곳에서 결코 잠들지 못했던 지웅이었다. 하지만 지금은 당장 잠들 수 있을 것 같았다. 지웅은 소파에 스르르 누웠다. 감은 눈 속에서 두경의 얼굴이 깜빡거렸다.

3. 형우, 두경

형우는 편의점 파라솔 아래 앉아 맥주를 땄다. 맞은편에 앉아 맥주를 건네받는 두경의 얼굴은 무척 지쳐 보였다.

전날 지웅의 부탁을 받고 두경의 집으로 갔을 때, 두경은 이미 지웅과 나가버린 뒤였다. 사실 두경을 만났더라도 형우는 지웅의 말을 전하지 못했을지 모른다. 지웅처럼 형우도, 두경에게 뭐라고 말해야 할지 모르기는 마찬가지였다. 두경이 형우의 말을 믿어주지 않을 것 같아서가 아니라, 지웅의 진심을 전하는 형우의 목소리에 형우의 진심, 두경에 대한 미련이 묻어날까 봐 망설여졌다.

그날 두 사람은 무슨 이야기를 했을까? 지웅의 진심은 전달됐을까?

아닐 것이다. 그렇다면 두경이 이렇게 힘들어 하고 있지 않을 테니까.

조금 전 마감을 하며 형우는 '작가의 말'에 지웅을 향한 응원메시지를 보냈다.

'살다보면 누구나 힘든 순간이 있기 마련이죠. 하지만 곧 지나갈 겁니다. 아자, 아자, 파이팅!'

곧 지나갈 거라는 말, 그것은 틀림없는 진실이다. 우리 모두 그렇게 많은 것들을 지나 보내고 이 자리에 서 있으니까.

형우도 알고 있었다. 다른 사람이 아무리 지나갈 거라고 말해도 그 순간을 견디고 있는 사람에게는 진부하고 식상한 말일 뿐이라는걸. 그러나 그 진부함과 식상함에 기대지 않고서는 살아갈 수 없는 게 삶인지도 모른다.

"발목은 괜찮아요?"

형우는 두경의 발을 내려다보았다. 스니커즈 위로 얼핏 압박붕대가 보였다. 두경은 다친 발로 괜히 바닥을 한 번 툭 찼다.

"있잖아요, 나 아픈 게 느껴져요. 이제 모든 게 제자리로 돌아왔어요."

두경은 잠깐 말이 없더니 맥주를 한 모금 마셨다.

"형우 씨, 깜짝 놀랄 만한 이야기 해줄까요? 그동안 내가 느끼지 못했던 아픔들, 다른 사람이 느끼고 있었다면 믿을 수 있겠어요?"

형우는 고개를 끄덕였다. 믿을 수 있었다. 그 이상한 일이 이제 형우에게는 하나도 이상하지 않았다. 누군가를 사랑하면 그 사람의 아폼이 내 것이 되는 것만큼 당연하게 느껴지기도 했다. 두경이 말을 이었다.

"그래요? 난 못 믿겠던데……. 근데 그게 정말이었대요. 그리고 그 사람이…… 지웅 씨였어요. 그래서 그 사람, 나한테 그렇게 같이 일하자고, 나 좋아한다고 그랬던 거였어요. 지금 그 사람은 나 때문에 너무 힘들어졌는데, 난 아무것도 할 수 없어요. 날 정말 좋아했는지도 모르겠고 이제와 무슨 말을 해줄 수 있을지도 모르겠고."

두경은 천 번도 넘게 전화를 했다. 머릿속으로는, 상상 속에서는. 하지만 신호음이 가고 지웅의 목소리가 들리면…… 두경은 무슨 이야기를 해야 할까. 옆에 있어 주겠다고, 내가 지웅 씨 편이 되어 주겠다고, 이젠 그렇게 말할 수 없었다.

우리가 정말 사랑했을까…… 우리가 정말 같은 편이었을까……. 두경은 그 질문들에 대해 대답할 수 없었다. 어쩌면 두경이 지웅에게 해줄 수 있는 최선은 이대로 그의 인생에서 빠져주는 것이 아닐까.

어차피 서로의 통증을 대신하면서 시작된 관계. 모든 것이 정상으로 돌아왔으니 그게 더 자연스러운 일인지 모른다. 이렇게 서로 등을 돌리고 멀어지다 보면 지웅에게도, 두경에게도, 이 모든 일은 지나갈 것이다. 마치 처음부터 없었던 일처럼, 애초부터 만나지 않았던 사람들처럼.

"두경 씨……."

형우가 입을 열었다. 오래 망설였지만, 지난번엔 미처 전해주지 못했던 지웅의 진심을 이제는 전해줄 때라고 생각했다.

"……지웅 씨가 저를 찾아왔었어요. 나 싫어하는 줄 알았는데 우리 집에 왔더라고요. 자기 진심을 두경 씨에게 전해야 하는데 두경 씨가 믿어주지 않을까봐 두렵다고……. 처음엔 자기가 아프지 않으려고 두경 씨가 옆에 있어 주기를 바랐는데, 지금은 두경 씨가 아프지 않도록 자기가 옆에 있어주고 싶다고. 그런데 이 말을 어떻게 해야 할지 모르겠다고 그랬어요. 두경 씨, 지웅 씨가 두경 씨 좋아하는 거 진심이에요."

순간, 두경은 굳은 듯이 멈춰 있었다. 형우를 통해 알게 된 지웅의 진심을, 지웅이 말할 때는 왜 믿지 않았을까.

'……처음엔 그랬어요. 하지만 지금은 아니에요. 두경 씨 때문에 내가 아파서 다행이라고, 이보다 더한 고통이라도 괜찮다고…… 그게 지금의 내 진심이에요.'

그렇게 말할 때 지웅의 목소리는, 표정은, 진심이었다. 두경도 그 목소리와 표정이 연기가 아니라는 것을, 거기에 어떤 거짓도 섞여 있지 않다는 것을 알고 있었다.

그런데도 믿을 수 없었다. 믿고 싶지 않았다. 지웅의 고백을 진심이라 믿어 버리는 순간, 두 사람은 거짓과 비밀로 얼룩진 관계를 끝내고 새로운 관계를 시작해야 했다. 두경은 바로 그 시작이 두려웠다.

두경이 겪었던 마음의 아픔은 사라졌지만 여전히 지웅은 두경의 통증을 대신하고 있다. 지웅은 두경의 고통을 짊어질 수 있어 다행이라 말하지만 두경에게 그것은 불행이었다. 두경이 다칠 때마다 지웅은 고통스러울 것이다. 두경 때문에 고통스러운 지웅을 보면서 두경도 다시 고통스러울 것이다. 새로 시작한다 해도 어차피 두 사람의 관계는 상처의 교환, 고통의 연속이었다. 두경은 그것이 서로에게 최선의 선택인지 확신할 수 없었다.

하지만…… 지금 우리에게 가장 고통스러운 일은 뭘까. 다시는 서로를 만나지 못하고 상대의 이야기를 듣지 못하게 된다는 것. 그렇게 각자의 고통을 각자 추스르면서 살아간다는 것. 우리가 서로의 존재를 알지 못했던 때로 돌아간다는 것. 어쩌면 우리에게 가장 큰 고통은 그게 아닐까.

"지웅 씨에게 가봐야겠어요!"

두경은 자리에서 벌떡 일어났다.

"두경 씨, 발목……."

하지만 이미 두경은 날아가 듯이 거리를 달리고 있었다. 형우는 쓸쓸히 미소를 지으며 맥주를 한 캔 더 땄다.

4. 두경

'전원이 꺼져 있어……'

택시를 타고 지웅의 집으로 향하는 길, 두경은 몇 번이나 지웅에게 전화를 걸었다. 하지만 야속하게도 지웅의 전화기는 계속 꺼져 있었다. 하는 수 없었다. 일단 집으로 찾아가는 수밖에.

두경이 택시에서 내리자 한 무리의 사람들이 두경에게 우르르 몰려들었다. 하루 종일 지웅의 오피스텔을 포위하듯 진을 치고 기다리던 기자들은, 두경을 보자 '드디어!'하는 표정이었다. 먹잇감을 발견한 맹수들처럼.

"예지웅 씨 여자친구 되시죠?"

"지금 예지웅 씨 어디 있나요?"

"동업자의 투자 실패로 사업이 어렵게 됐다던데 알고 계셨나요?"

"결별 위기라는 말은 사실입니까?"

당황한 두경은 뒤로 주춤주춤 물러났다. 하지만 두경을 동그랗게 에워싸고 있는 사람들 때문에 옴짝달싹할 수 없었다.

"아가씨, 다시 타슈! 빨리!"

방금 두경을 내려준 택시 기사였다. 나이가 지긋한 기사 아저씨는 거칠게 기자들을 헤치더니 두경을 택시에 태웠다. 차가 출발하고 두경은 다시 통화 버튼을 눌렀다.

'전원이 꺼져 있어 음성사서함으로⋯⋯.'

두경의 뺨 위로 눈물이 주르륵 흘렀다.

'지웅 씨, 어디 있어요? 아직 못한 말들이 있는데⋯⋯ 이젠 지웅 씨 이야기를 들을 준비가 되었는데⋯⋯ 아직 우린 해야 할 이야기들이 많은데⋯⋯ 지웅 씨 지금 어디 있어요?'

5. 지웅

지웅은 잠결에 얼굴을 찡그렸다. 창문으로 비쳐드는 햇살이 눈부셨다. 엎드려 누운 채 살짝 실눈을 떠보니 베개의 무늬며 주변 풍경이 낯설었다. 여기가 어디지? 잠깐 어리둥절했지만 곧 어젯밤 일이 기억났다. 허석 형의 집에서 술을 마시고 그대로 소파에 몸을 눕혔던 일. 지웅은 뒤척이며 돌아눕다가 낯선 여자가 자기를 내려다보고 있는 것을 보고 깜짝 놀라 벌떡 일어났다.

"어머, 놀라셨나 봐."

여자는 생글생글 웃으며 지웅을 쳐다보았다. 부엌 쪽에서 허석의 목소리가 들렸다.

"일어났냐? 인사해. 희진 양이 해장국 사왔다."

허석 형이 그렇게 이야기했던, '미소가 예쁜 아가씨'인가 보다.

세 사람은 식탁에 둘러앉아 희진이 사온 해장국을 먹었다. 희진은 종알종알 말이 많았다. 마치 두경처럼. 지웅이 묵묵히 숟갈질만 하는 동안에도 희진과 허석의 말은 끊이지 않았다. 희진이 지웅에게 말을 걸면 허석이 대답하는 식이었다.

"와, 예지웅 씨 실물이 훨씬 잘생겼어요."

"잘생기긴, 키 크면 싱겁다는 말이 딱 맞아."

"누가 키 얘기했어요? 얼굴 얘기했지. 근데 사인 직접 해주신 거 맞아요?"

"아, 지웅이가 해준 거 맞다니까. 왜 이렇게 사람 말을 못 믿어. 아니, 내 말을 못 믿는 건가?"

"근데 진짜 멋있으시다. 연예인이라 다른가?"

"어이구, 오늘따라 우리 희진 양도 좀 다르네. 잘생긴 남자 앞이라 그런가?"

"흥, 그래도 아저씬 손해 볼 거 없을 걸요? 난 요즘 잘생긴 남자보다 고릴라처럼 귀여운 남자가 더 좋으니까."

식탁을 사이에 두고 알콩달콩하며 말을 주고받는 허석과 희진의 모습에, 언젠가 두경의 집 식탁 앞에서 비슷한 모습으로 웃고 떠들었던 지웅과 두경의 모습이 겹쳐졌다. 그날 밤, 우리는 아침이 되도록 참 많은 이야기를 했었다.

그날부터였을까, 지웅이 두경을 진심으로 대하게 된 것은? 아니면 그전부터?

어쩌면 처음부터 진심이었는지 모른다. 곁에 있지 않으면 불안하고, 안 보이면 찾게 되고, 어떻게든 가까이 붙들어두고 싶은 마음.

깨닫지 못했을 뿐 그저 당신이 좋아서, 함께 있으면 행복해서, 같이 있고 싶었다. 그러면서도 다시 누군가에게 끌리고 있다는 것을, 새로운 사랑을 시작할 수 있다는 것을, 그렇게 별을 잊어가고 있다는 것을 인정할 수 없었다. 당신에게 가닿으려는 마음을 스스로 가로막은 채 나 자신을 위해서 당신을 곁에 두고 있는 것이라 스스로에게 변명하고 고집 부렸다.

풀잎들이 바람에 바스락거리는 것처럼, 해가 지면 어둠 속에서 별이 빛나는 것처럼, 내가 눈부신 당신을 사랑하는 것도 자연스러운 일이었는데. 그런데 왜 나는 당신에게 말하지 못했을까. 왜 당신이 나를 믿지 않게 된 다음에야 진실을 말하려 했을까.

우리는 왜 허석 형과 희진 씨처럼, 세상의 수많은 다른 연인들처럼, 사랑하지 못하게 된 걸까.

이젠 날 믿어주지 않는다 해도 당신을 원망하진 않을 것이다. 우리가 정말, 이렇게 끝이라 해도.

6. 두경

테이블 위에 올려둔 녹음기의 'ON' 버튼이 깜빡거렸다. 양 기자는 열심히 두경의 말을 받아 적고 있었다. 인터뷰는 끝났다. "지웅 씨는 아무 잘못 없어요."라는 말로 시작한 인터뷰였다.

카페를 나온 두경은 주머니에 손을 넣고 거리를 걸었다. 날이 풀린 줄도 모르고 두터운 점퍼를 입고 나왔다. 다들 봄인데 두경만 겨울에 머물러 있는 것처럼.

가벼운 옷차림을 한 연인들이 서로의 팔짱을 낀 채, 어깨를 감싸 안은 채, 두경의 옆을 스쳐 지나갔다. 우리는 왜 저들처럼, 세상의 수 많은 연인들처럼 사랑하지 못한 걸까.

양 기자의 인터뷰에 응한 것이 지웅에게 조금이라도 도움이 됐으면 좋겠다. 만약 다시 예전으로 돌아갈 수 있다면, 그래서 지웅 대신 마음을 아파해줄 수 있다면, 기꺼이 그렇게 할 것이다. 그러나 이제 두경이 할 수 있는 일은 이것뿐이었다.

겨울이 가면 봄이 오는 것처럼, 봄이 오면 꽃이 피는 것처럼, 내가 눈부신 당신을 사랑하게 된 것도 자연스러운 일이었다. 모든 것을 알게 된 지금도, 처음으로 돌아가 당신 대신 아파하고 당신을 사랑할 수 있겠느냐 묻는다면…….

그렇게 할 것이다. 기꺼이 당신의 고통을 짊어지고 결코 배신하지 않는 당신의 편이 될 것이다. 그리고 이젠, 당신이 날 사랑하지 않는다 해도 원망하지 않을 것이다. 우리가 정말, 이렇게 끝이라 해도.

7. 지웅, 두경

"좀 더 오른쪽! 좀 더······ 오케이!"

가게 앞에서 허석이 큰소리로 외쳤다. 사다리를 딛고 올라가 간판을 달고 있는 사람은 지웅과 은수였다. 세 사람은 나란히 서서 '소박한 만화 가게'의 자리에 새로 달린 '소박한 반찬 가게' 간판을 흐뭇하게 바라보았다.

"하여튼 이름은 꼭······ 뭐가 그렇게 항상 소박해?"

지웅은 눈으로는 뿌듯하게 간판을 쳐다보며 입으로는 괜스레 면박을 주었다.

"야, 소박한 게 얼마나 좋냐? 그럼 누구처럼 대박, 대박하면서 허튼데 투자나 하고 그러다 한 방에 망하고, 그런 게 좋냐? 소박이 좋지?

아직도 대박이 좋아?"

마지막 말은 은수에게 한 것이었다. 은수는 목을 자라처럼 움츠렸다.

"소, 소박이 좋죠, 형님."

지웅은 두 사람을 바라보며 슬며시 미소를 지었다. 우리 셋 모두에게 대박은 없었다. 하지만 얼마나 다행인가. 잠적했던 은수는 지웅의 끈질긴 설득에 돌아왔다. 가진 것을 몽땅 잃고 빚까지 지게 되었지만, 밑바닥부터 다시 시작해 어떻게든 재기하겠다고 마음먹은 것만 해도 고마운 일이었다.

허석 형은 지방의 농작물 도매 루트를 뚫어 반찬 가게를 시작했다. 산지에서 정성스럽게 키운 유기농 재료에 화학조미료를 쓰지 않은 깔끔한 밑반찬을 파는 가게였다.

그리고 지웅은 구 감독의 영화에서 하차했고, 오 대표의 회사에서도 나왔다. 그 무렵 이노 엔터테인먼트와 계약이 만기된 차성원은 재계약을 하는 대신 1인 기획사를 설립했다. 성원의 기획사의 첫 소속배우는 지웅이었다. 지금은 출연할 영화의 시나리오를 검토하는 중이었다.

"어? 1004호 고객님 맞죠, 새로 이사 오신?"

허석이 누군가에게 인사를 건넸다. 웬 아주머니가 반찬 가게 앞을 지나고 있었다. 허석은 싹싹하게 웃으며 아주머니를 가게로 이끌었다.

"저희 오늘 오픈인데 시식 좀 하고 가세요. 이게 다 우리 땅에서 난 제철 재료로 만든 것들이에요. 특히 이 김치, 우리나라에서 김치로 날고 긴다는 어머님들이 모여서 만든 건데요……."

지웅은 고개를 돌려 두경의 아파트를 바라보았다. 아니, 이젠 두경의 아파트가 아니었다. 언니네 가족들이 외국으로 나간 뒤 두경도 이 동네를 떠났다는 이야기를 들었다. 지웅과 두경이 밤새 이야기를 나누던 그 집. 이제 두경은 그곳에 없었다.

며칠 전 지웅은 두경에게 전화를 걸어 보았다. 딱 한 번만 더 기회가 주어진다면, 두경과의 시간을 되돌릴 수 있을 것 같았다. 하지만 이미 그것은 없는 번호였다. 두경이 떠난 집에 다른 누군가가 살고 있듯, 시간이 지나면 누군가는 그 전화번호를 사용할 테지만, 두경은 아닐 것이다.

두경은 어디 있을까. 지금 두경이 사는 곳, 지금 두경이 쓰고 있는 전화번호. 지웅이 모르는 두경의 현재처럼, 이제 지웅과 두경은 영원히 모르는 사람이 되었다.

"가게 오픈했어요?"

준비했던 음식을 다 팔고, 허석이 희진을 만나러 간다며 가게를 나갔을 때였다. 지웅이 은수와 함께 가게 앞에 펼쳤던 가판을 접고 있는데 낯익은 목소리가 들렸다. 돌아보니 형우가 서 있었다.

지웅은 은수에게 뒷정리를 부탁하고 형우와 함께 공원으로 갔다. 나란히 벤치에 앉아 서로의 근황을 주고받다 보니 예전만큼 형우가 어색하게 느껴지지 않았다. 형우의 만화는 성공리에 연재를 마친 뒤 영화 시나리오 작업 중에 있었다. 작업이 끝나면 지웅에게 그 시나리오가 올지도 모를 일이었다.

"두경 씨 이사했어요."

형우는 지웅의 옆모습을 바라보며 말했다.

"그런 것 같네요."

지웅이 웃었다. 쓸쓸하고 씁쓸한 웃음이었다.

며칠 전 형우는 두경을 만났다고 지웅에게 전했다. 두경의 이사를 거들어주기 위해서였다. 두경은 괜찮아 보였다. 적어도 형우의 눈에는 그렇게 보였다. 별 거 아닌 말에 깔깔 웃기도 하고, 형우에게 새로 구한 어시스트와 잘해 보라며 농담을 던지기도 했다.

하지만 형우는 두경에게 지웅과 어떻게 되었느냐고 묻지 못했다. 두경이 너무 괜찮아 보여서, 그 모습이 어색하고 과장되게 느껴져서, 그저 지웅과 이야기가 잘 되지 않았나 보다 추측만 했을 뿐이었다.

"그때 두경 씨가 너무 혼란스러워 보여서 내가 다 이야기했어요. 지웅 씨가 우리 집에 왔던 거. 그래서 두경 씨가 곧바로 지웅 씨 만나러 갔던 건데…… 발목 아픈 거 이제 다 느껴진다고 했는데 목발도 팽개치고 한달음에 뛰어가더라고요."

"날 만나러 갔었다고요?"

"몰랐어요? 그럼 그날 못 만났던 거예요?"

지웅은 자리에서 벌떡 일어났다. 여전히 두경이 지웅을 원망하고 있다고만 생각했다. 너무 원망스러워서 말도 없이 전화번호를 바꾸고 이사를 가버린 줄 알았다. 두경이 원하는 것은 두경의 인생에서 영원히 지웅이 사라져 버리는 것인 줄 알았다.

찾아가고 싶었고, 만나고 싶었고, 통화하고 싶었고, 이야기하고 싶었지만, 두경은 지웅이 찾을 수 없는 곳으로 숨어 버렸다. 두경이 원하지 않는다는 생각에 어쩔 수 없이 체념해 버린 지웅이었다. 하지만 그게 아니라면······.

"두경 씨 지금 어디 있어요?"

지웅이 형우에게 물었다.

두경은 세령과 함께 새로 이사 온 동네의 맥주 집에 있었다. 초저녁부터 술을 마신 터라 두경은 꽤 취한 상태였다.

양 기자가 인터뷰한 두경과 지웅의 이야기는 기사화되지 않았다. 지웅에 관한 비난 여론이 거셀 때라 데스크에서 꺼려했던 것이다. 그 직후에 오 대표의 비리 사건이 터지고 유명 여배우의 문어발 스캔들이 터지면서 지웅의 일은 사람들의 뇌리에서 잊혀 갔지만, 두경 때문에 지웅이 구 감독의 영화에서 하차했다는 사실은 바뀌지 않았다.

'지웅은 어떻게 지내고 있을까? 두경 때문에 일이 헝클어져 버렸다고 원망하고 있진 않을까? 두경이 대신 앓았던 마음의 병은 치유되었을까? 또 다시 비가 올 때마다, 슬픈 음악을 들을 때마다 눈물 흘리고 있지는 않을까?'

걱정스럽고 궁금한 것들이 많았지만, 전화번호를 바꾸고 지웅의 전화번호도 지워 버렸다. 지웅의 전화를 기다리는 시간들이 너무 고통스러워 두경이 먼저 전화할 수 없는 상황을 일부러 만든 것이었다. 조금만 더 견디면, 조금만 더 견디면…… 지웅을 볼 수 없어 괴로워하는 이 시간도 지나갈 것이라 생각했다.

언젠가는 지나가리라는 것을 알면서도 지금은 너무 힘들다.

두경은 테이블 위에 엎드려 울며 세령에게 말했다.

"흐흐흑, 너무 보고 싶어. 나 어떡해, 세령아?"

"그럼 전화해. 참지 말고 만나면 되잖아."

"다 끝났어. 그 사람도 다 끝났다고 생각할 거야."

"그러게 전화번호는 왜 바꿔? 여지라도 남겨두지 뭣 하러 그랬어?"

"이렇게 힘들 줄 몰랐어. 조금만 참으면 괜찮아질 줄 알았어. 근데 왜 자꾸 더 아파지냐고. 시간이 지나면 나아져야 되는데, 왜 더 보고싶냐고. 지웅 씨한테 나 여기 있다고 텔레파시를 보낼 수도 없고. 흑흑."

그때였다. 세령은 옆에 다가와 있는 남자를 보고 깜짝 놀랐다. 지웅이었다. 세령이 뭐라고 말을 하려고 하자, 지웅이 검지를 입술에 갖다 대었다. 지웅의 뒤에선 형우가 세령을 향해 빨리 나오라는 손짓을 하고 있었다.

지웅은 가만히 두경의 옆자리에 앉았다. 두경은 테이블에 엎드린 채 계속 세령을 향해 우는 소리를 하고 있었다.

"전화번호도 바꾸고 싶어서 바꾼 거 아니야. 안 그러면 내가 못 견딜 것 같아서 그랬던 거야. 지웅 씨, 지웅아, 아니, 이 나쁜 놈!"

"왜 자꾸 불러요?"

두경은 얼굴을 번쩍 들었다. 아무래도 술이 너무 취한 것 같았다. 취해서 환상을 보는 것 같았다. 지웅이 너무 보고 싶어서 세령을 지웅으로 착각한 게 틀림없었다.

"내가 그렇게 보고 싶었어요?"

착각이 아니었다. 분명히 지웅이었다. 얼굴도, 목소리도, 틀림없이. 지웅이 두경을 꼭 껴안았다.

"아닌 척 할 거죠? 보고 싶었으면서, 잠도 못 잤으면서, 계속 후회했으면서, 아닌 척 할 거죠? 나도 아닌 척 할게요. 지금까지 있었던 일 모두 잊고……."

두경은 지웅이 다음에 할 말이 무엇일지 알 수 있었다. 언젠가 그랬던 것처럼,

"오늘 처음 만난 것처럼요?"

두경의 말에 지웅이 고개를 끄덕였다.

'오늘 처음 만난 것처럼…… 다시 내가 당신의 아픔을 대신해줄 수 있고, 당신의 아픔을 치유해줄 수 있게, 사랑한다는 말을 의심하지 않고 왜 사랑하느냐고 묻지 않고, 그저 오늘 처음 만난 것처럼.'

처음 당신이 날 사랑한다고 고백했을 때. 사실 나는 당신의 말을 믿지 않았다. 완벽해 보이기만 하는 당신이, 세상을 다 가진 것처럼 보이는 당신이, 나를 사랑할 리 없다고 생각했다. 그럼에도 내가 당신을 믿을 수밖에 없었던 건, 믿고 싶었기 때문에…… 그렇게라도 당

신 옆에 있고 싶었기 때문에…… 그리고 나는 또 한 번 당신을 믿고
사랑할 것이다.

에필로그 — 형우

1년 후 우리는……

형우는 시나리오의 마지막 장을 덮은 뒤 시계를 보았다. 2시였다. 갑작스레 허기가 몰려왔다. 시나리오를 재검토하느라 아직 점심도 먹지 못했다. 형우는 가벼운 옷차림으로 집을 나섰다.

아파트 단지를 빠져나와 소박한 반찬 가게를 향해 걸었다. 뺨에 닿는 바람은 제법 선선했고, 간간이 들리는 자동차 소리를 제외하면 주변은 조용했다. 지난 계절 내내, 귀를 찢을 듯이 울어대던 매미들이 어느새 자취를 감춘 모양이었다.

시나리오 작업에 매달렸던 얼마 전까지는 밤낮이 바뀌는 것도, 하루가 지나가는 것도 모르고 지냈다. 이렇게 또 한 번 계절이 바뀌고 있었다.

영화는 차성원의 기획사에서 제작을 맡고 지웅이 주연을 하기로 되어 있었다. 시나리오의 내용은 형우가 알고 있는 어떤 실화, 그가 들은 가장 이상하고 아름다운 로맨스를 바탕으로 한 것이었다. 형우의 두 번째 웹툰이 원작이었다.

한때 형우는 그 이야기의 진실성을 의심했다. 서로의 아픔을 대신한다는 게 가능할까? 그 남자는 자기 고통을 대신 가져가버린 여자를 정말 사랑했을까? 하지만 이제 형우는 그들이 진심으로 서로를 사랑한다는 것을, 또 간절히 원하는 것은 언젠가 이루어진다는 것을 알고 있었다.

그 이야기의 결말은 이러하다. 4년의 시간차를 두고 윤일에 태어난 두 사람. 2월 29일, 서른한 번째 생일을 맞이한 여자는 촛불 앞에서 소원을 빌었다. 누군가와 사랑에 빠지게 된다면 세상에서 가장 특별한 사랑을 하고 싶다고. 그 사람이 나인 것처럼, 내가 그 사람인 것처럼, 서로의 아픔, 행복, 기쁨, 절망…… 그 모든 것을 함께하는 사랑을 하고 싶다고. 전기가 통하듯 그 사람에게 감전되고, 함께 있지 않으면 불안하고, 같이 있는 시간엔 세상을 다 가진 듯 행복한 사랑, 그런 운명적인 사랑을 하게 해달라고.

그리고 같은 날 같은 시간, 스물일곱 번째 생일을 맞이한 남자도 촛불 앞에서 소원을 빌었다. 다시 누군가를 사랑할 수 있다면, 또 한 번 그런 일이 허락된다면, 그 사람의 작은 아픔까지 내가 대신 아파해 주겠다고. 절대 도망치지 않고, 절대 그 사람의 손을 놓치지 않고,

그 사람의 눈물을 내가 대신 흘려주겠다고.

"형님!"

형우는 반찬 가게 문을 열며 큰소리로 허석을 불렀다. 반찬을 진열하던 허석이 형우를 맞았다. 옆에는 주말마다 가게 일을 거들어 주러 오는 허석의 아내가 앉아 있었다.

"선배 왔어요?"

"응, 막내, 아니 형수님······도 오셨네."

형우는 희진에게 인사를 건네며 머리를 긁적였다. 허석의 성화에 호칭을 바꾸기는 했지만 부를 때마다 어색했다.

"시나리오는 잘 돼 가?"

허석은 한손으로 형우가 좋아하는 반찬을 담으며 물었다. 형우는 고개를 끄덕였다. 마지막까지 결말에 대해 고민했지만, 웹툰과 달리 해피엔딩으로 마무리한 것이 퍽 마음에 들었다. 영화 속에서 남녀 주인공은 그들이 간절히 소망했던 대로 오래오래 행복할 것이다. 현실 속의 지웅과 두경처럼.

한때는 두경의 옆자리가 형우의 것이 아니라는 데 아파하기도 했다. 형우가 해피엔딩의 주인공이 아니라 그들의 로맨스를 바라보는 사람이라는 사실에 씁쓸해했던 적도 있었다. 하지만 언젠가 형우가 지웅에게 말했듯이 모든 것은 지나간다. 계절도, 사랑의 아픔도.

형우는 지금 다시 기다리는 중이다. 새로운 사랑과 해피엔딩을.